Jörg Weigand (Hrsg.)
Die Träume des Saturn

JÖRG WEIGAND
(HRSG.)

Die Träume des Saturn

Arena

CIP-Kurztitelaufnahme der Deutschen Bibliothek

Die Träume des Saturn / Jörg Weigand (Hrsg.). –
1. Aufl. – Würzburg : Arena, 1982.
ISBN 3-401-03985-7
NE: Weigand, Jörg [Hrsg.]

1. Auflage 1982
© 1982 by Arena-Verlag Georg Popp GmbH & Co.
© der Einzelgeschichten bei den Autoren
Alle Rechte vorbehalten
Schutzumschlag: Burkhard Aickele
Lektorat: Heinz Seeger
Gesamtherstellung: Tagblatt-Druckerei, Haßfurt
ISBN 3-401-03985-7

Inhalt

Anders leben . . .

Ein Wunschtraum, dem sich heutzutage viele – auch und gerade junge Menschen – hingeben. Freilich, wem es gelingt, sich diesen Wunsch zu erfüllen, gerät von den Konventionen jenes Lebens, dem er entflohen ist, in die Zwänge einer neuen Existenz, denen es sich anzupassen gilt.

Anders leben . . .

Ein Standardthema jenes Literaturzweiges, der unter der Bezeichnung »Science Fiction« nach dem Ende des Zweiten Weltkrieges die Länder außerhalb der USA – allen voran die europäischen Staaten und Japan – in einem beispiellosen Siegeszug erobert hat. Freilich dürfen wir hier nicht an jene wüsten Räuberpistolen denken, in denen der Held statt mit dem Colt 45 mit einer Laserpistole um sich schießt und das blonde Mädchen statt aus der Gewalt der Banditen aus den Klauen eines außerirdischen Ungeheuers befreit. Nein: gute SF hat mehr im Sinn als bloße Unterhaltung. Gute SF orientiert sich am Menschen, am Heute, greift die Probleme unserer Tage auf und behandelt sie in der Szenerie zukünftig möglicher Welten, wie sie sich anhand heutiger Gegebenheiten möglicherweise bereits jetzt abzeichnen.

Anders leben . . .

Ein Thema, das bereits vor Beginn unseres Jahrhunderts in zahlreichen Varianten behandelt wurde, wenn es auch in unserer Gegenwart besonders viel Beachtung findet. Damals freilich mußte der Autor seine Geschichte nicht in die Zukunft versetzen. Er ließ den Helden auf einer einsamen Insel stranden, denken wir nur an »Robinson Crusoe«, oder ließ ihn ein unbekanntes Land entdecken, in dem die Gegebenheiten der Gegenwart des Autors auf dem Kopf zu stehen schienen. Ein Beispiel dafür ist der Roman »Erewhon« (eine Umkehrung der englischen Vokabel »nowhere« (= Nirgendwo) von Samuel Butler. Ist der »Robinson« ein Reiseroman, so finden wir bei Butlers Buch wohl auch Anklänge daran, im ganzen aber handelt es sich dabei um eine Anti-Utopie, die sich kritisch mit den Möglichkeiten utopischer Staatsgebilde und Gesellschaftsformen und damit den Möglichkeiten der Gegenwart auseinandersetzt.

Anders leben . . .

Dies war das Generalthema, das einer Anzahl deutscher Science-fiction-Autoren gestellt wurde, ohne dabei ihren eigenen Handlungs- und Phantasiefreiraum allzusehr einzuengen. Dreizehn Erzählungen sind in diesem Band versammelt und dreizehnmal haben die Autoren bewiesen, wie vielfältig ein solches Thema angegangen werden kann. Und so ist hier keine naturwissenschaftlich-technische Nabelschau entstanden, vielmehr eine Auseinandersetzung mit soziologischen, psychologischen, pädagogischen – ja im Ansatz auch theologischen Problemen.

Anders leben . . .

Dieses Buch kann und will keine Rezepte geben für ein Ausbrechen aus den Sachzwängen der Gegenwart. Die hier zusammengetragenen Erzählungen spiegeln das freie Spiel der Imaginationskraft ihrer Autoren wider. Science Fiction wird hier zum Symbol für die Möglichkeiten des »anders denken« dieser modernen Literaturform. Sie ist Unterhaltung, gewiß, und doch mehr; das beweist die hier vorgelegte Anthologie.

Jörg Weigand

KARL MICHAEL ARMER

It's all over now, Baby Blue

Der Wind fegte durch die Straßen, klirrte mit zerbrochenen Fensterscheiben, wehte Schneevorhänge von den Dächern. Eiskristalle bissen wie Feuernadeln ins Gesicht, die Kälte raubte den Atem.

Blue zog seinen alten Parka enger um die Schultern und kauerte sich in den Windschatten eines Straßenbahnwracks, das mitten auf der Kreuzung vor sich hinrostete. Lose Platten in dem Blechleichnam klapperten und schepperten.

Das kribbelnde Gefühl, von kalten Augen aus dem Inneren der Straßenbahn beobachtet zu werden, trieb Blue weiter. Er hastete durch die leeren Straßen, kämpfte sich durch den Schnee, der die Stadt langsam zudeckte, Flocke für Flocke, sanft und endgültig.

Keuchend blieb er schließlich stehen und sah sich um. Das trübe Winterlicht verblaßte langsam; die Dämmerung senkte sich auf die grauen, stillen Häuser. Leere Fensterhöhlen glotzten ihn abweisend an.

»Verdammt, so spät . . .« Und er hatte immer noch nichts zu essen gefunden! Und seine Alten saßen zu Hause und warteten darauf, daß er etwas heimbrachte.

Aber woher? Es gab nichts mehr. Wohin er schaute – nur vernagelte Schaufenster, verbarrikadierte Türen, leergeplünderte, rauchgeschwärzte Ladenruinen. Vor ein paar Jahren war dies noch die eleganteste Einkaufsstraße der Stadt gewesen. Und nun . . .

»Alles im Eimer.« Blues Stimme rasselte. Wahrscheinlich hatte er sich erkältet. Aber warum sollte es ihn nicht auch erwischen? Viele seiner Freunde waren schon in der eisigen Umarmung des Winters umgekommen. Besser, er dachte nicht daran. Sein Blick fiel auf ein Fenster im vierten Stock eines Steinkolosses. Licht flackerte hinter den trüben Scheiben. Der alte Justizpalast. Da fanden sich immer noch ein paar Aktenordner, die man verheizen konnte. Seltsam, daß eine Welt, die so im Chaos endete, soviel Bürokratie hinterlassen konnte.

Irgendwie spendete die gelbe Lichtinsel in der graublau erstarrenden Dämmerung Blue ein wenig Trost. Da oben hatte es jemand trocken und warm, wenigstens für diese Nacht.

Natürlich war der Unbekannte ein Narr. Er forderte andere geradezu heraus, seinen Reichtum zu rauben. Wahrscheinlich belagerten schon schweigsame Schattengestalten das Büro im vierten Stock. Bald würden sie aus der Finsternis des Flurs in das helle Zimmer stürmen, und der arme Narr würde seinen Leichtsinn büßen. Menschen waren schon wegen einer einzigen Kerze umgebracht worden.

Blue stolperte in ein halb vom Schnee zugewehtes Geschäft. Le Gourmet hatte es vor ein paar Jahren geheißen, das klang besser als der alte Name Feinkost Richter. Die Leute waren so übersättigt gewesen, daß sie von weither gekommen waren, um neuseeländische Muscheln zu kaufen, weil ihnen die italienischen zu gewöhnlich waren. Heute fraß jeder alles, was man beißen konnte und was nicht stank.

The times, they are a-changing.

Eine Hand packte Blue an der Schulter, wirbelte ihn herum und stieß ihn in eine fensterlose Kammer.

»Was schnüffelst du hier herum?« grollte eine Männerstimme, die klang, als hätte der Unbekannte das Sprechen schon halb verlernt.

Ein bärtiger Mann stand vor ihm, in blau-rot gestreiften Moon-Boots und einem schweren Militärmantel, um den er zusätzlich eine Art Trachten-Cape gelegt hatte. Ein bunter, selbstgestrickter Schal war um seinen Hals gewickelt.

In seiner Hand funkelte ein Rasiermesser.

»Rühr dich nicht vom Fleck«, drohte er, »oder ich mach dich kalt.«

»Ich bin schon kalt«, sagte Blue.

Es war ein blödsinniger Satz, der ihm einfach rausgerutscht war.

Die Augen des Bärtigen zeigten einen vagen Anflug von Emotion.

Die Hand mit dem Rasiermesser sank herab.

»Soso, du bist schon kalt.« Er suchte nach Worten. »Ja, es ist eine kalte Zeit«, sagte er schließlich. »Die Herzen erstarren im Frost. Die kalte Vernunft regiert wie eh und je.«

Blue hatte keinen Sinn für philosophisches Geschwätz. Er hatte Hunger. Und in einer Ecke des Raumes brutzelte auf einem Spirituskocher eine Mahlzeit. Im schwachen Schein eines Windlichts sah es aus wie Gulasch. Der Geruch brachte ihn fast um den Verstand.

Er starrte den Mann wieder an. Irgendwie hatte er das Gefühl, ihn zu kennen. Aber das war sicher ein Irrtum. Heutzutage sahen alle gleich aus: hohlwangig, bärtig, mit glänzenden Augen.

Der Mann mißverstand den Blick. Er deutete auf seinen Schal, der in dieser Umgebung unangemessen fröhlich wirkte.

»Ein schöner Schal«, sagte er. »Den hat meine Frau gestrickt, bevor . . .« Er fuhr sich mit der Hand übers Gesicht.

Diesen Augenblick nützte Blue. Er sprang nach vorn, und mit einem weitausholenden Spreizschritt trat er dem Mann in die Magengrube. Es war eine Bewegung wie früher beim Fußball, wenn er den Ball volley aus der Luft nahm.

Als sich der Mann schmerzerfüllt vornüberkrümmte, riß Blue sein Knie hoch und stieß es ihm mit voller Wucht unters Kinn. Mit einem zornigen Schrei ging der Bärtige zu Boden. Seine Augen waren groß und hilflos wie bei einem verwundeten Tier. Blue riß den Kessel vom Feuer und rannte hinaus auf die Straße.

Ziellos stürmte er durch das Schneegestöber, schlug Haken, bog um zahllose Ecken, bis er sicher war, daß er nicht verfolgt wurde. Zitternd kauerte er sich in eine demolierte Telefonzelle. Sein Herz raste. Er schwitzte. Der grotesk zerschmolzene Hörer baumelte über ihm im Wind hin und her. Er fühlte sich elend. Er hatte einem Mann das letzte Essen gestohlen – einem Mann, der sogar ein paar menschliche Regungen gezeigt hatte. Und schockartig wurde ihm plötzlich klar, daß er diesen Mann tatsächlich kannte. Es war Herr Wildgruber. Wildgruber, sein früherer Deutschlehrer. Damals in der 7b, vor vier Jahren, als er zum letztenmal in die Schule ging.

Was für ein trauriger Witz. Ordentliche, nette Kinder waren sie damals gewesen, in einer ordentlichen, netten Schule mit einem ordentlichen, netten Lehrer. Jetzt waren sie hungrige, unbarmherzige Wölfe, die auf alles Jagd machten, was man essen oder verheizen konnte.

»Ist nicht meine Schuld, Herr Wildgruber. Tut mir leid, Herr Wildgruber«, sagte er, um sich zu beruhigen. Er führte öfter Selbstgespräche; das gab ihm das Gefühl, nicht so allein zu sein. Den Gulaschkessel eng an sich gedrückt, machte er sich auf den Heimweg. Wenn Wildgruber jetzt starb? Er schob den Gedanken zur Seite. Und wennschon – seine Eltern waren schließlich wichtiger. Die Familie war überhaupt das Wichtigste. Irgendeinen Halt mußte man doch haben, ein Zuhause, jemand, für den man noch Gefühle empfand.

Es war schon dunkel, als er das Vorstadtviertel erreichte, wo er mit seinen Eltern wohnte. Früher war es eine noble Villengegend gewesen, eine sogenannte gute Adresse, wo Leute mit viel Geld residierten. Davon war jetzt nichts mehr zu sehen. Es war nur noch ein Trümmerhaufen, in dem gelegentlich eine pseudogriechische Säule, ein schmiedeeisernes Gitter oder ein fast verschütteter Swimming-pool an die vergangene Pracht erinnerten. Sogar von der mächtigen Platanenallee waren nur noch Stümpfe übrig; alles andere war verheizt.

Vor dem Haus Nr. 52 blieb er stehen. Natürlich hatten sie die Fenster wieder nicht verdunkelt. Wenn sie jetzt Feuer machten, würde das Licht Gesindel wie Motten anlocken.

»Verdammter Leichtsinn«, murmelte er. Seine Eltern waren so gleichgültig. Alles war ihnen egal. Sie waren mit Sechszylindern, Farbfernsehen, Weltreisen und allem Überfluß aufgewachsen und konnten einfach nicht begreifen, was aus ihrer schönen alten Welt geworden war. Wahrscheinlich hockten sie jetzt wieder oben im Dunkeln und warteten auf ein Wunder oder auf den Tod. Aber das war vielleicht dasselbe.

Durch das Treppenhaus jaulte der Wind. Ab und zu brach ein Eiszapfen ab und prallte mit leisem Klingeln gegen das Geländer. Das Knirschen des Schnees unter seinen Stiefeln hallte wie das

Echo aus einer fernen Geisterbahn. Willkommen im Eispalast. Er schloß die Tür auf und schob sich schnell hinein, um möglichst wenig von der kostbaren Wärme nach draußen zu lassen. Mit einem betont optimistischen Grinsen stellte er den Kessel auf den Tisch.

»Frohe Weihnachten«, sagte er. »Gulasch nach Art des Hauses: kalt und geklaut.«

Seine Eltern saßen in Decken gehüllt regungslos auf ihren Matratzen. Wie Opiumraucher saßen sie da, still, entrückt, mit halboffenen Augen. Sie frönten ihrer Lieblingsdroge: Erinnerungen.

Aber seine Mutter stand immerhin auf und schlurfte zu dem Kessel. »Tatsächlich«, sagte sie ungläubig. »Gulasch.«

Für einen Augenblick befürchtete Blue, sie würde vor dem Kessel auf die Knie fallen. Später, als sie gegessen hatten und in das verglimmende Herdfeuer starrten, fühlten sie zum erstenmal seit vielen Monaten so etwas wie einen Hauch von Glück.

»Danke, Junge«, sagte Blues Vater. »Ich . . . ich hätte nicht geglaubt, daß ich so etwas Gutes noch einmal zu essen bekommen würde.«

»Ich habe es Herrn Wildgruber gestohlen, meinem früheren Deutschlehrer.« Blues Stimme war schroff. »Ein freundlicher, netter Mann – immer noch. Ich habe ihm in den Bauch getreten und bin mit seinem Essen davongerannt. Vielleicht verhungert er jetzt.«

Die Kälte stand wieder im Raum. Blues Mutter machte eine unbehagliche Geste.

»Warum sagst du so etwas?«

»Weil es die Wahrheit ist. Wollt ihr sie nicht hören?«

»Du bist so zornig. Früher warst du so ein netter Junge.«

»Früher, früher!« Blue brauste auf. »Ihr seid schließlich selber daran schuld, daß es nicht mehr so wie früher ist. Ihr alle, eure ganze Generation. Ihr habt alles zugrunde gerichtet mit eurer Gedankenlosigkeit.« Er wandte sich an seinen Vater. »Du hast doch Einfluß gehabt. Du warst in so vielen Verbänden, Gremien, Ausschüssen. Was habt ihr da eigentlich gemacht? Habt ihr nur

Ausschuß produziert in euren Ausschüssen? Habt ihr die Krisen nicht gesehen? Habt ihr euch keine Alternativen überlegt?«
»Schon«, sagte sein Vater müde. »Aber wir waren uns eben nie einig. Als wir begannen, die Alternativen wirklich ernst zu nehmen, war es schon zu spät dafür. Die Krise war schon da. Und einer Krise kannst du nichts befehlen. Die kümmert sich nicht um Alternativen, die zwingt sie dir höchstens auf.«
»Schön, schön, war mal wieder keiner schuld. War es eben Zufall, daß ihr uns die Zukunft gestohlen habt.« Blues Hände krampften sich zusammen, als wollte er etwas zerschlagen. »Was können wir denn für eure Fehler? Ich hasse euch alle für eure Dummheit und Gedankenlosigkeit!«
Sein Vater schien in sich hineinzuhorchen. »Du kannst mich gar nicht so sehr hassen«, sagte er schließlich, »wie ich mich selber hasse.«

Pazifikblau war das Meer, stahlblau war der Himmel. Der Strand glitzerte blendendweiß in der Sonne. Blue lag auf seinem Badetuch und lauschte dem Rauschen der Brandung, dem Flüstern der Palmen, dem fröhlichen Stimmengewirr von Sausalito Beach. Durch seine blaugetönte Sonnenbrille beobachtete er wohlgefällig die vorbeilaufenden Bikinimädchen. Ab und zu nippte er an seinem Cuba Libre und ließ die Eiswürfel im Glas klirren.
Im Hintergrund spielten die Eagles. Die ganze Sonne Kaliforniens war in ihren Songs. Ah, wie warm das war, wie wunderbar warm . . .
Auf der Strandpromenade hinter Blue brodelte das Leben. Die Straßencafés waren vollbesetzt mit sonnenhungrigen Menschen. Buggies und Cabrios mit offenem Verdeck fuhren vorbei; aus ihren Lautsprechern klangen die neuesten Hits. Lässig gekleidete Typen auf Rollerskates kurvten dazwischen umher und swingten im Takt der Musik, die aus ihren Kopfhörern kam. Action! Highlife! Herrlich war es hier.
». . . in Hotel California . . . fornia . . . fornia . . . fornia . . .«

Aus. Vorbei.

Fluchend rappelte sich Blue auf. »Welcher Idiot hat den Kratzer in die Platte gemacht?«

Keiner antwortete. Alle hatten sie Mühe, aus ihrer Traumwelt zurückzufinden. Zu plötzlich hatte man sie aus dem Paradies in einen dunklen Keller geschleudert.

Und der Keller war die Realität.

Sie starrten sich deprimiert an, Elvis, Skinny Minny, Angel, Duane Eddy und all die anderen.

»Mist«, sagte Bowie.

Blue starrte verzweifelt die rissigen Betonwände an, die ihn umgaben, fühlte, wie die Kälte wieder in ihn kroch.

»Oh shit«, flüsterte er. »Oh shit.«

Sein Blick heftete sich auf die bunten Reklameplakate, die sie an die Wand geklebt hatten. Levis, Bacardi, Coke, Pepsi, Air France, Wrigley's. Hochglanzerinnerungen an eine herrliche Zeit, die unter den Fingern zerrieselt war wie Asche. Drachenfliegen, mit dem Chopper rumkurven, in der Sonne liegen, braun werden, rumalbern, lachen, fröhlich sein. Was für ein grenzenloser Optimismus aus diesen Bildern strahlte. Und die Menschen – unbesiegbar sahen sie aus in ihrer begnadeten Sorglosigkeit.

»Diese Narren«, fluchte Blue. »Sie haben die Welt am kleinen Finger gehabt. Und was haben sie damit gemacht? Sie haben sie auf den Misthaufen geworfen, die Idioten.«

Seine Stimme schwankte vor Wut.

Die anderen sagten nichts, aber er wußte, daß sie genauso dachten.

Blondie riß die zerkratzte Schallplatte vom Grammophon und warf sie an die Wand. Als sie die Hülle hinterherwerfen wollte, fiel ihr Blick auf das Cover. Sie starrte es lange unverwandt an, dann sank sie in sich zusammen. Mit einem Mal sah sie schwach und hilflos aus.

»Mit 15 sind sie früher in die Disco gegangen«, preßte sie hervor. »Action, Remmidemmi, bunte Lichter, mal richtig ausflippen . . . Toll! Und was machen wir?« Tränen flossen ihr plötzlich übers Gesicht, und ihre Stimme wurde undeutlich. »Wir gehen Fressalien klauen, damit wir nicht krepieren. Ich könnte vor Wut an die Wand springen!«

Elvis murmelte etwas Zustimmendes, die anderen starrten trübe vor sich hin. Wie nach einem Saufgelage, dachte Blue, wenn der große Katzenjammer kommt.

Und so etwas wie ein Saufgelage war es ja auch gewesen. Nur daß sie sich nicht mit Alkohol betäubt hatten, sondern mit Illusionen.

Blue sah zu Bowie hinüber. Der spindeldürre, launische Bowie – damals hieß er allerdings noch Roman Koller – hatte diesen Unterschlupf hier vor ein paar Monaten entdeckt.

»Stellt euch vor«, hatte er aufgeregt erzählt, »ich hab' das Lager von einer Schallplattengroßhandlung entdeckt. Drei tiefe Keller, und alle bis oben hin voll mit sämtlichen Scheiben, die es je gegeben hat. Zehntausende, sag' ich euch!«

»Toll«, hatte Blue sarkastisch geantwortet. »Und womit spielen wir sie ab?«

Ja, womit? Es gab keinen Strom mehr. Keine Batterien. Keine Akkus. Das war alles Vergangenheit.

Aber dann brachte Kristina eines Tages ein Grammophon mit, das sie irgendwo aufgegabelt hatte. Ein antikes Ding mit Schalltrichter und einer Kurbel, mit der man das Laufwerk aufzog. Jetzt konnten sie ihre Musik hören. Natürlich, verglichen mit früher war es ein Witz: kein HiFi, kein Dolby, keine 2 × 80 Watt Sinus. Aber es machte Musik.

Und die Musik war wie ein Zauber. Eine Botschaft aus einer besseren Welt. Für Stunden konnten sie damit vergessen, wo sie waren, und sich vorgaukeln, es sei alles so wie früher.

Der Keller mit seinem unerschöpflichen Musikvorrat wurde Mittelpunkt und Fluchtpunkt ihres Lebens. Mit der Zeit richteten sie ihn ein, so gut es ging, bauten ihn um zu ihrem »Traumpalast«, wie Bowie in doppeldeutigem Spott sagte. Sie schleppten Matratzen herbei, einen nutzlosen Fernseher, Kerzenständer, Teppiche, ein Küchenregal mit ein paar Töpfen und sogar zwei Plastikpalmen in Kübeln. »Das erste Grünzeug, das ich seit langem sehe«, kommentierte Duane Eddy den verstaubten Südsee-Abklatsch. »Sieht richtig gemütlich aus.«

Vor allem aber hingen sie sich die Werbeplakate an die Wand. Denn da war alles drauf, wonach sie gierten: das Jeans-Lebensgefühl, die lässigen Freizeitvergnügen, die Palmenstrände unter blauem Himmel, die funkelnde, faszinierende nächtliche Skyline von Manhattan. Das war Leben. LEBEN!

Wenn man diese Plakate lange genug anschaute und die richtige Musik dazu spielte, dann begannen die Gedanken zu wandern. Dann konnte man fliehen, in eine andere Welt, in eine andere Zeit.

Man konnte mit den Beach Boys vor Kaliforniens Küsten surfen, mit Bruce Springsteen durch die Straßen New Yorks streifen, mit Sergeant Pepper durch phantastische, bunte Märchenreiche ziehen, auf Synthesizerklängen durchs Weltall schweben.

Oder man konnte sich bei ein paar alten Rock 'n' Roll-Scheiben vorstellen, man würde eine Geburtstagsparty geben. Die Freunde kommen mit Geschenken und einer Menge dummer Sprüche, es wird ein bißchen geschwoft und geknutscht – sehr schön, aber nichts Weltbewegendes. Doch gerade solche alltägliche Szenen (bloß mal dran zu denken, daß draußen eine Straßenbahn vorbeifuhr!) waren unglaublich fern und exotisch und das Ziel sehnsüchtiger Wünsche. Aber natürlich würde es das nie wieder geben. Das war ein für allemal verspielt.

»Wenn ich denke, daß wir früher alle mal 'nen Plattenspieler und eine Stereoanlage hatten«, sagte Blue, »und jetzt ist nichts mehr davon übrig. Die ganze Technik, die Autos, die Flugzeuge, die Computer – alles hops gegangen. Und das in drei, vier Jahren. Ich begreif' das nicht.«

»Ist doch klar.« Duane Eddy tappte durch den Raum, um das Feuer zu schüren. In seinem gefütterten, knallbunten Ski-Overall sah er aus wie ein Comic-Bär. »Denen ist das einfach über den Kopf gewachsen. Die haben einfach nicht mehr durchgeblickt, was eigentlich los war.«

»War doch bei uns genauso.« Bowie hauchte seine klammen Finger an. »Jeder von uns hatte eine Stereo-Anlage, klar. Aber hat einer von euch gewußt, wie so ein Ding funktioniert? Oder ein Kühlschrank? Oder das Telefon?« Er sah sich um, aber keiner antwortete. »Na bitte. Das Zeugs war eben da, aber es hatte sich verselbständigt. Wir hatten nichts mehr damit zu tun. Und so ein System von ein paar Spezialisten und einem Haufen von Idioten ist natürlich verdammt anfällig. Schalt den Strom aus, und alles bricht zusammen. Wie ein Kartenhaus, wenn du an 'ner heiklen Stelle eine Karte wegnimmst. Es muß nicht einmal ein Trumpf sein.«

Bowie war ein kluger Kopf, fand Blue. War er schon immer gewesen, schon damals, als sie noch zur Schule gingen. Das Eichendorff-Gymnasium. Tausend Schüler, von denen jetzt vielleicht noch fünfzig lebten . . . Blue fröstelte.

»Was sollen die Diskussionen. Hinterher sind alle schlauer.« Blockhead, der sich bisher nicht bewegt hatte, stand auf und legte eine neue Platte auf das Grammophon. Brutalmusik peitschte durch den Keller, kreischende Gitarren, monotones Schlagzeug, ein Sänger, dessen brüchige Stimme klang, als hätte er alle Abgründe dieser Welt gesehen und sehnte sich nach dem Tod.

»Joy Division«, sagte Blockhead. »Die Freudenabteilung. Sehr passend.«

Während sie der Musik lauschten, sahen sie zu, wie die Grammophonnadel über das Vinyl kratzte und die Schallplatte ruinierte. Der Tonarm war zu schwer; die Plattenrillen wurden regelrecht glattgefräst. Sie konnten jede Platte nur einmal hören, dann war sie verbraucht. Die Vergänglichkeit feierte wahre Triumphe in diesen Tagen.

Der verrückte Blockhead begann sogar zu tanzen. Er fuchtelte mit den Händen, warf den Kopf hin und her; sein Körper zuckte, als jage jemand Stromstöße hindurch. Sein Gesicht war wie in Agonie verzerrt. Ab und zu stieß er Schreie aus. Das war Blockheads Therapie gegen die Verzweiflung, die sich immer mehr in seinen Verstand fraß.

Blockhead – schon der Name war ein verzweifelter Witz. Keiner wußte mehr, wie es dazu gekommen war, aber nachdem sie sich ein paar Wochen in dem Keller getroffen hatten, und die Musik immer mehr zu ihrer eigenen Welt geworden war, fanden sie, daß sie sich neue Namen geben sollten, die besser zu dieser

Traumwelt paßten. So wurde aus Maximilian Schmidt Duane Eddy und aus Günther Junghans Rocky Horror. Gerald Förster nannte sich Elvis, Andrea Neumann entschied sich für Blondie. Und aus Florian Vorberg wurde Blockhead, der Dummkopf. »Weil ich's einfach nicht in meinen Schädel reinkriege, was aus uns geworden ist.«

Nur Kristina Maybach war damals bei ihrem Vornamen geblieben, weil er ihr besser gefiel als alle anderen Namen. Was hätte man an Kristina auch verbessern können, dachte Blue. Er war in Kristina verliebt, mit einer Maßlosigkeit, die ihn manchmal selbst erschütterte. Der bloße Gedanke an sie war wie eine Injektion, die warm durch seine Adern pulste. Sie weckte einen Lebenswillen in ihm, den es in dieser Fegefeuer-Welt eigentlich nicht mehr gab. Auch wenn der Lebenswille nur in dem Wunsch bestand, in ihrer Nähe zu sein – es war ein Wunder.

»Kristina, du bist ein Wunder«, sagte er, als er sich neben sie setzte.

Sie lächelte auf ihre melancholische Weise. »Ein Wunder, ich? Wieso?«

»Weil ich glücklich bin, wenn ich dich anschaue. Und wer ist heutzutage schon glücklich?«

»Ich zum Beispiel«, erwiderte sie leise. Sie schien noch etwas hinzufügen zu wollen, sagte jedoch nichts.

Aber Blue verstand den Satz, den sie nicht ausgesprochen hatte. Ein nie gekanntes Glücksgefühl wuchs in ihm. »Wenn du glücklich bist, dann solltest du fröhlicher dreinschaun«, sagte er schwerfällig. »Du bist wie eine traurige Sonne.«

»Eine traurige Sonne . . .« Sie lächelte wieder, sogar ein wenig stolz. »Ich werde mich bessern«, versprach sie.

Er streckte seine Hand aus. »Du hast schöne Haare.« Kupferfarben funkelten sie auf, als seine Finger sacht darüberstrichen. »Sogar einen Scheitel hast du.«

»Ich . . . ich habe kürzlich einen Kamm gefunden.« Sie zögerte. »Ich habe gehofft, daß es dir gefällt.«

Er sah sie an. Sie trug unförmige, wattierte Jeans, einen verbeulten Norwegerpullover und eine zu große Bomberjacke aus Leder.

»Es gibt niemand, der schöner ist als du«, sagte er. »Das weißt du
doch.« Er war verwirrt, weil das, was er sagte, so nach Kino
klang.

Hastig versuchte er, seine Verwirrung zu überspielen. Er zerrte
am Reißverschluß seines Parka und holte eine buntbedruckte
Blechbüchse hervor.

»Da«, sagte er. »Ist für dich.«

Kristina schaute das Geschenk ungläubig an. Es war eine Dose
mit Ananas. Blue kam sich plötzlich unglaublich dumm vor. Der
romantische Liebhaber, dachte er bitter. Was schenkt er seiner
Angebeteten? Blumen? Einen Kuß? Nein, eine Dose Ananas.
Was für eine blöde, unbeholfene Idee. Kein Wunder, wenn sie
dich auslacht.

Immer noch hielt er die Dose in der ausgestreckten Hand. Die
gelben Früchte auf der Verpackung lockten. Sein Magen knurrte.
Er hatte Hunger, daß ihm ganz flau war.

»Da«, sagte er noch einmal. »Keine zarte Liebesbotschaft, ich
weiß, aber . . . «, er krümmte sich unter der abgegriffenen
Sprachfloskel, »aber es kommt von Herzen.«

Kristina nahm die Dose aus seiner Hand.

»Ach, Blue«, sagte sie. Ihre Stimme zitterte. Über ihre Wangen
sickerten Tränen, die im schwachen Licht des Feuers aufglommen
wie Rubine. »Das ist das schönste Geschenk, das es je gegeben
hat.« Sie lehnte sich an ihn und weinte.

»Aber so toll war es nun auch nicht«, murmelte er, während er
sie streichelte.

»Doch.« Sie lächelte ihn an. »Weil ich weiß, daß ihr beide es
ehrlich gemeint habt.«

»Wir beide?« stammelte Blue verblüfft.

»Ja. Du – und dein knurrender Magen.«

Danach schwiegen beide. Was gab es schon noch zu sagen? Alles
war klar. Sie lauschten der Musik, die die anderen auflegten.
Blue spielte den Titel, der ihm seinen Namen gegeben hatte: Van
Morrisons *It's all over now, Baby Blue*. Es war das vorletzte
Exemplar der Platte.

Als sie müde wurden, gab es das übliche Ritual. Sie warfen die

Schallplatten, die sie durch das Abspielen zerstört hatten, ins Feuer. Das Vinyl schmolz und tropfte. Wortlos sahen sie zu, wie wieder ein Stück Vergangenheit verlorenging.

Good bye, Alan Parsons. Bis bald, John Lennon. I'll see you on the dark side of the moon.

Dann war das Feuer erloschen. Die meisten gingen. Die Kälte schlich sich wieder in den Keller.

Kristina schauderte. »Wärm mich, Blue«, flüsterte sie. »Mir ist so kalt.«

Sie kletterten in Blues alten Armeeschlafsack und schmiegten sich aneinander, als hinge ihr Leben davon ab.

In den nächsten Wochen wurde es immer schlimmer. Blue hatte geglaubt, ihre Welt sei so erbärmlich, daß sie nicht mehr erbärmlicher werden konnte.

Aber das war ein Irrtum.

Zwischendurch brachte ein Südostwind warme Luft heran, mitten im Winter. Der Schnee taute. Es begann zu regnen. Aber der Regen fiel aus Rußwolken, die mit dem seltsamen Wind gekommen waren und nun den Himmel von Horizont zu Horizont verhüllten. Bald ertrank die Stadt in einer schmierigen, grauen Brühe. Matsch bedeckte die Straßen, troff aus den verfallenen Häusern. Es stank wie in einer Kloake. Und unaufhörlich fiel der Regen. Es war trostlos.

Blue stapfte über einen weiten, leeren Platz in einem Neubauviertel am Stadtrand. Wie üblich war er auf der Suche nach etwas zu essen. Seit zwei Tagen hatte er nichts mehr gefunden. Vielleicht gab es hier draußen etwas.

Der Platz war eine Schlammwüste, über die der Wind Wasserschleier trieb. Das Geräusch, mit dem der Regen in den Boden prasselte, erinnerte an einen Geigerzähler. Der Matsch saugte sich an Blues Schuhen fest, schmatzte und gurgelte bei jedem Schritt. Die Hochhäuser am Ende des Platzes waren 30stöckige Grabsteine. Das ganze Viertel hatte bereits die Kälte und entrückte Zeitlosigkeit eines Mausoleums. Leben hatte hier nichts mehr zu suchen.

Blue zog die Kapuze tiefer über sein Gesicht, aber dann peinigte ihn das Gefühl, daß er seinen Blickwinkel zu sehr einschränkte. Jemand konnte sich seitlich an ihn heranschleichen und . . . Hastig riß er die Kapuze wieder herunter und drehte sich einmal um die eigene Achse.

Der Platz lag so leblos wie zuvor. Doch Blues Herzschlag beruhigte sich nur langsam, und seine Hände zitterten immer noch. Als er sich noch einmal umdrehte, bemerkte er den Farbfleck. Er lief auf das bunte Ding zu. Es war ein Schal, der in einer Pfütze lag. Blue erschrak, als er ihn genauer ansah.

Er kannte ihn.

Es war Wildgrubers Schal.

Unwillkürlich trat Blue ein paar Schritte zurück. Der Schal war eine Erinnerung Wildgrubers an seine Frau. Freiwillig würde er ihn nicht hergegeben haben. Das konnte nur eines bedeuten: Wildgruber war tot. Wildgruber, sein ehemaliger Lehrer. Der Mann, dem er das Essen gestohlen hatte.

Den Schal hätte Blue gut gebrauchen können. Aber ein undeutliches Gefühl hielt ihn davon ab, das verdreckte Wollknäuel aufzuheben. Schuld? Trauer? Respekt? Blue wußte es selbst nicht. Nur das wußte er: Er wünschte, dies wäre ein Traum. Er wünschte, er könnte seinen Körper verlassen und wegfliegen, irgendwohin, nur weg von hier.

An diesem Tag fand Blue nichts mehr zu essen. Er kam wortlos und mit leeren Händen heim. Seinen Eltern schien es gleichgültig zu sein. Sie waren sowieso kaum mehr ansprechbar. Er ging wieder weg.

Nur Kristina bewahrte ihn an diesem Abend davor, alles hinzuschmeißen. Sie war ziemlich durcheinander, denn sie war durch eine morsche Treppe gebrochen und böse gestürzt. Aber sie hatte eine Vakuumpackung mit gesalzenen Erdnüssen gefunden, die sie mit Blue teilte.

»Wie früher beim Fernsehen«, sagte sie, während sie eine einzelne Nuß aus der Dose nahm.

»Ja, hab' ich mir auch gerade gedacht«, erwiderte Blue gedankenverloren. »Fernsehen!« Er lachte.

Danach lagen sie reglos im Dunkeln zusammen. Blockhead tanzte und kreischte. Bowie und Blondie diskutierten flüsternd darüber, was wohl aus Duane Eddy geworden war, den seit drei Tagen keiner mehr gesehen hatte.

»Sie kommen aus den U-Bahn-Schächten heraus.« Blondies Stimme zitterte. »Sie lauern uns auf.«

Ihre Furcht war verständlich. Die U-Bahn-Schächte waren früher der bequemste Zufluchtsort gewesen. Da unten war es warm, geschützt, und man hatte ein Dach über dem Kopf. Aber zu viele waren nach unten geflohen, und bald begann ein erbitterter Existenzkampf, der sich zu infernalischen Auswüchsen steigerte. Ein bizarres unterirdisches Reich entstand. Man munkelte von grotesken Monarchien, von Sklaverei und Kannibalismus. Genaues wußte niemand an der Oberfläche. Nur manchmal hörte man Schreie aus der Tiefe und sah Rauchwolken aus den Schächten steigen. Jeder Eingang zur U-Bahn wurde gemieden wie das Tor zur Hölle. Und jetzt kamen sie nach oben.

Blue schlief schlecht in den folgenden Nächten. Er hatte Angstträume, aus denen er völlig desorientiert hochfuhr, naßgeschwitzt und frierend.

Tagsüber mußte er sich meistens verstecken, denn eine Bande von Halbwüchsigen war plötzlich aufgetaucht, die die Straßen unsicher machte. Sie nannte sich *Kampfgruppe City* und trug Bundeswehruniformen mit Stahlhelmen und Knobelbechern.

Das erste Mal sah Blue sie durch ein zerbrochenes Kellerfenster, als sie mit einer Riemenschneider-Madonna auf einem Handwagen die Straße hinunterzogen. Fast zum Greifen nahe rumpelte der Wagen vorbei. Die starren Augen der Holzfigur schienen Blue anzuschauen. Für ein paar Stunden würde das Kunstwerk gutes Brennholz abgeben.

Das Seltsamste an dieser Kampfgruppe war ihre Schweigsamkeit und ihre Disziplin. Sie hatte etwas Roboterhaftes, das inmitten des Chaos und des Verfalls wie ein gespenstisches Echo aus einer anderen Zeit wirkte. Stets gingen die Uniformierten mit kühler

Professionalität zu Werke, ob sie nun Häuser durchsuchten, Stahlkammern aufsprengten oder töteten.

Eines Tages fand Blue die Bonbon-Oma. Früher hatte sie einen Kiosk in der Nähe der Schule besessen. Ab und zu hatte sie ihnen Bonbons oder einen Kaugummi zugesteckt. Sie sah immer noch so aus, wie er sie in Erinnerung hatte: runzliges Gesicht, große, abgearbeitete Hände, mit der obligaten geblümten Kittelschürze bekleidet. Seltsam, wie unverändert sie durch diese wirren Jahre gegangen war. Nun war sie tot. Sie sah eigenartig erleichtert aus. Wahrscheinlich war sie froh, daß dieser Alptraum ein Ende hatte. Sie hatte das alles sowieso nicht mehr begriffen.

Blue wunderte sich, daß er weinte. Er hatte schon lange nicht mehr geweint.

»So kann das doch nicht weitergehen«, sagte er. Immer und immer wiederholte er diesen Satz.

»Morgen hauen wir ab«, sagte er abends zu Kristina. »Es ist sinnlos hierzubleiben. Wir müssen ein Ende machen.«

Kristina sah ihn lange an. »Ja«, sagte sie schließlich, »wir müssen ein Ende machen.«

Am nächsten Morgen war die Stadt wie verwandelt. In der Nacht war der Winter wiedergekommen. Frischgefallener Schnee hatte allen Schmutz zugedeckt. Eiskristalle glitzerten in der Sonne. Die Wolken waren verschwunden, und der Himmel war von einem klaren, fernen Blau. Sehnsuchtsblau, dachte Blue. Das richtige Wetter, um nach Süden zu ziehen.

Blue stand auf der Fußgängerbrücke, die über die südliche Ring-straße ins ehemalige Industrieviertel führte. Er sah auf die schneebedeckte, sechsspurige Fahrbahn hinab. Da waren sie mor-gens und abends Stoßstange an Stoßstange dahingerollt: dicke Limousinen, aufgedonnerte Sportflitzer, benzinfressende Gelän-dewagen. Jedes Auto hatte Energie verschwendet, damit ein einzelner Passagier zur Arbeit fahren konnte.

Nun, das hatte sich erledigt.

Heute fuhr überhaupt niemand mehr.

Aber bald haben wir das hinter uns, dachte Blue. Wir gehen dorthin, wo es warm ist, und fangen neu an. Heute geht's los. Er wanderte über die Brücke zu dem leeren Einkaufszentrum, wo er sich mit Kristina verabredet hatte.

Die Luft war klar und kalt. Windböen zerrten an Blue, als er über den endlosen Parkplatz ging, der samstags immer so überfüllt gewesen war. Heute war er genauso leer wie das riesige Einkaufsparadies, durch dessen geborstene Wände der Wind fegte. Auf einer Plakatfläche am Eingang flatterte ein halbzerfetztes Werbeposter.

GEWINNEN SIE EINE TRAUMREISE IN DIE SÜDSEE!

»Gern«, murmelte Blue und starrte auf die Kokospalmen. Für Sekundenbruchteile überfiel ihn der verrückte Gedanke, der Supermarkt sei wieder in Betrieb, die Regale wieder gefüllt mit *Schmuseweich* Weichspülern, Chromdioxid-Cassetten, Walnuß-Eiscreme, Basketballstiefeln und all dem herrlichen Krempel, den es nicht mehr gab.

Aber das war vor vier Jahren zu Ende gegangen. Damals waren die Regale noch voll. Dann begann die Energiekrise und die Nah-Ost-Krise und die Nord-Süd-Krise und der Rohstoff-Boykott und die Inflation. Eins ergab sich aus dem anderen. Bald wurden die Regale immer lichter. Die kleinen Tante-Emma-Läden machten einer nach dem anderen zu. Versorgungsrationen wurden zugeteilt. Ohne Essenmarken konnte man nichts mehr kaufen. Vor dem Supermarkt zog Militär auf, um ihn vor Plünderern zu schützen. Dann begann das Militär selbst zu plündern. Und dann war alles leer. Es hatte nur ein paar Monate gedauert. Jetzt gab es nur noch Wind und Schnee im einstigen Schlaraffenland der Wünsche.

»Na, träumst du, wie es damals war?« riß ihn Kristina aus seinen Gedanken.

Er erschrak, wie unachtsam er war, aber dann umarmte und küßte er sie. »Toll siehst du aus«, sprudelte er hervor. »Und das Wetter ist auch toll. Und wir ziehen los, Richtung Süden. Mann, ich könnte . . .«

»Blue«, sagte Kristina und machte sich los.

»Was ist?«

»Ich komme nicht mit.«

»Du kommst nicht . . .« Blue wußte nicht, was er sagen sollte.

»Aber wieso, warum denn?«

Kristinas Blick streifte über die Stadtsilhouette hinter ihm, als sehe sie das alles zum ersten Mal. Dann sah sie ihn voll an.

»Ich bin krank«, sagte sie. »Ich sterbe.«

Mit einem gewaltigen Brausen kam die Welt zum Stillstand. Ein Eiszapfen schabte über seinen Rücken. Das Blut pochte in seinen Ohren.

»Kristina . . . Du, mach nicht solche Witze. Das ist nicht . . .« Sie schüttelte den Kopf.

»Vielleicht bist du nur müde.« Seine Gedanken taumelten. »Du bildest dir das nur ein. Woher willst du denn das wissen?«

»Ich weiß es eben. Das fühlt man.« Ihre Stimme war völlig kontrolliert. »Ich muß mich häufig übergeben. Manchmal habe ich so Anfälle, da bekomme ich keine Luft. Atemlähmung. Und wenn ich mich kämme« – ihre Stimme wurde noch flacher – »dann bleiben so viele Haare am Kamm hängen. Sie fallen einfach aus.«

Instinktiv faßte er nach ihrem Haar, ihrem herrlichen kupferfarbenen Haar, das er so liebte. Es war stumpf und dünn – und es blieb an seinen Fingern hängen. Hastig riß er seine Hand zurück.

»Das ist nicht wahr«, sagte er. Er schloß die Augen, als wollte er sich selbst hypnotisieren. »Das ist nicht wahr das ist nicht wahr das ist nicht wahr das ist nicht wahr DAS IST NICHT WAHR!«

»Doch, es ist wahr.« Kristina zuckte mit den Schultern. Sie wirkte, als redete sie über das Wetter. »Es ist nicht mehr wie früher, Blue. Da konntest du mit fünfzehn sagen, daß du noch sechzig, siebzig Jahre vor dir hast. Heute kannst du mit vierzehn weg vom Fenster sein. Wir haben keine Schuld an dem, was passiert ist, aber wir müssen es ausbaden. Scheiß drauf.«

Für einen Augenblick sah es aus, als würde sie ihre eiserne Selbstkontrolle verlieren, aber sie fing sich wieder.

»Wir werden einen Arzt finden.« Blue redete wie im Fieber. »Irgendwo werden wir einen finden. Der wird dir helfen. Du wirst nicht . . .« Er brachte das Wort nicht über die Lippen.

»Es ist zu spät«, sagte Kristina leise. Mit kalten Fingern fuhr sie sanft über Blues Wange. »It's all over now, Baby Blue.« Sie lächelte. »Aber es war schön.«

Blue würgte. Ein gnädiger Schock bewahrte ihn vor dem Zusammenbruch. »Ich bleibe bei dir.«

»Nein!« Kristina trat erschrocken zurück. »Nein, das will ich dir nicht antun. Laß mich gehen. Allein. Bleib hier. Bitte, Blue, versprich mir das. Du sollst mich so in Erinnerung behalten, wie ich war, bevor . . .« Sie verstummte. »Leb wohl«, sagte sie dann. »Viel Glück.« Sie drehte sich um und ging.

Blue sah ihr nach, wie sie davonging, allein und sehr aufrecht. Er war unfähig, sich zu bewegen. Mein Gott, kreiselte es in seinem Kopf, das kann nicht wahr sein. Wie kann man uns so etwas antun. Wir sind doch noch viel zu jung. Wie kann man uns so etwas antun. Laß das nicht wahr sein.

Als Kristina hinter der Supermarktruine verschwand, war es, als hätte man den Lebensnerv aus Blue gezogen. Er fiel auf die Knie, und seine Gedanken verwirrten sich.

Ein Schleier lag vor der Sonne, als sich Blue wieder erhob. Es war kälter geworden. »Weg«, murmelte er. »Weg von hier.« Vielleicht gab es irgendwo im Süden noch Länder, die nicht im Chaos versunken waren. Vielleicht konnte er sie warnen, ihnen sagen: Laßt es nicht soweit kommen. Ihr tötet eure Kinder. *Kristina.*

Er riß ein Stück von dem Plakat ab, das an der Wand hin und her flatterte. Dann machte er sich auf den Weg. Während er durch die Schneewüste nach Süden stapfte, über weite, lautlose Flächen, die langsam in der Dämmerung versanken, starrte er immer wieder auf den bunten Fetzen mit der Palme in seiner Hand.

MARCEL BIEGER

Bei den Wetterläufern

Ohne Vorwarnung brachte Nada den E-Jeep neben einem Fühlerbusch zum Stehen. Raker sah sofort auf den Scanner. Er zeigte ein merkwürdiges Gebilde aus Linien und Bögen. Es bewegte sich.

»Es läßt sich nicht genau erkennen«, murmelte Raker. »Schalte den A-Sichtschirm ein.«

Sie setzten die Mildbrillen auf, bevor die Blenden der Frontscheibe sich zurückzogen. Nada und Raker zuckten zusammen. Die Filter der Spezialbrillen konnten ihnen nicht allen Schmerz des plötzlich einströmenden Sonnenlichts ersparen.

Ein Wäldchen erhob sich vor ihnen aus dem Busch- und Grasland. Ein großes, sechsbeiniges Tier hatte mit den Vorderpranken einen Stamm zu sich herangezogen und knabberte daran. Der Leib setzte sich aus etlichen Ringteilen zusammen. Die großen Augen im flachschnäuzigen, bärenähnlichen Schädel machten einen paraintelligenten Eindruck.

Die Pranken hielten den Stamm des Schachtelgrasbaums fest im Griff. Einige Äste waren säuberlich abgenagt. Gelblich und nackt ragten sie hoch. Leicht peitschte die Spitze des langen Schwanzes des Tieres. Vier davon abstehende Podenglieder drehten sich leicht schaukelnd in konzentrischen Kreisen. Auf dem Rücken des Tieres befand sich ein hölzerner Aufbau.

»Ein Reiter!« entfuhr es Nada, als sich im Aufbau etwas regte. Ein ölig schimmernder Körper von blaubrauner Farbe. Unzweifelhaft ein Mensch. Er schien dort zu schlafen. Der Kopf war nach vorn gesackt und hatte sich den im Lotussitz zusammengelegten Beinen genähert.

»Einer von uns sollte raus«, sagte Nada seltsam gelassen. »Du.«

»Ich habe Angst«, antwortete Raker. »Du weißt, daß unsere Außen-Schutzvorrichtungen noch nicht ausgetestet sind. In unserem Lebensdom wird, angefangen von der Temperatur bis zum Eupho-Gehalt in der Luftmischung, alles geregelt. Aber in so einem A-Anzug muß ich selbst die richtigen Werte einstellen.«

»Das ist auch Ziel unserer Expedition: Meßdaten zur Verbesserung der Schutzvorrichtungen zu sammeln.«

»Und warum gerade ich? Wir kommen doch sowieso nie mehr nach Hause. Ich sehe nicht ein, warum gerade ich meine Gesundheit und womöglich das Leben für eine Aufgabe riskieren soll, die ohnehin niemandem mehr nutzt. – Geh du doch.«

»Schöne Erben des Fortschritts sind wir. Es ist uns nicht einmal mehr möglich, unbefangen ins Freie zu gehen.«

»Immerhin haben wir einen Katalog – «

» – dessen Grenzen wir gerade erkennen!«

»Denk immer an unsere Aufgabe – und daß wir erst nach ihrer Lösung in den Dom zurückdürfen.«

Brummend erhob sich Raker schließlich und ging in den hinteren Teil des Jeeps. Er mühte sich in den klobigen A-Anzug, der ihn immer an die alte Taucherglocke im Museum erinnerte.

»Vergiß nicht, die Mildbrille umzujustieren«, rief Nada von vorn. »Halt, warte!«

Nada starrte auf den A-Sichtschirm.

Die Poden am Schwanzende des Tieres wandten sich zuckend in Richtung des Jeeps. Die Vorderpranken ließen den Stamm los. Langsam und vorsichtig erhob sich der Kopf des Reiters.

»Schnell, komm, ich schalte den A-Lautsprecher ein.«

Ein Knarren drang an ihre Ohren. Sie konnten nicht entscheiden, ob es vom Reiter oder vom Tier stammte.

Der Blaubraune hob ein Rohr. Urplötzlich setzte sich der Sechsbeiner in Bewegung. Trabte auf den Jeep zu. In das Knarren mischte sich ein Klicken. Dann ein Pfeifen. Schnalzen. Stöhnen.

»Wir müssen uns ihm bemerkbar machen.«

Gut zwanzig Meter vor dem Jeep blieb das Tier stehen. Der Reiter richtete den Oberkörper auf und breitete die Arme aus.

»Sieh nur«, entfuhr es Nada, »er ist am Tier festgewachsen.«

Dünne Tentakel wuchsen aus den Rippen des Reiters und mündeten in den Nahtstellen der Ringe.

»Ich schalte jetzt das A-Mikro ein«, verkündete Nada.

»WIR KOMMEN IN FRIEDEN. WIR WOLLEN HELFEN.«

»Hältst du das für eine originelle Begrüßung?« flüsterte Raker.

»Nein, aber weißt du eine bessere?«

Tier und Reiter fuhren beim Klang der vielfach verstärkten Stimme aus dem Jeep zusammen. Der Blaubraune gab etwas von sich, das sich wie »Mieck, Mieck« anhörte.

»Er scheint nicht verstanden zu haben«, raunzte Raker.

»Kann er auch schlecht«, knurrte Nada zurück. »Er ist anderweitig beschäftigt.«

Am Horizont krochen dunkle Türme von Luftwirbeln umher, umfaßten die Staubhügel mit ihren kräftigen Ausläufern und rissen Tonnen von Sand empor.

Zwei Schwanzpoden zuckten zurück. Der Reiter hatte den Kopf nach hinten gewandt. Er hob jetzt das Rohr, zeigte damit auf den Jeep und dann auf das Wäldchen. Diese Abfolge wiederholte er dreimal. Dann ließ er das Tier wenden und trabte in die angegebene Richtung los.

»Offenbar sollen wir ihm folgen«, vermutete Raker. »Hast du die Schwanzpoden gesehen, wie sie sich den Luftwirbeln zuwandten?«

»Ja, ob er deswegen fortwollte? Aber ich kann dort nichts erkennen.«

»Sieh doch mal im Katalog nach«, giftete Raker.

»Spinner, paß lieber auf, was der Fremde unternimmt.«

»Er will uns sicher in eine Falle locken, dort ermorden und dann über einem offenen Feuer braten«, witzelte Raker.

»Um dich wäre es nicht schade.«

Nada konzentrierte sich auf die Steuerung des Jeeps. Der Wagen besaß zwar eine hervorragende Geländegängigkeit, aber durch das vor ihnen liegende Wäldchen kamen seine dreifach beschichteten Ketten sicher nicht. Dann atmete Nada auf. Kurz vor den Bäumen bog der Fremde nach rechts ab.

»Hinter uns braut sich ganz schön was zusammen«, bemerkte Raker.

Nada sah beim Umdrehen, daß er die Heck-A-Sichtschirme

geöffnet hatte. Der Anblick ließ sie schlucken. Immer mehr Luftwirbel entstanden aus dem Nichts. Strömten aufeinander zu. Verbanden sich miteinander zu einem gewaltigen Gebilde, das halbe Staubhügel mit einem Schlag vom Boden riß.

»Hoffentlich weiß der Fremde, was er tut.«

»Du kommst doch mit dem Jeep ganz gut zurecht.«

»Ich habe ja auch lange genug an solchen Kisten gearbeitet. Sollte das jetzt ein Lob sein, oder bist du nur zu dämlich, einen Jeep zu fahren?«

»Ich dachte, es gäbe keine menschlichen Monteure mehr.«

»Ich war im Planungs- und Konstruktionsstab und als Testfahrerin tätig.«

Raker konnte es sich nur mühsam verkneifen, anerkennend durch die Zähne zu pfeifen. Er räusperte sich kurz und meinte dann: »Eigentlich eine glänzende Karriere.«

»Ja, sollte man meinen. Aber eine Garantie auf ein erfolgreiches Leben hat man damit noch lange nicht.«

Nada schaltete die Stabilisatoren ein. Die Ausläufer des Luftwirbelgebildes streiften das Heck des Jeeps. Rotfarbene Sandkörner tanzten so dicht, daß die Sicht durch den A-Sichtschirm nahezu unmöglich war.

»Verdammt, wir müssen hier weg.«

Leben kam in das Wäldchen Schachtelgrasbäume. Die Stämme schienen sich aufzuplustern, bogen seitlich ab und bildeten zusammen eine Art Gatter. Auch die Blätter blähten sich auf und bedeckten die freien Stellen.

Der Reiter vor ihnen wurde schneller, bis er im Windschatten des nun geschlossenen Wäldchens angelangt war.

Raker warf einen Blick auf seine Uhr. »Man soll es nicht für möglich halten. Der Himmel ist blaugrau.«

Nada warf mit einem Ruck einen höheren Gang ein. Der Jeep machte einen Satz und fuhr dann schneller. Schweiß trat ihr auf die Stirn. Das Steuern verlangte nun nicht nur schärfste Konzentration, sondern auch etliche Körperkraft. Die Ketten hinterließen tiefe und breite Spuren im staubigen Boden.

Nach einigen Augenblicken atmete Nada befreit auf. »Das dürf-

ten wir hinter uns haben«, meinte sie. Der sechsbeinige Staubläufer war auch wieder in Trab zurückgefallen.

»Wie lange hast du eigentlich gesessen?« fragte Raker unvermittelt.

»Gar nicht. Durch meine freiwillige Meldung konnte ich mich
der Haft entziehen.«

»Was hast du denn angestellt? Wolltest du ein Loch in den Dom
hauen oder gar noch Schlimmeres? Ich meine, wer bei uns in
Haft kommt und nicht gleich nach Draußen geschickt wird, muß
schon ein tolles Ding gedreht haben.«

»Wie du schon sagtest, Schlimmeres. Es ist eine lange Geschichte. Und eigentlich wüßte ich nicht, warum ich sie dir erzählen
sollte.«

»O Mann, geht das schon wieder los! Ab einem gewissen Punkt
kann man mit dir nicht mehr reden. Sieh mal, wir sind doch jetzt
schon zwei Wochen zusammen. Fahren durch das Draußen.
Haben heute sogar einen frei lebenden Menschen angetroffen,
obwohl das im Dom niemand für möglich gehalten hätte. Lassen
uns sogar von ihm führen – vielleicht zu seinem Dorf, falls es
außer ihm noch andere gibt. Möglicherweise sind zwei Wochen
noch nicht genug, um schon als alte Bekannte zu gelten. Aber
wenn wir uns weiter voreinander abschotten, machen wir uns das
Leben im Jeep nur unnötig schwer.«

»Ganz recht«, murmelte Nada, »das Leben im Jeep.« Dann fügte
sie lauter hinzu: »Wer wollte denn nicht hinaus in die freie
Natur?«

»O Gott. Ich geh' jetzt nach hinten und zieh' mir den Anzug
wieder aus.«

Wütend verschwand Raker. Als er, noch immer mißgelaunt,
zurückkehrte, meinte Nada:

»Ich weiß ja auch nichts über dich, warum du bei dieser Expedition mitmachst – mitmachen mußt.«

»Bislang hatte ich auch nicht den Eindruck, als würde dich das
sonderlich interessieren.«

Eine weite Staubebene breitete sich vor dem Jeep aus, nur hin
und wieder von Büscheln Treibbeeren unterbrochen. Der Fremde

ritt in gleichbleibender Geschwindigkeit auf eine nahe Hügelkette zu. Der ansonsten blaugraue Himmel färbte sich über ihnen gelblich.

»Okay, ich hatte da was mit dem Sohn vom Präsidenten«, begann sie. »Reicht dir das? – Nein, wie ich deinem Gesicht ansehe, willst du mehr wissen. Also, anfangs mochte ich ihn ganz gern, aber später gingen wir uns gegenseitig auf die Nerven. Durch einen harmlosen Zufall kam ich dahinter, daß er Eupho-Verstärker verschiebt. Drogen, du verstehst. Eine dumme Bemerkung kam mir über die Lippen, die Sache kam ins Rollen und man brauchte einen Sündenbock.«

»Ich habe davon gelesen. Da war doch was mit Manipulationen am Eupho-Gemisch, oder?«

»Genau. Natürlich kann der Sohn des Präsidenten so etwas Schlechtes nicht tun. Leider gab es da ein paar Fakten, die man nicht mehr unter den Tisch kehren konnte. Das Ende vom Lied kannst du dir denken.«

»Du bist in etwas Dummes hineingeschlittert.«

»Ja, ich könnte mich heute noch für meine Naivität verfluchen.«
Der Reiter erklomm mit seinem Sechsbeiner die Hügelkette. Nada legte einen niedrigeren Gang ein. Der Jeep röhrte auf. Erdbrüche säumten den Weg hinauf, erkennbar an der verhärteten orangefarbenen Flüssigkeit, die dort ausgetreten war. Erkennbar auch am Fehlen jeglicher Vegetation im Umkreis von etlichen Metern. Aus früheren Erfahrungen wußte Nada, daß sie den Löchern ausweichen mußte. Die Flüssigkeit zerfraß die Ketten und löste sie auf.

Hinter der Hügelkette breitete sich eine Nebelwand aus. Der Fremde bewegte sich ungerührt darauf zu. Nach wenigen Augenblicken war er in ihr verschwunden.

»Verdammt, hoffentlich finde ich ihn in dieser gelben Suppe wieder. Raker, halte doch bitte die Scanner im Auge.«
Die Fahrt im Nebel war gespenstisch. Bald verlor Nada jede Orientierung. Nur mit Hilfe des Kompasses konnte sie die nordöstliche Route verfolgen, die der Reiter vor dem Eindringen eingeschlagen hatte.

»Ob er uns in eine Falle locken will?« tönte Raker düster.

»Hast du schon wieder Angst, im Kochtopf zu landen?«

»Ach was, ich meine es ernst. Umsonst hat uns der Reiter nicht in diese Suppe geführt.«

Ein hell heulender Ton ließ sich vernehmen. Der Fremde kam wieder in Sicht. Er war stehengeblieben. Er lauschte.

Auch der Ringläufer hatte den Kopf erhoben. Er zuckte kurz mit den Schwanzpoden und setzte sich dann wieder in Bewegung. Nach links.

Verwundert lenkte Nada den Jeep in die gleiche Richtung. Es ging bergauf.

Wieder ertönte das Heulen. Nada gewann den Eindruck, als bewegten sie sich auf seine Quelle zu. Endlich lichtete sich die Nebelwand. Sie befanden sich auf einem höher gelegenen Plateau.

»Dort drüben«, keuchte Raker. »Ein Magmasee – oder was?«

Etwas Glutflüssiges erstreckte sich rechter Hand bis zum Horizont. Die Ränder des Sees waren verhärtet. Bizarre kristalline Strukturen und Gebilde reckten sich empor. Weit draußen blubberte und zerplatzte die Gischt des Meers aus Hitze und düsterem Rot.

»Gut, daß unsere Technik wenigstens ausgezeichnete Airconditioner und Temperaturschilde fabriziert hat«, meinte Nada. Es sollte sachlich und kühl klingen, hörte sich aber eher nach einem Stöhnen an. Raker erkannte daraus ihre Erregung. Aber ihm erging es nicht besser.

»Kein Wunder, daß weite Landstriche mit Nebel bedeckt sind«, sagte Nada mehr zu sich selbst.

Feuerrot leuchtete der Horizont. Der Blaubraune ritt auf den höchsten Punkt des Plateaus zu. Dort stand einsam ein Fadenbaum. Wie ein Vorhang hingen garndünne Reben an einer Seite herab. Der Fremde erhob sein Rohr und plazierte sich so, daß sich der Lufthauch beim Blasen an den Fäden reiben mußte. Ein hoher, weithin hörbarer Laut ertönte.

»Merkwürdig, bis jetzt habe ich eigentlich nicht damit gerechnet, daß noch mehr von seiner Sorte hier leben«, bemerkte Raker.

»Offensichtlich ist das aber ein Nachrichtensystem. Sieh dort, am anderen Ende: drei Reiter.«

Nada rieb sich die Nasenspitze. »Dann können wir ja Phase II einleiten – Kontaktaufnahme mit einer Gemeinschaft der Primitiven. – Wie schön, daß der Katalog uns jede Entscheidungshilfe gibt.«

»Wir müssen nur noch ihr Dorf finden. Nur wenige Expeditionen sind zurückgekehrt. Und keine davon konnte mit einer Kontaktaufnahme zu den Wilden aufwarten. Sollten wir die ersten sein?«

»Seltsame Vorstellung. Ich hätte nicht gedacht, daß wir es schaffen würden.«

»Wie heißt es weiter im Katalog: Im Dorf Hilfsangebote unterbreiten – Maschinen, die das Alltagsleben erleichtern, hundertprozentige medizinische Versorgung – dank der Erfolge unserer Pharma-Industrie, und so weiter und so fort. Nicht zu vergessen die Jeeps.«

»Hört sich wirklich selbstlos an, nicht wahr? – Aber nein, ich wollte nicht wieder zynisch sein. Schließlich profitieren wir von einem zu schließenden Abkommen auch gehörig. Denn wenn wir mit diesen Leuten zu keiner Zusammenarbeit kommen, geht unsere Gemeinschaft im Lebensdom zugrunde.«

»Degeneration, so heißt es, stehe uns bevor.«

»Bevorstehen? Wenn ich dich als Mann so sehe, weiß ich nicht, ob sie nicht schon da ist.«

Raker lief rot an. »Wäre ich Biopsychologe, würde ich sagen, Kratzbürstigkeit sei ein deutliches Symptom für Degeneration im fortgeschrittenen Stadium.«

Nada schnaubte nur. Raker ärgerte sich plötzlich, daß er sich hatte gehenlassen. Ihr gegenüber Erregung zu zeigen, schien ihm das falscheste zu sein, was man tun konnte. Sachlich fuhr er fort: »Die Degeneration kann von den Wissenschaftlern bald nicht mehr kontrolliert werden. Wir brauchen neue Gene –«

» – auch wenn sie von – deiner Ansicht nach – Primitiven stammen –«

» –, deren Gene jedoch gesünder sind als unsere . . .«

Raker unterbrach sich, als Nada zu kichern begann. Der aufkommende Ärger zog seinen Magen zusammen. Mit äußerster Konzentration zwang er sich dazu, nüchtern weiterzusprechen.

»Man muß es doch einmal realistisch sehen. Die Primitiven gelangen sozusagen in ein Goldenes Zeitalter. Raus aus den Lehmhütten – oder worin sie auch immer hausen mögen. Nie wieder krank, psychiatrische Versorgung, Airconditioning . . . Auch wenn sie kaum von seelischen Problemen wissen dürften.«

»Es sind immer noch Menschen.«

»Ja, du hast recht. Wir sollten ihnen gegenüber nicht allzu viele Dünkel zeigen. Ich frage mich sowieso, wie sie die Katastrophe vor einigen Jahrhunderten überlebt haben. Gut, unsere Vorfahren konnten sich rechtzeitig in den Prädom retten, der dann im Lauf der Jahre zum Lebensdom ausgebaut wurde.«

Die drei Reiter kamen näher, bis sie den Führer des Jeeps erreicht hatten. Sie gestikulierten, schwangen ihre Rohre und preßten die Handflächen gegeneinander.

»Jetzt erzählt er ihnen wohl, er sei auf Götter gestoßen und habe sie gleich mitgebracht.«

Nada antwortete nicht darauf. Sie schluckte ihre Vitaminpräparate und Leukozyten-Aufbaupillen. Raker erinnerte sich daran, daß er seine heutige Ration nebst den Nierensurrogatstoffen noch nicht eingenommen hatte.

»Phase III«, bemerkte Nada schluckend. »Einige Wilde kommen mit uns in den Lebensdom, wo sie zuallererst auf ihre Gesundheit hin untersucht werden müssen. Nach einer gewissen Assimilierungsperiode werden sie in die Gemeinschaft integriert und der untersten Arbeitsklasse eingegliedert. Einige Vertreter vom Volksplanungskomitee rechnen sogar mit der Möglichkeit, aus den Begabtesten ihrer zweiten Generation Ingenieure der Gruppe IV zu machen. Nicht schlecht was?«

Sie verzog das Gesicht, als sie sich eine Eupho-Injektion gab.

»Ja, besonders, wenn sie dann auch Mildbrillen aufsetzen müssen«, antwortete Raker, um einen Witz zu machen.

Nada schwieg. Diese Vorstellung erschien ihr alles andere als komisch.

»Was die bloß alles zu bereden haben?« maulte Raker unsicher.
Ihr Führer wandte auf einmal seinen Sechsbeiner um und ritt
zum Jeep zurück. Die anderen blieben, wo sie waren. Wie dunkle
Flecke hoben sie sich vom roten Horizont ab.

»Schalte mal den A-Receiver ein«, sagte Raker. »Ich glaube, er
will uns etwas sagen.«

Töne entrangen sich dem Mund des Fremden. Sie ergaben jedoch
für die beiden Insassen des Jeeps keinen Sinn.

»Ob wir ihm etwas über den A-Lautsprecher erzählen sollen?«

»Nein, wenn wir ihn nicht verstehen, wird er aus unseren
Worten auch nicht schlau.«

Der Fremde gab noch nicht auf. Raker meinte, andere Töne zu
hören als vorhin, war sich darin aber nicht ganz sicher.

Der Blaubraune zuckte die Achseln und warf einen Blick auf die
Neuankömmlinge. Dann schwenkte er sein Rohr in der Luft.
Verzerrte das Gesicht. Gab mit den Händen Zeichen.

»Wir sollen ihm wohl folgen«, erkannte Nada.

Sie ließ den Jeep anrollen. Der Fremde schien befriedigt und
trabte zu seinen Leuten zurück.

»Irgendwie blöd«, brummte Raker. »Jetzt stehen wir vor einem
ganzen Trupp Wilder und können nicht mit ihnen reden.«

»Unsinn! Wenn es Menschen sind, dann muß ihre Sprache eine
Verwandtschaft zu der unseren aufweisen. Auch wenn beide
Sprachgruppen jahrhundertelang isoliert waren, bestehen doch
gemeinsame Wurzeln.«

»Bist du Linguist? Mir sind jedenfalls keinerlei gemeinsame
Sprachvorfahren aufgefallen. – Das Ganze erinnert mich mehr an
mein ehemaliges Zuhause. Wir waren auch Menschen, meine
Frau und ich, aber zum Schluß konnten wir uns einfach nicht
mehr verständigen. Was sie sagte, ging mir nicht in den Kopf
hinein, und ihr erging es wohl ebenso. Aber das ist wieder eine
ganz andere Geschichte.«

»Hat sie etwas mit der Expedition zu tun?«

»So ziemlich. Zum Schluß bekam ich keine Luft mehr zum
Atmen, seelisch und physisch, wo immer ich mich auch gerade
aufhielt. Wir wollten uns trennen, und dabei kam es zu einer

dramatischen Auseinandersetzung. Sie stürzte unglücklich und behauptete, ich hätte sie gestoßen, was ich nicht hundertprozentig abstreiten kann. Sie verklagte mich, und mir blieb nur die Wahl, meine ganze Existenz zu vernichten und auf der Straße zu liegen oder an der Expedition teilzunehmen. Während meiner Abwesenheit zahlen die Behörden meine Verpflichtungen weiter. Eine Sorge bin ich also los. – Die Behörden haben sicher ein Interesse an meiner Rückkehr, weil die Aufwendungen an meine Ex so hoch sind.«

»Du hast es gut. Meine Rückkehr wäre wohl das letzte, was die offiziellen Stellen sich wünschten. – Eigentlich beruhigt mich deine Anwesenheit jetzt. Auch wenn es blöd klingt, aber ich besitze damit wenigstens die Fiktion, wieder in den Dom zurückzukehren – wo du so unentbehrlich bist.«

»Erstens, willst du denn wirklich zurück? Und zweitens glaube ich kaum, daß unsere Domgemeinschaft bei meinem Ausbleiben zugrunde geht.«

Nada preßte die Lippen aufeinander. Die zweite Bemerkung brachte ihr ganzes inneres Sicherheitsgefüge ins Wanken, während die erste sie empörte.

»Warum sollte ich nicht zurückwollen?«

»Weil dich im Dom ja doch keiner haben will.«

»Idiot, würdest du denn gern hier draußen bleiben?«

»Nein, natürlich nicht. Mir wäre es im Draußen auch viel zu gefährlich.«

»Gefährlich . . ., sicher. Aber ich weiß nicht so genau, irgendwie ist es im Dom auch auf Dauer nicht sicherer. Ich meine, er steht kurz vor seinem Untergang – aber ob das Draußen eine Alternative ist?«

Raker war versucht, ihr recht zu geben. Aber rasch gewann seine Verhaltensschablone gegenüber Nada wieder die Oberhand.

»Du bist wie meine Ex, weißt auch nicht, was du willst.«

Raker registrierte, daß dieser Hieb gesessen hatte. Nada wandte sich mit hochrotem Kopf von ihm ab.

Die Reitergruppe hatte den Rand des Plateaus verlassen und ritt nun einen schmalen Bergpfad hinauf. Nada hatte Mühe, den Jeep in der Enge zu steuern. Raker bekam Gewissensbisse, widerstand aber der Versuchung, sie mit einem Streicheln über das strohblonde Haar zu besänftigen. Irgendwie, so dachte er, standen sie sich dafür noch nicht nahe genug. Wenn Nada bloß nicht so abweisend wäre.

Die Fahrt dauerte etwa eine Stunde. Dann verbreiterte sich der Pfad. Die Reiter hielten an. Aufatmend brachte Nada den Wagen zum Stehen.

Die merkwürdigen Fremden unterhielten sich aufgeregt und zeigten immer wieder ins Tal hinab.

Eine Ebene, die zu zwei Dritteln von den Ruinen einer Stadt eingenommen wurde. Halbnackte Gestalten liefen, hüpften und sprangen im Vorfeld der zerfallenen Mauern. Metallisch blitzende Gestalten konzentrierten sich an den Ausläufern der Ruinen. Geordnet rückten Teile von ihnen vor. Feuerstrahlen tasteten lodernd umher. Versengten die Erde, wo sie auftrafen. Ließen ganze Bäume in Sekundenbruchteilen verkohlen.

Einer der vier Reiter, ein kräftiger Mann mit einer gewaltigen Brust, löste die Tentakel von seinem Staubläufer. Er stieg ab. Zwei andere reichten ihm ihre Rohre. Er nahm sein eigenes hinzu und steckte alle drei gleichzeitig in den Mund.

Ein gellender, knapp unter der Obergrenze des Hörbereichs liegender Ton erscholl. Nada preßte sich die Hände an die Ohren. Raker stöhnte. Wimmernd brachte er hervor: »Stell den Receiver ab!«

Unten im Tal vor der Stadt kam Unordnung in die Reihe der Metallgestalten. Einige begannen, sich auf der Stelle zu drehen, andere torkelten wie betrunken und wieder andere versuchten, sich mit aller Gewalt in die Erde zu bohren.

Die vorher ziellos herumlaufenden Menschen warfen nun Seile. Die Schlingen verfingen sich an den Metallwesen. Sechsbeiner zogen sie davon.

Eine zweite Reihe Metallgestalten marschierte aus den Ruinen. Einige Flammenstrahlen trafen Tiere. Sie brachen zusammen. Waren tot oder lagen im Sterben.

»Quislings«, flüsterte Raker. »Metallsoldaten mit einem bioelektronischen Gehirn. Aber die gibt es doch seit der großen Katastrophe vor etlichen Jahrhunderten nicht mehr.«

Ein verirrter Strahl fuhr unweit des Jeeps in den Berg. Die Erde platzte dort auf. Verdampfte. Ein Loch entstand, das sich rasch bis auf einen Meter Durchmesser vergrößerte. In einer kleinen Fontäne spritzte eine hell orangefarbene Flüssigkeit aus dem Loch. Fiel hierhin und dorthin. Sammelte sich zu einem Strom. Verbrühte Erde und Vegetation. Näherte sich dem Jeep. Erreichte ihn. Löste Metall, Plastik und Ketten auf.

»Was riecht hier so?« murrte Raker. Nada warf einen Blick auf den Kontrollschirm.

»Der Druck entweicht«, rief sie schrill. Sie raste blindlings in den hinteren Teil des Jeeps. Raker sah ihr hilflos nach. Sie warf sich in den A-Anzug.

Nach einigen Sekunden löste sich Rakers Schreckensstarre, und er tat es Nada nach. Sie hängte sich Kompakt-Sauerstoffflaschen um. Raker sah durch den Heckschirm.

»Ein Erdbruch. Der Jeep bekommt ein Loch!«

Die hintere untere Ecke des Wagens lief fahlgrau an. Zerbröckelte und löste sich ganz auf. Dicke, orangefarbene Flüssigkeit blubberte langsam durch das Loch. Nahm jede Festigkeit aus allem Material, das sie berührte. Kasten, Wände und Werkzeuge wurden weich wie Gummi, schmolzen zusammen zu einem unidentifizierbaren Brei und wurden von dem orangefarbenen Strom verschlungen.

»Schnell, zur Notluke!« befahl Nada. Raker wollte losstürmen, wurde aber von der Klobigkeit seines Anzugs erheblich in seinen Bewegungen eingeschränkt. Nada verschwand erstaunlich behende durch die Luke. Raker stieg wesentlich hektischer hinterher.

Neue Seile flogen in den Himmel. Nahe der Stadt trafen sie die halb eingestürzte Wand einer markanten, etwas außerhalb stehenden Ruine. Ein kräftiger Ruck an den Seilen. Die Wand kippte um und begrub Metallgestalten unter sich.

Stur marschierte der Rest der Quislings weiter. Schoß emotionslos auf alles, was sich bewegte.

»Mein Gott, mir . . .«, würgte Raker, als er auf der Erde stand.
Nada eilte auf ihn zu und justierte seine Sauerstoffzufuhr neu.
»Die Menschen besiegen die Metallgestalten«, sagte Nada tonlos.
»Im Katalog steht, die Quislings seien unüberwindlich.«
Ein erneuter Tonsturm aus den Rohren ließ die Metallsoldaten
aus dem Tritt geraten. Sie begannen, sich gegenseitig zu beschie-
ßen.
»Laut Katalog sind die Quislings an eine mechanische Befehlszentrale gebunden. Nur nach deren Ausschaltung können die
Metallwesen besiegt werden. – Aber die ›Wilden‹ müssen eine
andere Methode gefunden haben. Denn offensichtlich arbeitet die
Befehlszentrale noch.«
Einige Blaubraune lockten die übriggebliebenen Quislings durch
groteske Sprünge an. Sie hatten Erfolg. Etwa zwanzig Metallwesen stürmten auf die vermeintlich leichte Beute zu. Plötzlich gab
der Boden unter ihren Füßen nach. Genauso stoisch, wie sie sich
als Soldaten im Einsatz bewegt hatten, stürzten sie jetzt in ein
Loch.
»Eine Schlickgrube«, entfuhr es Nada. »Da kommen die Quis-
lings nie mehr raus. Das Sandwasser dringt in ihre Scharniere
und bioelektronischen Gehirne. – Und wir nennen sie ›Wilde‹.«
»Ich kann mich nicht erinnern, daß du je eine hohe Meinung von
ihnen hattest«, giftete Raker, der sich inzwischen vom ersten
Schock erholt hatte. »Komm schon, wir müssen versuchen, den
Jeep zu reparieren. Oder willst du ewig in dem Anzug bleiben?«
»Mann, begreifst du denn nicht, was diese Leute tun?«
»Spiel nicht verrückt, der Wagen wartet.«
Nada warf einen Blick auf den zur Hälfte zusammengeschmolze-
nen Jeep. Sie zuckte kurz mit den Achseln. Die orangefarbene
Flüssigkeit hatte sich verhärtet.
Nada trat auf die Reiter zu. Raker ballte die Fäuste. Nadas
Unbekümmertheit brachte ihn in Rage. Und der Anblick des nie
mehr einsatzfähigen Jeeps brachte ihm seine ganze Hilflosigkeit
zu Bewußtsein.
Ein Vortrupp der Blaubraunen in der Ebene näherte sich vorsich-
tig der Stadt. Sie huschten von Ecke zu Ecke. Achteten ständig

darauf, sich in Deckung zu halten. Leben kam in die Ebene. Die Leute verließen ihre Verstecke. Mehrere hundert strömten schließlich auf die Ruinen zu.

Der Reiter, der sie hierhergeführt hatte, lud Nada mit einem Handzeichen ein, auf seinen Sechsbeiner zu steigen. Raker konnte nicht mehr an sich halten und stürmte los. Seine Erregung machte ihn so blind, daß er stolperte, hinfiel und sich am Bein den Anzug aufriß.

Mit schreckgeweiteten Augen schrie er auf. Nada sah zu ihm hinüber und stieg wieder ab. Ohne übertriebene Eile näherte sie sich ihm und besah sich den Wimmernden. Dann schlug sie ihm mit der Faust auf den Kopf. Das Material des Anzugs dämpfte die Wucht zwar erheblich ab, aber Raker war mit einem Mal still.

»Sieh nur, wer da kommt«, sagte Nada.

Raker war viel zu baff, um zu widersprechen. Er sah nach unten. Ein Mann stieg zu ihnen hinauf. Ein Mann von seiner Hautfarbe. Ohne Tentakel. Aber auch ohne Schutzanzug.

Nada half Raker aufzustehen. »Die ›Wilden‹ sind nicht allein«, sagte sie. »Kennst du diesen Mann?«

»Ja«, stammelte Raker, »es ist Zilligam. Vor drei Jahren wegen Werkssabotage verurteilt. Bekam einen Jeep und wurde nach Draußen geschickt. Seitdem verschollen.«

»Mein Bekannter. Freund vom Sohn des Präsidenten. Vorher schon einmal im Draußen gewesen«, fügte Nada hinzu und imitierte dabei Rakers knappe Sprache.

Raker schluckte dreimal. Dann atmete er tief ein und sagte: »Ich glaube, es ist an der Zeit, daß du mir einiges erklärst. Warum hast du zum Beispiel keine Angst, dich außerhalb des Jeeps aufzuhalten? Woher kennst du Zilligam? Warum kommt er zu uns?«

Nada lag eine gehässige Bemerkung auf der Zunge, die sie aber verschluckte. Seit ihrer Flucht aus dem Jeep hatte sie sich immer besser gefühlt. Natürlich hatte sie in den ersten Minuten die aufkommende Panik niederkämpfen müssen. Aber jetzt spürte sie in zunehmendem Maße Gelassenheit und Zufriedenheit.

»Ich bin selbst von mir überrascht, hier draußen nicht hysterischer zu reagieren«, erklärte sie ihm. »Wahrscheinlich kommt mir dabei zugute, daß ich nicht zum ersten Mal im Draußen bin.«

»Was!« entfuhr es Raker.

»Ja, der Sohn vom Präsidenten und seine Clique haben es sich zum Sport gemacht – so eine Art Mutprobe, wenn du willst – und sind ins Draußen gefahren. Natürlich wurde das streng geheimgehalten. Ich weiß nicht einmal, ob sein Vater darüber unterrichtet ist. Zilligam war übrigens auch dabei. Ich hoffe nur, er kennt mich noch. Zilligam war einer der wenigen netten Menschen in der Clique.«

In der Ebene zogen die Blaubraunen in die Stadt. Sie schienen zu wissen, was sie wollten. Denn vor jeder Ruine sonderten sich ein paar ab und verschwanden im zerbröckelnden Mauerwerk.

Zilligam tauchte vor den vier Reitern auf und begrüßte sie herzlich. Bei einem kurzen Seitenblick entdeckte er die beiden Wesen im A-Anzug.

»Oh, wen haben wir da?« sagte er lachend und trat auf Nada zu. Raker saß nur staunend da und beobachtete, wie die beiden sich gegenseitig wiedererkannten. Mit nicht zu unterdrückendem Mißfallen wanderten Rakers Augen über den muskulösen Körperbau des nackten Zilligam. Er wunderte sich über diese Gefühlsaufwallung, wehrte sich aber entschieden dagegen, die Erkenntnis daraus in seinen Gedanken Gestalt annehmen zu lassen. Entsetzt verfolgte er mit, wie Nada den Helm vom A-Anzug löste. Sie lief rot an, hustete und würgte. Aber nach wenigen Augenblicken atmete sie bereits tief durch und schien keine weiteren Beschwerden zu haben.

Leicht pikiert vermerkte Raker, daß die beiden erst nach einigen Minuten seiner gedachten und zu ihm kamen.

»Das ist Zilligam«, sagte Nada.

»Angenehm«, brachte Raker gepreßt hervor.

»Zilligam lebt bei den Wetterläufern – den ›Wilden‹, wie du sie nennst.«

Raker wollte protestieren, unterließ es aber, als er das Lächeln auf Zilligams Zügen bemerkte. Diese betonte Herzlichkeit ging ihm ganz gehörig auf die Nerven.

»Warum nehmen Sie den Helm nicht ab?« forderte Zilligam ihn auf. Seine Stimme klang angenehm sonor, was keineswegs dazu geeignet war, Rakers Meinung von Zilligam ins Positive zu verändern.

»Niemals!« antwortete Raker schärfer als beabsichtigt auf diesen Vorschlag.

»Dann läßt du es eben«, sagte Nada. Raker glaubte, einen schnippischen Unterton herausgehört zu haben. »Erzähl ihm doch etwas von den Wetterläufern«, fügte sie hinzu.

»Ihnen sind sicher eine Reihe von Vorgängen aufgefallen, für die sie bislang keine Erklärung wußten. Die Wetterläufer sind die Nachfahren derjenigen, die die Katastrophe überleben konnten – und nicht den Schutz der Prädome gefunden hatten. Sie haben sich angepaßt, um es kurz zu machen und Ihnen langwierige Erklärungen zu ersparen –«

Raker wollte wütend aufbegehren. Nach dieser Bemerkung kam er sich wie ein dummer, kleiner Junge vor.

» – aber das werden Sie mit Leichtigkeit selbst feststellen können.«

»Wieso?« wollte Raker wissen.

»Na, weil wir Zilligam ins Dorf der Wetterläufer begleiten wollen«, erklärte Nada.

Ungezählte empörte Fragen kamen Raker ins Bewußtsein. Es waren so viele, daß er gar nicht wußte, womit er beginnen sollte.

»Diese Menschen bekämpfen und zerstören Flora und Fauna nicht mehr, wie das ihre und unsere gemeinsamen Vorfahren noch getan haben«, fuhr Zilligam fort. »Der Mangel an technischem Wissen und die Notwendigkeit, in einer auf den ersten Blick völlig lebensfeindlichen Umwelt förderten die Entwicklung dieser Lebensweise. Man darf nicht vergessen, daß es sich bei den Vorfahren der Wetterläufer um eine Zufallsgemeinschaft handelte. Etliche Berufe waren nicht mehr vorhanden, viele Fähigkeiten und Fertigkeiten und Erkenntnisse und Wissensgebiete gingen in großen Teilen verloren. Man mußte sich also mit der Umwelt, der Natur arrangieren. Und das ist den Wetterläufern gelungen. Sie haben mitverfolgen können, mit welchen – in Ihren Augen sicher primitiven – Mitteln sie die Quislings ausschalten konnten. Sie leben in einer Art geistiger Symbiose mit ihren Reittieren – nicht nur mit denen übrigens –, womit Ihnen auch der Sinn der Tentakel an ihren Rippen klar sein dürfte.

Ich kenne Ihren Auftrag. Schließlich wurde ich ja selbst dazu verurteilt. Aber lassen Sie sich gesagt sein, die Wetterläufer brauchen weder die Psychopharmaka, die technischen Errungenschaften oder andere Hilfen aus dem Lebensdom. Sie wissen sich sehr gut bei Krankheiten selbst zu helfen – im Einklang mit der Umwelt. Sie brauchen Ihre Technik nicht – wozu auch. Natürlich haben sie ihre eigenen Werkzeuge und Hilfsmittel, doch die gehen nicht unbedingt zu Lasten der Natur.

Nachdem ich vor einiger Zeit auf sie gestoßen bin, lebe ich bei ihnen. Natürlich hatte ich zuerst ebensolche Hemmnisse und Schwierigkeiten zu überwinden wie Sie. Unsere krankhafte Furcht, den Jeep zu verlassen, die Luft im Draußen zu atmen, ohne Mildbrille und Tablettenrationen auskommen zu müssen – na, Sie wissen schon. Aber Sie können mir glauben, es geht. Und man lebt sogar sehr gut damit. Ich fühle mich befreiter, ungezwungener. Und sehen Sie Nada: sie hat sich schon sehr gut an die Luft gewöhnt.«

Nada lächelte, als hätte Zilligam soeben die größte Entdeckung der Menschheit gemacht. Stück für Stück begann sie damit, alle Teile ihres Schutzanzuges auszuziehen. »Wir brechen gleich auf. Er behindert mich so.«

»Ich . . . äh . . .«, begann Raker.

»Willst du nicht mit?« fragte Nada.

Raker gab keine Antwort. Er war viel zu verwirrt, um eine Entscheidung treffen zu können.

Nada sah seinem Gesicht an, mit welchen Schwierigkeiten er zu kämpfen hatte. »Ich kann und will dich nicht zwingen«, sagte sie ruhig. »Ich für meinen Teil ziehe mit Zilligam und den Wetterläufern. Mich zieht nichts zum Dom zurück – so, wie man mir dort mitgespielt hat. Ich kenne Zilligam schon lange und habe Vertrauen zu ihm. Diese Gemeinschaft hier scheint mir eine Zukunft zu haben. Und ich will leben. Will nicht Zeuge und

Mitwirkender des Untergangs sein, dem die Gemeinschaft im Dom unweigerlich in ihrer Isolation und Lernunfähigkeit entgegensteuert. – Ich weiß jetzt, nicht wir müssen den ›Wilden‹ Hilfe bringen, sondern umgekehrt braucht der Dom die Hilfe der Wetterläufer. Zilligam erzählte mir eben, daß er nicht der einzige aus dem Dom ist, den es hierhinverschlagen hat. Und diese Leute arbeiten daran, Dom und Wetterläufer in diesem Sinn zusammenzubringen. Da möchte ich gern mitmachen.«

Raker nickte düster. Nada erklärte ihm weiter, daß er sich an die Leute in der Ebene wenden könne, wenn er sich doch noch für die Wetterläufer entschiede. Dann bestiegen sie und Zilligam einen Sechsbeiner und nahmen hinter einem Wetterläufer Platz. Der Trupp setzte sich in Bewegung und ritt ins Tal hinunter.

Raker sah ihnen nach und warf dann einen Blick zurück auf die Jeep-Ruine. Der Verstand sagte ihm, daß in Nadas Worten mehr als ein Körnchen Wahrheit steckte und er zumindest den Versuch einmal wagen sollte. Auch er hatte im Hinterkopf immer gewußt, daß das Leben im Dom am Scheideweg stand und nur durch Hilfe von außen gerettet werden konnte. Aber irgendwo im Unterbewußtsein steckte eine Hemmschwelle. Raker versuchte, sich über sie klar zu werden, die Einwände Stück für Stück abzuklopfen, um so zu einer Entscheidung zu kommen. Aber je stärker er sich bemühte, desto unklarer, schwächer und verschwommener wurden seine Argumente.

Raker besah sich den Riß in seinem Anzug. Die offengelegte Stelle schmerzte nicht, noch machte sie sich sonstwie unangenehm bemerkbar.

Er machte einen letzten Versuch, sich der Hintergründe seiner Hemmschwelle bewußt zu werden. Währenddessen begannen seine Finger, den Verschluß des Anzugshelms zu öffnen.

ANDREAS BRANDHORST

Die Planktonfischer

Die Wolken glühten rot und orange. An diesem Morgen war der Wind weich. Er glich den immateriellen Händen eines unsichtbaren Riesen, die sanft über die Kolonie aus Windquallen hinwegstrichen. Fern im Osten ging die Sonne auf. Der rote Ball, vom Dunst noch wie von einem Schleier umgeben, würde sich in der nächsten halben Stunde in ein lebensspendendes, gelbes Glanzauge verwandeln.

Aryna warf ihr langes schwarzes Haar in den Nacken und summte das Lied, das innere Ruhe brachte und die dünne Membran beiseite schob, die ihre Empfindungen unter Kontrolle hielt. An diesem Morgen war das Lied melancholisch, von Wehmut durchsetzt, voller Fernweh. Wie groß die Welt doch war. Aryna suchte nach einem passenden Wort, fand aber keins. Die Welt war einfach . . . riesig. Da waren die gewaltigen Luftozeane, schon unfaßbar genug. Doch am Grunde dieser Atmosphärenmeere existierte noch die Festwelt, ein Ort der Düsternis und Zersetzung. Sie schauderte unwillkürlich, und ihr Summen verklang für einige Augenblicke.

»Traurigkeit«, sagte eine schwere Stimme an ihrer Seite, »offenbart dem Geist größere Einsicht in die Gefühle. Doch zuviel Traurigkeit schafft ein Gefängnis, aus dem sich das Bewußtsein kaum noch befreien kann. Bist du traurig?«

Der Weise legte ihr die Hand auf die Schulter. Aryna drehte sich um. Sie war erst sieben Kalbungen alt – und doch ganz anders als ihre Alterskameraden und -kameradinnen.

»Traurig?« Sie überlegte. »Ja. Und nein. Dort«, sie vollführte eine weitausladende Geste, »gibt es so vieles, was ich sehen und erfahren möchte.«

Der Weise lächelte. Das Gesicht des hochgewachsenen Mannes in dem ockerfarbenen Kilt war runzlig. Sein Haar war weiß.

Der lange, graue Bart erzitterte im lauen Wind.

»Ich verstehe. Die Unruhe der Jugend. Deine Zeit wird kommen, Aryna. Schneller noch, als du jetzt glaubst. Du wirst hinausgehen und andere Dinge sehen.«

Er wandte sich erneut um und deutete auf die Landschaft der Windqualle. Das gewaltige Atmosphärengeschöpf maß zwei Kilometer in der Länge und fast ebensoviel in der Breite. Hügel, Berge, weite Ebenen. Eine Welt für sich. Ein Kosmos – aber ein Kosmos mit Grenzen. Dann beugte sich der Weise nieder und berührte mit den Fingern den feinen Spalt im Boden zu ihren Füßen. Der Untergrund war halbtransparent, und ihr Blick ging einige Meter ins Innere der Windqualle hinein. Aryna sah die pulsierenden Zellen, die dunklen Punkte der Farbpigmentierungen, die schillernden Farbbahnen der Blut- und Lymphgefäße.

»Bald wird diese Qualle wieder kalben«, sagte der Weise. »Siehst du diese Linie? Hier wird sich eine Zelleneinheit der Meduse abspalten, zu einem neuen, eigenständigen Geschöpf werden. Sie wird davonsegeln, von den Aufwinden emporgetragen, der Sonne entgegen. Sie wird wachsen, bis sie genauso groß ist wie die Windqualle, die unser Zuhause ist.« Der Weise lächelte erneut. In seinen Augen schimmerten Wärme und Zuneigung. »Doch dieser Teil wird erst dann kalben, wenn er bereit und reif ist. Du bist sieben Kalbungen alt. Du hast noch Zeit. Du mußt noch lernen.«

Aryna lächelte, erhob sich auf die Zehenspitzen und hauchte dem Weisen einen Kuß auf die Wange. Drüben, bei den Hütten, die sich an den Hang eines Hügels schmiegten, wurden fröhliche Stimmen laut. Eine Gruppe von Planktonfischern machte sich auf den Weg.

»Oohhh!« machte Aryna. Und dann: »Darf ich mit? Ich möchte so gern einmal dabeisein . . .«

Der Weise lachte leise. »Du weißt, daß ich dir nichts abschlagen kann.« Er kniff die Augen zusammen und sah zu der Gruppe hinüber, die sich zum Aufbruch bereit machte. »Ah, Renar ist auch dabei. Wende dich an ihn, wenn du Fragen hast. Und du hast bestimmt Fragen.«

Aryna lief schon davon. Die Schnellschnecke an ihrer Seite hatte Mühe, mit ihr mitzuhalten. Die vielen hundert Beinpaare bewegten sich in einem fließenden Rhythmus, und die beiden Fühler, auf dessen Enden die Augen saßen, zitterten nervös umher.

»Nun komm schon, Freund!« rief Aryna froh. »Sonst brechen die Fischer noch ohne uns auf!« Sie hatte die Schnellschnecke immer nur *Freund* genannt. Sie hatte keinen anderen Namen. Und sie war wirklich ihr Freund. Manchmal war sie nachts aufgewacht, weil sie geglaubt hatte, Freund hätte zu ihr gesprochen, im Traum. Dann hatte sie den Pelzflaum der Schnellschnecke gestreichelt, und Freund hatte sie mit seinen Fühlern geneckt. Jedes Kind des Dorfes hatte einen Freund. Manche – wie sie – eine Schnellschnecke, manch anderer einen Muschelläufer oder eine Kleinmeduse.

Aber bestimmt, dachte Aryna, als sie die Gruppe der Planktonfischer erreichte und Atem schöpfte, kann sich kein anderes Mädchen und kein anderer Junge im Schlaf mit seinem Freund unterhalten. Ganz bestimmt nicht.

Renar war ein netter Mann, bestimmt schon fünfundzwanzig Kalbungen alt. Er schüttelte nur scheinbar verzweifelt den Kopf.

»Dir kann man wohl nirgends entkommen!« rief er und warf die Arme empor. »Dir und deinen Fragen.«

Aryna lachte. »Der Weise hat's mir erlaubt. Und ich habe eine Menge Fragen . . .«

Die Planktonfischer überprüften noch einmal ihre Netze aus verwobenen Luftalgen, dann brachen sie auf. Außer Renar gehörten noch sechs weitere Männer und Frauen zu dieser Erntegruppe. Aryna lief fröhlich und unbeschwert zwischen ihnen umher, stellte hier eine Frage, forderte dort eine verständliche Antwort. Es gab ja *so viel* zu lernen! Die Schnellschnecke war darauf bedacht, ihr auf ihren Stummelbeinen zu folgen. Bald schon blieb das Dorf hinter ihnen zurück. Einmal vernahm Aryna den erstaunten Ruf einer Alterspartnerin, und da lächelte sie. Die anderen Mädchen und Jungen waren nun auf dem Weg zu den täglichen Unterweisungen der Weisen. Vielleicht, dachte sie – und ihr Herz klopfte dabei –, würde sie heute zum erstenmal diese Windqualle verlassen und die Oberfläche eines anderen Geschöpfs betreten, eine neue Welt, einen anderen Kosmos.

Sie kamen an großen Porenkratern in der Haut der Windqualle vorbei. Aryna wußte von den Weisen, daß die Quallen durch diese weiten Porenöffnungen Sauerstoff und Stickstoff ins Körperinnere sogen, die Gase dort den Körperorganen zuleiteten, wo sie durch verschiedene Stoffwechselprozesse umgewandelt wurden. Unter anderem entstand dabei Wasserstoff, ein Gas, das leichter als Luft war und den Windquallen den nötigen Auftrieb verlieh, um hoch über der Festwelt durch die Wolken und die Atmosphärenmeere schweben zu können. Andere Männer und Frauen des Dorfes waren dabei, diese Porenkrater von Verunreinigungen zu säubern und sorgten so dafür, daß der Atmungsprozeß der Windqualle erleichtert wurde. Eine weitere Gruppe sammelte Hautschuppen, große, fladenähnliche Gebilde aus toter organischer Materie, mit denen die Hütten des Stammes gebaut wurden.

»Warum sterben die Schuppen?« verlangte Aryna zu wissen, und wieder rollte Renar scheinbar verzweifelt mit den Augen.

»Was du nicht alles wissen willst! Nun gut. Weißt du, die Schuppen sterben nicht im eigentlichen Sinne. Die Windqualle sondert sie ab, weil sie darunter neue, junge Schuppen bildet. Es ist wie mit deiner eigenen Haut, Aryna. Die obersten Schichten sind verschiedenen Außeneinflüssen ausgesetzt. Wind zum Beispiel, oder Regen. Oder Temperaturunterschiede. Haut ist ein Schutz der daruntergelegenen Organe und Gewebeschichten. Dieser Schutz muß immer wieder erneuert werden. Wenn wir aus den Windquallenschuppen unsere Hütten bauen, dann helfen wir den Quallen auch noch. Denn das tote organische Material muß entfernt werden, damit das neue leben kann.«

»Ich hätte es gar nicht gerne, wenn jemand auf meiner Haut herumspazierte«, sagte Aryna nachdenklich. Renar lachte, und auch die anderen Mitglieder der Erntegruppe lächelten amüsiert.

»Wir sind eins«, erklärte Renar dann und schulterte sein Netzbündel. Weiter voraus tauchten die Pilzfarmen auf. Dahinter neigte sich der Körper der Windqualle nach unten, hin zu den langen, fadenähnlichen Fangarmen, die von Nesselkapseln besetzt waren.

»Das darfst du nie vergessen. Es ist das elementare Element unseres Lebens und unserer Lebensgemeinschaft. Die *Steuerer* sind in der Lage, eine Art geistigen Kontakt mit den Windquallen aufzunehmen, Aryna. Sie können sich mit ihnen fast unterhalten. Wir geben den Quallen unsere Abfälle. Wir entfernen Verunreinigungen, heilen Verletzungen. Wir säubern die Fangarme von Parasiten. Und dafür erhalten wir – Lebensraum.«

Seine Miene verdüsterte sich für einen Augenblick. »Du hast von den Weisen bestimmt von den Vorzeitvätern gehört, Aryna?« Sie nickte, jetzt ernst. »Wir dürfen die alten Fehler nicht wiederholen. Wir benutzen die Windquallen nicht einfach, wir leben mit ihnen in einer Gemeinschaft. Wir geben ihnen etwas, und dafür erhalten wir auch etwas zurück. Wir sind keine Fremdkörper für sie. Wir gehören zu ihnen. Und darum macht es ihnen auch nichts aus, wenn wir über ihre Haut spazieren.«

Die Schnellschnecke zirpte, und Aryna streichelte sie nachdenklich. Auf den schmalen Wegen, die die Gärtner des Dorfes freihielten, durchschritten sie die Pilzfarmen. In diesen Gebieten, zwischen mehreren Körperaufwölbungen der Windqualle, wuchsen ganze Kolonien von fleischigen Stengeln, die sich im sanften Wind weich hin und her wiegten. Für Menschen waren diese Saftsammler ungenießbar, wenn auch nicht giftig. Sie enthielten jedoch wichtige Nährstoffe und Mineralien, die für Windquallen von lebenswichtiger Bedeutung waren. Standen die Saftsammler nicht zur Verfügung, waren die Menschen des Dorfes nicht in der Lage, die Windqualle damit zu füttern, dann war die Qualle gezwungen, Wasserstoff abzulassen und sich der Festwelt zu nähern und dort die benötigten Spurenelemente aufzunehmen. Doch die Festwelt, so erzählten die Weisen, war eine düstere, schreckliche Welt, die den Tod brachte, kam man ihr auch nur zu nahe.

Der Rand der Welt, die die Windqualle für Aryna darstellte, war eine neue Erfahrung. Der halbtransparente, weißliche Boden neigte sich unvermittelt nach unten und ging dann in Tausende von Fangarmen über, die eine Länge von bis zu einem Kilometer erreichen konnten. Zwar war Aryna das erste Mal am Rand der Windquallen-Welt, doch sie hatte keine Angst. In der Ferne, ganz weit unter sich, konnte sie die Festwelt erkennen: düsterroter Schein, manchmal auch ineinanderfließendes Braungrau. Sie erblickte auch einige grüne Flecken, doch selbst das Grün, das von Leben zeugte, war schmutzig und sah nach verwelkenden Pflanzenblättern aus. Renar beobachtete das Mädchen eine Zeitlang, reichte ihm dann ein Seil aus geflochtenen Luftalgen.

»Wir beginnen jetzt mit dem Abstieg«, sagte er. »Wenn du lieber hierbleiben möchtest . . .«

»Auf keinen Fall!« Wieder zirpte die Schnellschnecke. Aryna beugte sich nieder. »Aber du, Freund, mußt hier auf mich warten. Die Nesselarme einer Windqualle sind nichts für Schnellschnecken wie dich.« Sie streichelte über den Pelzflaum und band sich dann die Leine um die Taille. Der Wind spielte mit ihrem weiten Gewand aus gesponnenen Hautschuppen.

Der Steuerer der Planktonfischer – eine junge Frau von etwa fünfzehn Kalbungen – hatte sich etwas abgesondert und die Augen geschlossen. Sie *sprach* mit der Windqualle und bereitete sie darauf vor, daß eine Erntegruppe in das Labyrinth aus Fangarmen hinabstieg. Aryna war aufgeregt und konnte nicht ruhig an einem Fleck stehen. Es ging *hinunter!*

Der Steuerer machte sich als erster an den Abstieg. Die Frau trat vorsichtig an den sich hinabneigenden Rand, berührte die Klebnäpfe, die dort den Boden bedeckten und einem Kletterer Halt gaben, und war bald außer Sicht. Die anderen Männer und Frauen der Erntegruppe folgten, dann – vor Renar – war Aryna an der Reihe. Sie hatte sich die Bewegungen, mit denen die Planktonfischer hinabgestiegen waren, gut eingeprägt und bemühte sich, mit den eigenen Bewegungen dem Erinnerungsbild in ihrem Gedächtnis so nahe wie möglich zu kommen. Die Klebnäpfe verströmten einen aromatischen Duft, und sie schmatzten leise, wenn Aryna Hände oder Füße mit einem Ruck von ihnen löste, um dann an anderen, tiefer gelegenen neuen

Halt zu suchen. Das Klettern nahm sie ganz in Anspruch. Sie achtete nicht auf das, was unter ihr lag. Bald erreichte sie die erste Plattform – eine Frühkalbung der Windqualle, die in den nächsten Wochen weiter wachsen und sich dann endgültig von seiner Vatermutter – der großen Windqualle – lösen würde. Hier war die Außenhaut der Qualle noch etwas transparenter als oben auf der Oberfläche. Deutlich konnte Aryna das Pulsieren der inneren Organe des Geschöpfes erkennen, und in ihr war Wärme und Zuneigung, als sie begriff, daß Leben an sich ästhetisch war, ganz gleich in welcher Form. Sie erinnerte sich an die Berichte und Erzählungen der Weisen, nach denen die Vorzeitväter anderes Leben vernichtet, gepeinigt, mißbraucht und ausgelöscht hatten. Ein unvorstellbarer Gedanke für Aryna. Wie konnte man selbst leben, wenn man doch anderes Leben bedenkenlos zerstörte, wo doch dieses andere Leben die Voraussetzung für die eigene Existenz war?

»Nur weiter!« rief Renar von oben. »Hab keine Angst.«

Aryna hatte keine Angst. Sie war nur neugierig.

Bald darauf erreichte sie die zweite Plattform, und von hier aus hatte sie bereits einen guten Blick auf die Vielzahl der Nesselarme, die sich wie ein Schleier aus einzelnen Strängen in einer unsichtbaren Windströmung hin und her bewegten. Manche waren farblos, weißlich, wie die Oberfläche der Qualle. Andere waren von einem intensiven Rot, schillernd, von überwältigender Farbenpracht. Es war eine neue Erfahrungswelt, die sich hier Aryna eröffnete. Und sie war so schön und beeindruckend, daß sie fast das Atmen vergaß.

»He!« rief einer der Planktonfischer von unten. »Schon müde, Mädchen?«

»Müde, pah!« Mit neuer Energie setzte sie ihren Abstieg fort. Vorsichtig strich sie kleinere Nesselarme beiseite. Ihre Haut kribbelte, als sie die Giftkapseln berührte. Die knollenartigen Kapseln öffneten sich jedoch nicht. Die Windqualle erachtete die Menschen, die sich daran herabbewegten, als Teil der eigenen Existenz. Die Nesselkapseln jedoch waren nur zur Abwehr von natürlichen Feinden gedacht. Als Aryna die dritte Plattform erreicht hatte, erfüllte sie der Stolz darüber, eine schwierige Kletterpartie ohne Probleme bewältigt zu haben. Auch diese Plattform war eine Frühkalbung, die Ablösung eines Teils der Windqualle, von den Steuerern bewußt gelenkt. Wenn der Ableger so weit gewachsen war, daß er das Gefüge der Fangarme zu stören begann, würde er von den Steuerern behutsam entfernt und den Strömungen des Luftozeans übergeben werden, wo die Frühkalbung dann zu einer weiteren, gewaltigen Windqualle heranwuchs.

Die Männer und Frauen der Erntegruppe machten sich sofort an die Arbeit. Sie verbanden die Sicherheitsleinen mit konisch geformten Vorsprüngen, die aus der Frühkalbung gewachsen waren, kletterten dann – vorsichtig und behutsam – in das Geflecht aus Fangarmen und Nesselkapseln hinein. Ein eigenartiges Sirren entstand, wenn Haut oder Gewänder an den Giftknollen entlangstrichen, wie eine sirenenhafte Melodie, die die Windqualle selbst angestimmt hatte, um die Planktonfischer bei ihrer Arbeit zu unterhalten.

»Warte bitte hier«, sagte Renar zu Aryna. »Das Klettern in den Nesselarmen ist sehr schwierig, und du bist noch nicht erfahren genug.«

Aryna nickte. Sie sah es ein, machte es sich auf der Frühkalbung bequem und beobachtete die Ernter. In den vergangenen Tagen hatte die Vielzahl der Fangarme, einem Sieb gleich, atmosphärisches Plankton gefiltert, das sich als weißer, glitzender Staub auf den Klebflächen der Nesselarme festgesetzt hatte. Saugmembranen unter diesen Klebflächen sorgten dafür, daß das nährstoffreiche Plankton in die Vorverdauungsbereiche der Fangarme gelangte, wo es aufgelöst und dann als Nährlösung in das Körperinnere der Windqualle geleitet wurde. Unter dem gefilterten Plankton befanden sich jedoch auch parasitäre Lebewesen, kleine, manchmal mit dem bloßen Auge gar nicht zu erkennende Schmarotzer, die sich nicht vom Luftplankton ernährten, sondern vom Gewebematerial der Fangarme. Wenn diese Parasiten nicht entfernt wurden, konnten davon befallene Nesselarme absterben. Die Planktonfischer, die das von der Windqualle nicht aufgenommene Plankton abernteten, sorgten gleichzeitig dafür, daß die Parasiten der Qualle keinen Schaden zufügen konnten. Sie gaben etwas – und sie erhielten etwas. Einer der ehernen Grundsätze, die die Weisen lehrten, und die Aryna erst jetzt in voller Tragweite zu begreifen begann. Jeder half dem anderen; der eine war des anderen Partner.

Aryna wandte den Blick zur Seite. Rechts und links und etwa hundert Meter unter der dritten Plattform schwebten weitere Windquallen. Sie waren allesamt kleiner als die, die der Lebensgemeinschaft, der sie angehörte, Wohnraum, Zuhause und Nahrung boten. Es waren bereits beachtlich gewachsene Kalbungen, die noch über dünne Gewebebrücken und Nesselarme mit der Vatermutter verbunden waren. Irgendwann – vielleicht in den nächsten Wochen, vielleicht auch erst in einigen Monaten – würden sie davonschweben, von den vielfältigen Luftströmungen getragen. Und irgendwann würden sie das Zuhause einer anderen Lebensgemeinschaft werden. Vielleicht würde es dann auch dort ein Mädchen geben, das von anderen Welten träumte, voller Melancholie und Fernweh, inmitten eines Stamms, der sie beschützte und der von Harmonie geprägt war.

Über ihr, im Nesselgeflecht, riefen sich die Planktonfischer knappe Worte zu. Der Wind trug ihre Stimmen davon, so daß Aryna nur wenig verstand. Es war auch nicht wichtig. Das, was sie sah, war von Bedeutung.

Sie seufzte.

Über ihr wurden die Stimmen plötzlich lauter und aufgeregter. Einige Ernter deuteten mit ausgestreckten Armen nervös in eine bestimmte Richtung. Aryna runzelte verwirrt die Stirn. Dann legte sich ein Schatten über sie, und die Luft in ihrer Nähe begann wie bei einem Sturm zu rauschen.

Sie sah zur Seite. Und erschrak.

Direkt neben ihr, nur wenige Meter entfernt, schwebte ein ausgewachsener, fast ein ganzes Dutzend Meter langer Wolkenrochen. Die gewaltigen Schwingen waren weit ausgebreitet, aber wenn der Rochen sie anzog und damit schlug, um weiteren Auftrieb zu gewinnen, ertönte ein knallartiges Rauschen.

»Leg dich hin, Aryna! Schnell! Leg dich hin!« ertönte es von oben.

Wolkenrochen, so erinnerte sich Aryna an die Worte ihrer Lehrer, der Weisen, *sind gefährlich. Steuerer können keinen Kontakt zu ihnen aufnehmen. Es sind Raubwesen. Sie ernähren sich von anderem Leben. Aber sie sind ein Teil der Wirklichkeit, mit der wir uns abfinden müssen. Wir dürfen sie nicht töten, weil wir meinen, sie seien gefährlich. Sie sind Leben. Wenn ihr einem Wolkenrochen begegnet, so haltet euch von den Schwingen und dem langen, stachelbewehrten Schwanz fern. Sie sind mit Giftborsten bedeckt, und eine einzige Berührung kann den Tod bringen. Normalerweise halten sich die Wolkenrochen in umfangreichen Wolkenbergen verborgen, wo sie auf Opfer und damit Nahrung warten. Wenn der Hunger jedoch zu groß wird, verlassen sie ihre Verstecke . . .*

Aryna hatte plötzlich Angst und konnte sich nicht mehr rühren. Die aufgeregten Stimmen über ihr wurden lauter, aber sie verstand sie nicht mehr. Der Wolkenrochen schlug erneut mit den Schwingen und kam näher. Arynas Angst nahm zu.

Und die Angst löste etwas aus.

Der Boden zu ihren Füßen bebte. Die konisch geformten Auswüchse der Frühkalbung bildeten sich zurück. Die Verbindungen zur Vatermutter begannen sich aufzulösen.

»Schnell!« rief Renar. »Du mußt hochklettern, sonst . . .«

Den Rest verstand Aryna nicht mehr. Die Frühkalbung, auf der sie hockte, neigte sich plötzlich zur Seite, und sie stürzte in die Tiefe, am Wolkenrochen vorbei. Sie schrie, aber der Schrei schien zum jetzt lauter werdenden Flüstern des Windes zu gehören. Eine der unter ihr schwebenden größeren Windquallen wuchs vor ihr an. Der Aufprall war nicht sonderlich hart, da die Haut der Windqualle federnd nachgab. Er war jedoch stark genug, um die Hülle der Kleinqualle aufbrechen zu lassen. Aryna klammerte sich irgendwo fest, fand Halt. Etwas zischte in ihrer Nähe – aus dem Riß in der Haut strömte das Wasserstoffgas, das die Luftkammern im Innern der Qualle ausfüllte.

Die Windqualle begann zu sinken. Langsam erst, dann rascher.

Arynas Magen hüpfte auf und nieder. Ihr war schlecht, aber die Angst war größer. Über ihr wurde die Vatermutter schnell kleiner.

Und unter ihr . . .

Ihre Augen wurden feucht. Der Absturz der Kleinqualle beschleunigte sich. Aus dem Flüstern des Windes war das Rauschen verdrängter Luft geworden. Noch immer entwich Wasserstoff aus dem breiten Riß, und Aryna versuchte, den Riß mit ihrem Körper abzudichten. Das Zischen wurde leiser. Darauf bedacht, den Halt nicht zu verlieren und von der Qualle heruntergeschleudert zu werden, tasteten ihre Hände umher, bis sie Klebnäpfe berührten. Sie kratzte etwas von dem halbflüssigen Haftmaterial herunter und strich es eilig auf die Gewebeschichten des Risses, die sie anschließend zusammenpreßte. Erneut wurde das Zischen des entweichenden Wasserstoffs um eine Nuance leiser. Wolkenfetzen huschten vorbei. Dann – eine halbe Ewigkeit später – verklang das Zischen ganz. Aryna kroch vorsichtig an den Rand der Kleinqualle. Die Festwelt kam immer noch näher. Die rote Düsternis schwoll vor ihr an: Felsen, tot, verbrannt; Staubwüsten; skurrile Baumstümpfe, zerfallen; an Skelette erinnernde Ruinen.

Aryna hustete. Sie war so allein, so schrecklich allein. Keine Gemeinschaft mehr. Niemand in der Nähe, der helfen konnte. Die Sicherheitsleine aus verflochtenen Luftalgen war noch immer um ihre Taille gebunden. Das andere Ende war irgendwo außer Sicht. Hatte sie vergessen, sich festzubinden? Aber das spielte jetzt keine Rolle mehr . . .

Erneut sah sie auf. Ihr Heim – die gewaltige, fast zwei Kilometer lange Windqualle – war nur noch ein milchiger Fleck am blauen Himmel. Sie hustete. Die Luft wurde dicker, hatte hier einen seltsamen, beißenden Geschmack . . . In ihrem Innern war eine eigenartige, wispernde Stimme. Sie erinnerte Aryna an ihre Träume, in denen sie Visionen von Gedankenfetzen der Schnellschnecke erlebte. Die Angst in ihr jedoch verdrängte alles. Trübe, gelbliche Nebelschlieren jagten vorbei.

Der Hustenreiz wurde immer stärker.

Sie keuchte, und Rachen und Lungen brannten wie von einem kalten Feuer.

Der Sturz dauerte an, auch wenn er sich jetzt etwas verlangsamte. In den nun dichter werdenden Atmosphäreschichten war für die Kleinqualle weniger Auftrieb notwendig. Dennoch . . . die Festwelt kam näher. Aryna konnte nun weitere Einzelheiten ausmachen. Sie sah eine gewaltige Ruinenstadt, die noch von den Vorzeitvätern errichtet worden war. Verwitterte, zerfallene Mauern, wie die Gerippe eines übergroßen Organismus. Wüste. Nebel, die darüber hinwegstrichen. Nebel aus giftigen Gasen. Seltsamerweise flaute nun Arynas Angst etwas ab; ihre Neugier meldete sich wieder. Die Worte der Weisen fielen ihr wieder ein. Einst, so erinnerte sie sich, war die Festwelt von vielfältigem Leben erfüllt gewesen. Doch die Vorzeitväter – Menschen wie sie selbst – hatten Chemikalien (ein seltsames Wort) eingesetzt, um Insekten-Schädlinge von Feldern fernzuhalten. Sie hatten sich keinen Deut um das Leben geschert, das um sie herum gewesen war. Sie hatten ihre eigene Umwelt zerstört, aus Motiven, die Aryna nicht verstand. Noch heute existieren die Giftdämpfe. Es gab nichts, das sie hätte absorbieren können. Sie hatten den Tod gebracht, und sie warteten noch immer darauf, erneut Tod zu bringen. Aryna hatte nicht ganz verstanden, was das Wort »Mutation« zu bedeuten hatte, aber die Weisen sprachen diesem Begriff große Bedeutung zu. Angeblich hatte Mutation erst die Heime, die Windqualllen, und alles andere Luftozean-Leben geschaffen. Aryna starrte weiter hinunter und konnte nicht fassen, was ihre Augen sahen. Ihre Haut begann nun ebenfalls zu brennen. Es waren die winzigen Tröpfchen, die in diesen Atmosphärebereichen schwebten. Gelber Regen, der *verbrannte*. War es das, was die Weisen *Säure* nannten?

Ein neuer Hustenanfall quälte sie. Und wieder entstand Angst in dem jungen Mädchen. Die Giftnebel zerstörten Leben. Sie *war* Leben. Noch immer flüsterte die Stimme in ihr.

»Was . . . willst du mir sagen?« hauchte Aryna und hatte Mühe, die Worte hervorzubringen. Sie klangen rauh und überhaupt nicht mehr samtig.

Dann fiel ihr etwas ein. Eine Frühkalbung war selbst nicht aktiv. Sie konnte auch keine Angst gegenüber einem Wolkenrochen empfinden. Und doch – die Frühkalbung, von der sie gefallen war, hatte sich zur Seite geneigt. So eine Bewegung aber konnte nur ein Steuerer hervorrufen.

Dunkelheit legte sich vor ihre Augen, als sie sich auf die Stimme konzentrierte. Atemwege und Haut brannten weiter, doch das Brennen zog sich zurück, war nicht mehr belastend. Die Aufmerksamkeit ihrer Sinne kehrte sich wie ganz von allein nach innen. Und dort war eine weitere Welt, die es zu entdecken galt. Ein Kosmos aus ängstlichen Signalen, die von der Kleinqualle stammten. Auch ihre Haut brannte. Aryna war plötzlich ein Teil der Qualle. Und sie hatte den Eindruck, als wäre es nie anders gewesen. Sie war ein Teil der Lymphgefäße, der Kapillarsysteme, der Nervenbahnen, der Außenhaut, und ihr Denken verwob sich mit dem der Qualle. Die Verdauungssysteme wurden zu höherer Aktivität angeregt, wodurch der Wasserstoffgas-Anteil im Körperinnern anstieg.

Aryna war ganz ruhig.

Als sie wieder die Augen öffnete, lagen die Strömungen mit den Giftnebeln weit unter ihr. Die Kleinqualle konnte nicht weiter steigen, da die Nahrungsreserven begrenzt waren und damit kein weiterer Wasserstoff produziert werden konnte.

Es war nicht wichtig. Bald würden die Planktonfischer kommen, Nahrung bringen und Aryna zurückbringen.

Die Ruhe blieb in ihr. Und auch das Gefühl, mit der Kleinqualle eins zu sein. Es war ein herrliches, berauschendes Gefühl.

Irgendwann schlief sie ein.

Und im Traum sprach die Kleinqualle zu ihr. Warm und zärtlich.

»Ich habe immer gewußt, daß du die Fähigkeit zu einem Steuerer in dir trägst«, sagte der Weise im ockerfarbenen Kilt. Aryna lächelte.

»Es ist schön«, antwortete sie melodisch.

»Es ist schön, daß du wieder bei uns bist. Beinah hätte die Tote Welt dort unten ein weiteres Opfer gefordert.«

Sie standen am Rand der Windqualle und blickten hinunter. Die weichen Signale, die das gewaltige Geschöpf ausstrahlte, waren nun ein Teil von Arynas Leben. Es war ein anderes, noch intensiveres Leben, erfüllt von einer seltsamen, mit Worten nur unzulänglich zu beschreibenden Harmonie.

»Ich verstehe die Vorzeitväter nicht«, hauchte Aryna. »Ich verstehe nicht, wieso sie eine ganze Welt zerstören konnten.«

»Sie haben es getan, und nur das zählt. Und wir wissen, daß wir ihre Fehler nicht wiederholen werden. Vergessen wir das nie.«

»Bisher habe ich immer geglaubt, unsere Heime – die Windquallen – seien die einzige reale Welt.« Sie schluckte, und in ihren Augen wurde es feucht. »Es gibt noch andere Welten. Der Luftozean ist weit, die Festwelt jedoch genauso.«

»Ich habe dir viel über Mutationen erzählt, Aryna. Die Steuerer-Fähigkeit ist eine solche Mutation. Wir alle hier leben *mit* den Windquallen und nicht *gegen* sie. Ein Steuerer jedoch . . . ein Steuerer ist *Teil* anderen Lebens. Wir Weisen hoffen, daß es in wenigen Generationen mehr Steuerer geben wird, daß sich die Mutation fortsetzt und verstärkt. Und wenn wir mehr Steuerer haben, können wir die Festwelt vielleicht mit neuem Leben erfüllen. Aber das liegt noch in weiter Ferne.«

Er legte Aryna die Hand auf die Schulter und schritt davon.

Aryna sang, während die Sonne hinter dem Horizont versank und die Windqualle weiterschwebte, auf den unsichtbaren Polstern des immerwährenden, ewigen Windes.

Sie sang das Lied der Lebenseinheit, der Harmonie und des Gleichklangs. Die Melancholie war aus der Melodie verschwunden. Bald würde sich ein weiterer Teil von der großen Windqualle lösen und davonschweben. Dann war Aryna acht Kalbungen alt. Sie würde sich einen Partner suchen und als Steuerer eine weitere Lebenseinheit auf einer anderen Windqualle gründen.

Sie würde leben. Für ihre Kinder. Und die Kinder ihrer Kinder. Und irgendwann würde ein Teil von ihr dorthin zurückkehren, wo sie beinah den Tod gefunden hatte – zur Festwelt. Dann, wenn die Giftnebel nicht länger Leben zerstören.

REINMAR CUNIS

Paramat 4

*Unterhaltsames Spiel um Gedanken und Begriffe, für 2 – 4
Personen. Alter: Ab 9 Jahre.*
*Inhalt: 1 Spielgerät (220 V) mit vier farbigen Denkkappen und
vier entsprechenden, selbstschreibenden Texttafeln. 1 Gewinnkarte.*
*Spielidee: Wer würde nicht gern die Gedanken anderer lesen?
Wer hätte nicht schon daran gedacht, einmal in Familienangehö-
rige oder Freunde »hineinzuschauen«? Die Hypertechnik
macht's möglich. Durch Erzeugen von mehr als 8×10^{20} Hz
dringen wir in den bisher kaum erforschten Intermediärbereich
ein, in dem sich Telepathie abspielt. Der Paramat 4 kann einen
bestimmten Gedankenausschnitt von einem Gedächtnis auf max.
drei andere übertragen.*
Werden auch Sie Experte im Gedankenlesen!

»Hört sich gut an, nicht wahr?« sagte Onnos Vater. *»Experte im
Gedankenlesen.* Möchtest du?«
Der Junge blickte steinern.
»Frequenzen von mehr als 8×10^{20} Hertz, das sind, warte mal –
achthundert – Trillionen Schwingungen –«
Onno konnte dies überlegene Lächeln nicht ausstehen. »Ich
würde lieber INTERGALAXY haben«, sagte er und hielt eine
flammendblaue Packung hoch.
Sein Vater nahm davon keine Notiz.
»Denkkappen«, sagte er. *»Hypertechnik. Intermediärbereich.«*
Onno warf einen schiefen Blick auf den großen, würfelförmigen
Karton. Das popbunte Bild zeigte vier Leute, mystische Gesichter
mit stechenden Augen, eine strahlende Aura über ihren helm-
artigen Kappen, der mattschwarze Apparat zwischen ihnen ver-
breitete magisches Licht.

»*Telepathie*«, sagte Vater.

Onno pries hartnäckig die blaue Packung mit den kämpfenden Raumsoldaten. »Alle diese Spiele sind telepathisch«, konterte er, »auch INTERGALAXY. Hier, lies selbst: *Jeder der beiden Mitspieler denkt sich intergalaktische Koordinaten für seine Kreuzer und versucht diesen Gedanken vor dem anderen geheimzuhalten . . .*«

Vater hielt den PARAMAT bereits fest in Händen. »Das nannten wir früher ›Schiffe versenken‹«, sagte er ablehnend, »Seekoordinaten finden, Schiffe versenken, schrecklich. Das Spiel da ist nichts anderes als ›Schiffe versenken‹, du weißt, mir kommt Kriegsspielzeug nicht ins Haus.«

Der Junge begriff, daß wieder einmal Vater bestimmte, was er sich zu wünschen hatte. »Von mir aus – !« brummte er und stellte INTERGALAXY ins Regal zurück.

»*Hypertechnik*«, wiederholte der und steuerte auf die elektronische Kasse zu, »*Intermediärbereich. Achthundert Trillionen Hertz.*«

Onno sagte: »Nun flipp nicht gleich aus«, und tuffelte hinter ihm her.

Es war drängend voll in der Spielzeugabteilung, über Tische und Kartonstapel quoll der Geruch von Schweiß, Kaugummi und feuchten Lodenmänteln, ein Deckenlautsprecher jaulte »Bald nun ist Weihnachtszeit . . .«

Onno Henneberg, 14 Jahre alt und fast so groß wie sein Vater, starrte finster über die klebrigen Köpfe hinweg und grub die Hände tief in die Hosentaschen. Wenn es nach ihm ginge, könnten alle Familienfeste abgeschafft werden, und die Familien dazu.

»*Für vier Personen*«, sagte Vater. »Gerade richtig für uns.«

Familien mit Denkkappen und Hypertechnik, ärgerte sich Onno. Er sagte: »Du möchtest gern Mutters Gedanken kennenlernen?«

Schwitzend ungeduldige Menschen stauten sich auch am Ausgang, ». . . einsam wacht nur das traute, hochheilige . . .« und ». . . Viersiebzehn bitte an Neunundneunzig . . .« krähten hier die Lautsprecher. Vater Henneberg breitete umständlich seine

Kreditkarte aus, reckte sich wie jemand, der vorgibt, ständig wichtige Entscheidungen treffen zu müssen, und übergab dem Jungen herablassend das unförmige Paket. Es war wesentlich schwerer als vermutet.

Sie quetschten sich in einen Aufzug, wurden drei Stockwerke tiefer auf den Bahnsteig der City-Schnellbahn gespien und stürmten sofort einen randvollen Waggon. Gleich darauf preschte der Zug lautlos in den Tunnel, noch immer roch es nach Kaugummi, Schweiß und feuchten Lodenmänteln.

»Meinst du, sie wird mitspielen?«

»Ada? Selbstverständlich, sie liebt es – «

Onno sagte: »Mutter, meinte ich.« Jemand stieß ihm in die Kniekehlen.

»Wir werden es gemeinsam ausprobieren, nicht wahr, wir vier gemeinsam!« beschloß Henneberg und betrachtete sich zufrieden im Fensterglas, auf den vorbeihuschenden, schattenhaften Tunnelwänden wirkte sein Gesicht vieldimensional.

Wieder wurde Onno von hinten gerempelt, ihm war, als kicherte jemand, doch die Fahrgäste standen so dichtgedrängt, daß es unmöglich war, sich umzuschauen.

»Aufhören!« sagte Onno drohend. Das schwere Paket zerrte an seiner Hand, mit der anderen hielt er sich an einer Deckenschlaufe fest. Hinter ihm spielte man Rumpelstilzchen.

Onno, noch eine Tonstärke lauter: »Paps, mach dem Typen hinter mir klar, daß ich auf seine Hühneraugen ziele.«

Henneberg blinzelte an ihm vorbei und sagte: »Guten Tag, Frau Wiegen«, und lüftete den Hut.

Nein! dachte Onno, nicht schon wieder. Immer treffe ich mit diesen ekelhaften Leuten zusammen. Immer.

Sein Vater bemerkte: »Auch in Weihnachtseinkäufen unterwegs?«

»Habe ihn abgeholt«, sagte die Stimme hinter Onno. »Um diese Zeit ist sein Kursus zu Ende. Dann hole ich ihn ab.« Sie sagte: »Begrüße Herrn Henneberg, Rolfi.«

Das Kichern kam unmoduliert.

»Rolfi. Begrüße Herrn Henneberg. Sag guten Tag.«

Onno straffte sich gegen die Püffe und Stöße in seinen Rücken.

»Rolfi. Das ist Herr Henneberg, unser Nachbar. Es heißt guten Tag, Herr Henneberg.«

»Es heiß'gu'n Tasch Herr Hennberg«, kam plötzlich das Echo.

»Es heiß gun Tasch Herr Hennberg.«

»Guten Tag, Rolf«, sagte Onnos Vater bemüht.

»Es heiß gun Tasch Herr Hennberg«, gluckste das Echo. Die Stöße wurden heftiger, dann tauchte neben Onno eine zappelnde Hand auf. Sie hing merkwürdig schlaff an dem zuckenden Arm, die Finger nach außen verdreht, Onno stand festgekeilt und ärgerte sich, nicht zurückstoßen zu können.

»Er ist groß geworden, nicht wahr«, sagte Vater. »Fast schon ein richtiger junger Mann, Frau Wiegen.« Er nickte freundlich.

»Es heiß gun Tasch Herr Hennberg«, sagte der junge Mann.

Der Zug bremste, Türen zischten auseinander, für einen Augenblick kam Bewegung in das Menschenknäuel, Onno nutzte die Gelegenheit. Jetzt hatte er Rolf vor sich, einen breitschultrigen, kräftigen Kerl, zu dem das weiche, weiße Gesicht mit der zarten Nase, den liebevollen Lippen und den traurigsanften Augen ganz und gar nicht zu passen schien. Besonders diese Augen, dachte Onno, sie wirken wie nicht dazugehörig, losgelöst, ständig in eine zauberhafte Ferne gerichtet, als suchten sie etwas, das es in dieser Welt nicht gibt.

»Ich fahre jeden Tag um diese Zeit«, sagte Frau Wiegen. »Aber im Dezember ist es besonders voll.«

Henneberg beugte sich zu ihr. »Es gibt einfach zu viele Menschen, nicht wahr«, plauderte er. »Es kommt lawinenartig auf uns zu, potenziert sich von Jahr zu Jahr, Schneeballsystem, sagen die Fachleute.« Er war Versicherungsmathematiker.

»Es heiß gun Tasch Herr Hennberg«, sagte Rolf schüchtern und blickte tief in die Tunnelnacht. Sein Körper zuckte, schüttelte Schultern und Arme, die Hände baumelten herab, schnellten hoch und hingen wieder kraftlos.

Henneberg sagte: »Er macht Fortschritte, nicht wahr?«

Die Frau trug ihr schmales, hohes Gesicht wie eine Maske. »Wir müssen zufrieden sein«, sagte sie feiernd.

»Aber, aber!« sagte Henneberg. »Wenn ich zurückdenke, damals, als er klein war – er sprach überhaupt nicht, lief nicht, konnte nichts greifen. Und dann dieses Schreien in der Nacht, grauenvoll. Sie haben viel durchgemacht, liebe Frau Wiegen.«

Rolf glückste: »Es heiß gun Tasch Herr Hennberg.«

»Guten Tag!« fuhr ihn Onno an. »Guten Tag! Guten Tag, du Depp. Guten Tag! Das ist doch nicht schwer zu begreifen, guten Tag, und nicht gun Tasch!«

Die Citybahn erreichte die nächste Station.

Als sie wieder beschleunigte, sah Onno plötzlich auf Rolfs sanftem, ausdruckslosen Gesicht Wut. Er zuckte und schlenkerte nicht mehr, stramm vornübergebeugt schrie er: »Nein – sagen Depp – Lawinen – nicht – Depp – sagen!« und versuchte, auf Onno einzuschlagen. Doch so unerwartet der Ausbruch gekommen war, endete er auch, der Blick schweifte ab, die Arme hingen wieder kraftlos.

»Schon gut, Rolfi«, sagte seine Mutter und legte ihm beruhigend die Hand auf die Schulter.

Onno hatte sich abgewandt und blickte angestrengt zum Fenster hinaus, endlich blitzte Licht im Tunnel auf, der Zug wand sich in einen gelb gekachelten Bahnhof. »Komm, Paps!« schrie er und stolperte über die Füße der Mitfahrenden auf den Bahnsteig hinaus, das Paket riß an seinen Händen.

In dem fahlen Licht sahen alle Menschen wächsern aus.

Sie standen gemeinsam auf dem Rollband, gemeinsam tauchten sie unter der winterharten Nachmittagssonne auf, die Straße glitzerte naß, Rauhreif zeichnete die Häuserschatten nach. Onno hielt seinen Vater am Ärmel zurück, flüsterte: »Laß sie vorgehen, ich kann das Idiotengerede nicht aushalten«, und tat, als ob er das Paket absetzen müßte.

»Sind unsere Nachbarn!« sagte Henneberg steif, blieb aber stehen, und Frau Wiegen und Rolf überquerten allein die Straße.

Sie sahen ihnen nach, bis sie zwischen den Passanten verschwanden, die schmale Frau eilig, mit festem Schritt, hüpfend der Junge, vornüberfallend, tänzelnd auf seinen Schuhspitzen. »Rolf ist kein Idiot«, sagte Henneberg, »er ist behindert.«

Onno zuckte die Achseln.

»Du hättest hin und wieder mit ihm spielen sollen«, sagte Vater.

»Hin und wieder, nicht wahr.«

»Der kann gar nicht spielen«, sagte Onno.

»Zum Beispiel gemeinsam Musik hören, Rolf hört gern Musik, berichtet seine Mutter. Du hättest ihn einladen sollen.«

»INTERGALAXY, peng peng«, machte Onno.

Die Verkehrsampel gab den Weg frei, nun steuerten sie auf dieselbe Haustür zu, in der die beiden gerade verschwunden waren, Henneberg dozierte: »Eins unter zwanzigtausend! Eine erschreckend hohe Rate, und immer öfter . . .« Er schüttelte sich. »Entsetzlich, sich vorzustellen, daß es hundertmal häufiger auftritt als . . .« Aber Onno hörte ihm nicht zu, mit dem schweren Karton stürmte er bereits durchs Treppenhaus, brüllte: »Ada, wir sind's, aufmachen!«

Das Paket flog seiner jüngeren Schwester vor die Füße, kaum daß sie die Wohnungstür entriegelt hatte.

»Trampeltier«, sagte das schmächtige Mädchen. Sie war dürr und zu klein für ihr Alter und bemerkenswert flink, mit ihren spitzen Absätzen traf sie Onnos Zehen und verschwand im Wohnzimmer, bevor er losbrüllen konnte.

Frau Henneberg erschien Sekunden zu spät.

»Fantastisch, was heutzutage auf dem Spielzeugmarkt angeboten wird«, bemerkte ihr Mann und packte feierlich das Paket aus. Die mystischen vier Gesichter, die poppige Aura der Wahrsagekunst und Zauberei nahmen sich im Familienzimmer fremdartig aus.

Frau Henneberg blickte skeptisch. »Doch erst zu Weihnachten –!« sagte sie.

Vater erwiderte, Onno habe schließlich das Geschenk selbst ausgesucht, also könnte man es vor ihm nicht mehr verstecken, und außerdem, man sollte es testen, jawohl, jetzt gleich, vielleicht müßte es umgetauscht – ?

Onno schnappte: »Ich habe es selbst ausgesucht!« Und verdrehte die Augen.

»Testen«, redete Vater weiter. »Am besten jetzt gleich. Gerade sind wir vier beisammen, nicht wahr.«

Frau Henneberg zog vor, nicht zu widersprechen.

»Abrakadabra«, sagte Ada und schlitzte mit einer Schere den Karton auf, die Spielanleitung fiel heraus.

Vater meinte: »Hoffentlich ist es in Ordnung, ich gehe nicht gern umtauschen«, blinzelte in das Paket und angelte die weiße Schutzverpackung heraus.

Ada saß bereits am Tisch und las vor:

Werden auch Sie Experte im Gedankenlesen!

Spielablauf: Bis zu vier Teilnehmer können bei diesem interessanten und aufregenden Wettlauf mitmachen. Jeder wählt eine Farbe. Dann schließt er seine Texttafel an seiner Steckdose an und setzt sich die dazugehörige Denkkappe fest auf den Kopf. Wenn das Gerät eingeschaltet ist, bedarf es eines kurzen Vorlaufs. Die Gedankensuche kann beginnen. Jeder Teilnehmer ortet durch Bewegen des linken Hebels an seinem Pult das Hyperfeld, in dem einer der Mitspieler seinen Gedanken gerade geprägt hat, und versucht mit dem rechten Hebel, die Ultrafrequenz zu treffen, auf der dieser Gedanke übertragen werden kann.

»Hyperfeld links«, wiederholte Ada und rieb sich die Nase, »Ultrafrequenz rechts. Und wie lange muß ich die Hebel bewegen?«

Onno sagte: »Lies schon weiter.«

. . . übertragen werden kann. Sobald er den Gedanken des Mitspielers gefunden hat, leuchtet vor diesem die Kontrollampe auf, außerdem wird der Gedanke auf der Texttafel des Spielers automatisch notiert. Es . . .

»Auf wessen Texttafel?« unterbrach Onno.

»Na, auf deiner eigenen«, sagte Ada verwirrt und blickte hilfesuchend ihren Vater an. Der war mit dem Auspacken des Apparats beschäftigt.

»Wenn ich deinen Gedanken finde, erscheint er auf meiner Texttafel?« sagte Onno.

Ada überflog das Blatt. »Und das Kontrollicht geht bei mir an.«

»Und wenn ihn noch jemand findet?«

»Unterbrich nicht immer«, sagte Henneberg.

Es bleibt jedem Spieler überlassen, auch die Gedanken der beiden

übrigen zu entdecken, oder die Runde abzubrechen und die
Stoptaste zu drücken. Auf diese Weise kann er verhindern, seine
eigenen Gedanken vorzeitig preisgeben zu müssen. Sobald er
stoppt, erlöschen die bereits gefundenen Gedanken auf den Ta-
feln der Mitspieler.
Die Anzahl der von ihm herausgefundenen Gedanken wird auf
der Gewinnkarte notiert. Wer die meisten Gedanken gesammelt
hat, ist Sieger. Es empfiehlt sich, die Anzahl der Runden vor
Spielbeginn festzulegen.
»Aha«, sagte Onno irritiert.
Henneberg blickte auf. »Ist das alles?«
»Hier steht noch was«, sagte Ada.
Hinweis: Die Benutzung des Paramat 4 *ist für das menschliche*
Gehirn ungefährlich. Da hier psychotronische Energie verwendet
wird, sind keine Reaktionen im normalen biophysischen Bereich
möglich. Wir raten allerdings davon ab, Kinder unter 8 Jahren
an dem Spiel teilnehmen zu lassen.
»Schau an!« stichelte Onno. »Du darfst gar nicht mitmachen.«
»Ich bin zwölf!« sagte sie empört.
Henneberg hatte das quadratische Gerät mit allem Zubehör auf
dem Tisch ausgebreitet. Nun wirkte es nicht mehr magisch-
fremd wie die heilige Kasbah, es war ein schlichter schwarzer
Plastikkasten mit je zwei grünen, zwei weißen, zwei gelben und
zwei blauen Hebeln an den Seiten. Neben den beiden Hebeln
befanden sich jeweils ein orangefarbenes Kontrollicht, die Stoptaste, eine kleine Steckdose und eine Schnur, an deren Ende eine
Blechmütze hing in grün, weiß, gelb oder blau.
»Und die Gewinnkarte!« schrie Ada und hielt eine rote Tafel
hoch, auf der Notizen immer wieder gelöscht werden konnten.
Vater stellte rund um den Apparat die vier Texttafeln auf, es
waren kleine, flache Bildschirme mit Kabeln in der passenden
Farbe zum Schaltpult; er stellte sie senkrecht und so, daß die
Vorderseite von den anderen Plätzen aus nicht zu sehen war, und
schloß sie an die Steckdosen an. »Platz nehmen«, befahl er und
stülpte seiner Frau die gelbe Mütze auf den Kopf, Onno sagte
still: »Ich würde lieber INTERGALAXY spielen.«

Ein feines Summen war zu hören, als das Gerät eingeschaltet wurde, Henneberg sagte *psychotronische Energie* und *achthundert Trillionen Hertz;* gegen das Zimmerfenster polterte ein Hagelschauer.

»Ich muß die Balkontür schließen«, sagte Mutter hastig und riß sich die Denkkappe vom Kopf, »und überhaupt habe ich jetzt keine Zeit«, und verschwand. Die Mütze glitt über den leeren Stuhl, rutschte über die Kante und fiel klappernd zu Boden, mit der Öffnung nach unten, ein hellglänzender Stahlhelm neben dem Tischbein.

Das Summen aus dem Gerät wurde schriller.

»Ich auch nicht«, sagte Onno schnell und sprang ebenfalls auf, sein Vater donnerte: »Du bleibst!«

Der Dezemberhagel machte beschlagene Scheiben, milchweiß kroch Sonnenlicht wieder herein und spiegelte sich in den Texttafeln, der PARAMAT summte jetzt laut und unangenehm hoch.

»Achthundert Trillionen«, maulte Onno. Vater las:

Wenn das Gerät eingeschaltet ist, bedarf es eines kurzen Vorlaufs. Er blickte bedächtig den vibrierenden Apparat an, las weiter: *Die Gedankensuche kann beginnen. Jeder Teilnehmer ortet durch Bewegen des linken Hebels an seinem Pult das Hyperfeld, in dem einer der Mitspieler seinen Gedanken gerade geprägt hat . . .*

»Aha«, sagte er. »Die Gedanken entstehen also in verschiedenen Hyperfeldern.«

Onno sagte: »Ich denke bereits.«

. . . und versucht mit dem rechten Hebel, die Ultrafrequenz zu treffen, auf der dieser Gedanke übertragen werden kann.

Inzwischen war es im Raum still geworden, der Pfeifton hatte unhörbare Höhen erreicht, die Hagelwolke war weitergezogen. Erst flackerte eine, dann eine andere Kontrollampe auf und erlosch wieder, auf Adas Tafel erschienen drei, vier Buchstaben, verschwanden, bildeten sich neu, zerflossen, »halt!« kreischte sie, schob mit Daumen und Zeigefinger die schreibstiftdünnen Hebel aufgeregt hin und her und hämmerte auf die Stoptaste.

»Du darfst die Taste nicht drücken, solange du keinen Gedanken gefunden hast«, sagte Vater. »Und die Hebel bitte vorsichtig bewegen, mit Fingerspitzengefühl, vor allem: Selber an etwas denken, nicht wahr, einen Begriff denken.« Seine Lippen waren schmal und verkniffen.

Plötzlich leuchtete das orangefarbene Licht vor ihm auf, Onnos Texttafel begann eifrig, Buchstaben zu produzieren. »Ich lach' mich tot«, sagte der Junge, »wenn das nicht INTERGALAXY heißt«, aber das Wort kam nicht zustande, und die Lampe erlosch. Vater sagte: »Du mußt dich ernsthaft konzentrieren, das Spiel verlangt Konzentration, und natürlich Fingerspitzengefühl. Wenn ihr einen Begriff gedacht habt, müßt ihr ihn festhalten, am besten einen klaren, konkreten Begriff, etwas Konkretes, denke einen konkreten Begriff, Onno.« Das Licht vor ihm meldete sich schon wieder, Ada las

ETWAS KONKRETES

auf ihrem Schirm.

»Ich hab' dich!« schrie sie, »Paps, ich habe gewonnen!« und wollte die Stoptaste drücken; der entgeisterte Blick ihres Vaters bremste sie.

»Wieso«, sagte er. »Versteht ihr das?«

Ada schmetterte »natürlich!« und »gewonnen!« und begann, in umständlichen Sätzen zu erläutern, weshalb jetzt die Kontrollampe vor ihm leuchten müsse.

»Wenn du so schlau bist«, sagte er verdrießlich, »dann erkläre mir bitte, warum auch das Licht an Mutters Pult brennt?«

Jetzt sahen es alle: Die Kontrollampe am gelben Pult strahlte orangehell, und noch immer lag die Kappe neben dem Tischbein, und niemand hatte die Hebel bewegt.

»HERR HENNEBERG«, sagte Onno verblüfft.

Ada sagte nun zum dritten Mal: »Sobald man den Gedanken des Mitspielers gefunden hat, *leuchtet vor diesem die Kontrollampe auf.*«

»Aber da sitzt überhaupt kein Mitspieler«, sagte Henneberg.

Die Sache fängt an, interessant zu werden, fand Onno, beugte sich vor und drehte Vaters und Adas Textschirm so, daß er sie sehen konnte.

»Ich habe längst gewonnen!« sagte seine Schwester spitz und wollte die Stoptaste drücken; er hinderte sie.

»Und wer von uns hat die Gedanken des gelben Mitspielers gefunden?« sagte er.

»Paps hat ETWAS KONKRETES gedacht«, trumpfte Ada auf.

»Ja schön«, sagte Onno fröhlich, »und wo ist Mutter?« Dabei kehrte sein Blick zu seiner eigenen Texttafel zurück, zwei Zeilen leuchteten darauf. Die erste lautete

HERR HENNEBERG

und er hatte sie bereits vor einer Minute gelesen. Darunter erschien jetzt

MUTTER SITZT MIR GEGENÜBER

Erschrocken sagte er: »Das ist nicht wahr! Verdammt, wir sehen alle, daß das nicht wahr ist. Der blöde Apparat ist kaputt, wieso behauptet der, Mutter säße mir gegenüber, falsch geraten, sie ist gar nicht im Zimmer«, und lachte.

Ada nutzte die Gelegenheit und stoppte die Runde, die Schirme erloschen, aber vor Onno bildeten sich sofort neue Buchstaben

BITTE KLARER DENKEN

»Paps!« sagte er böse. »Du denkst mit Mutters Kappe.«

Henneberg nahm vorsichtig seine Mütze vom Kopf, stand auf, musterte angestrengt den schwarzen Kasten, schließlich umrundete er kopfschüttelnd den Tisch. Ada hielt ihre Texttafel mit beiden Händen fest und sagte eilig: »Ich habe gewonnen.«

»So ein Depp!« schrie Onno, »ein Depp, diese Kiste, sieh mal, was sie für Blödsinn macht!«

Vater konnte jetzt auf der gelben Texttafel Buchstaben auftauchen sehen,

DEPP

flimmerte der Flüssigkristall. Ihm fiel auf, daß auch die Kontrollampe vor Onno leuchtete, und bückte sich, um die gelbe Kappe aufzuheben.

NICHT DEPP SAG . . .

blitzte es über Onnos Texttafel, aber kaum hielt Henneberg den herabgefallenen Helm in Händen, brach der Gedanke ab.

Onno schrie: »Bring die Kiste zurück, Paps, tausch den schwachsinnigen Kasten um, siehst du, wir hätten gleich –«, und klappte den Mund zu, entgeistert starrte er auf seinen Textschirm, auf dem gerade der Satz wieder verschwunden war.

»Rolf –« sagte er.

»Ja«, sagte Vater und klopfte mit dem Zeigefinger gegen den Apparat, »offensichtlich ist er nicht ganz in Ordnung.«

Ada sagte: »Rolf? Meinst du Rolf Wiegen?«

»Nicht – Depp – sagen«, wiederholte Onno und sah das wütende Gesicht vor sich. »Vorhin – in der Citybahn! Das waren Rolfs Worte.«

Seine Schwester sagte weise: »Aber Rolf Wiegen ist nicht hier.«

»Wir werden das Gerät umtauschen müssen, leider«, meinte Vater und sammelte die Denkkappen ein.

Onno schrie: »Doch! Doch ist er hier! Er ist vor uns ins Haus gegangen, die ganze Zeit sitzt er mit seiner Mutter in der Wohnung unter uns, MUTTER SITZT MIR GEGENÜBER – ! Versteht ihr denn nicht?«

Henneberg zog den Stecker heraus und rollte die Schnur auf. »Wovon redest du eigentlich?« sagte er.

Und Ada: »Der spinnt.«

Onno nahm die gelbe Kappe vom Tisch und zeigte hinein: »Ein Drahtgeflecht, siehst du? Ein Drahtgeflecht ist darin, Paps, wie eine Parabolantenne. Die Mütze ist nichts anderes als eine Antenne, siehst du?« Henneberg starrte in die anderen drei Kappen.

»Parabolantennen«, sagte Onno. »Sie sollen die Gedanken auffangen, die wir denken. Der PARAMAT sammelt mit ihnen unsere Gedanken ein und macht sie anschließend auf den Empfängerschirmen sichtbar, so ist es doch?«

Ada sagte: »Aber ich habe gewonnen.«

»Also eine Antenne, Paps, und diese Antenne lag auf dem Fußboden, mit der Öffnung nach unten, verstehst du jetzt? Vielleicht braucht sie gar nicht fest auf dem Kopf zu sitzen, vielleicht genügt es, wenn sie so gerichtet ist, daß sie bestimmte Gedankenstrahlen auffangen kann.«

»Das gibt es nicht«, schüttelte Vater den Kopf. »Es gibt keine Gedankenstrahlen.«

»Also ich weiß nicht, wie *du* denkst«, sagte Onno patzig, »aber ich habe gelesen, daß alle Forscher darin übereinstimmen, daß irgend etwas von unserem Gehirn ausgesendet wird, Strahlen oder Wellen oder irgendwas, na ja, sie wissen nicht was.«

»Siehst du«, sagte Henneberg milde.

»Aber der Apparat hat etwas mit der gelben Kappe aufgefangen, stimmt's?« blieb Onno bei seiner These. »Und ich behaupte, er hat Rolfis Gedanken empfangen.«

»Durch die Decke hindurch?«

»Warum nicht? Gedankenstrahlen durchdringen jedes Material.«

»Der Junge hat höchstens einen I.Q. von 50«, sagte Henneberg. »Er ist schwachsinnig.«

»Er ist behindert«, erinnerte ihn Onno.

Ada schrieb eifrig auf der Gewinnkarte.

»Ich möchte es mal versuchen«, sagte Onno, schloß das Gerät wieder an und setzte ihr die Kappe auf. Als der schrille Pfeifton unhörbar geworden war, verschob er vorsichtig die Hebel, nach einiger Zeit leuchtete vor seiner Schwester die Kontrollampe auf. Onnos Tafel zeigte

ICH HABE GEWONNEN

»Und nun, Paps, nimm ihr die Kappe ab und halte sie hoch über ihren Kopf, so hoch du kannst«, und herrschte Ada an: »Los, denk dir was Neues aus, irgendwas, mach schon, bist doch sonst nicht so begriffsstutzig.«

Zögernd erschien auf seiner Texttafel eine zweite Zeile

BALD NUN IST WEIHNACHTSZEIT

»Oha«, sagte er gönnerhaft, »darfst es singen«, und setzte sich zufrieden auf seinen Stuhl. »Siehst du, Paps, die Kappe funktioniert auch, wenn sie den Kopf nicht fest umschließt.«

Henneberg wandte ein, man könne Rolf Wiegen kaum mit einem Vierjährigen auf eine Stufe stellen, er sei vermutlich gar nicht in der Lage, einen klaren Gedanken zu fassen, erst recht könne er ihn nicht auf eine derart komplizierte Weise übermitteln. Ein neuer Schauer, Schnee und Hagel, schüttete gegen die Fensterscheiben, es war abendlich dunkel im Raum.

»Jetzt will ich's wissen«, sagte Onno, nahm das Gerät, verstaute es im Karton und schleppte es aus der Wohnung, Ada rannte hinterher.

Sie läuteten ein Stockwerk tiefer.

Ob er – er würde gern – ob er und seine Schwester mal hereinkommen dürften, druckste Onno, sie hätten ein neues Spiel – würden gern mit Rolf – ?

»Er spielt nicht«, sagte Frau Wiegen traurig.

»Bitte!« drängte Onno, »ich glaube, er kann es spielen – er hat eben bereits mitgespielt – ja, das war so – wie soll ich es Ihnen erklären?«

Die Frau sah müde aus.

»Es war so – die Kappe lag auf dem Fußboden – «

In diesem Augenblick öffnete sich hinter Frau Wiegen eine Tür, und Rolf schlenkerte heran, wie immer leicht vornübergebeugt. Nahm die Hand seiner Mutter und legte sie auf den PARAMAT, und als sie den Karton griff, führte er sie ins Wohnzimmer.

»Ja«, sagte sie verwirrt. »Er möchte es mit euch spielen.«

»Spielen Sie mit!« schrie Onno begeistert, packte das Gerät aus und setzte jedem eine Kappe auf den Kopf. Rolf Wiegen saß still, sein stiller Blick war fest auf den PARAMAT gerichtet, die stark nach außen gedrehten Finger zuckten. Onno bewegte die Hebel an Rolfs Schaltpult, gab auch Frau Wiegen eine ausführliche Anleitung, das schrille Summen des Apparats verlor sich, eine plüschrote Stehlampe verteilte mattes Licht im Raum.

»Beobachten Sie die Texttafel!« flüsterte Onno. »Bewegen Sie Ihre Hebel und beobachten Sie die Texttafel! Sobald Sie einen von uns geortet haben, erscheint die Schrift. Die Tafel schreibt auf, was wir Ihnen mitteilen wollen.« Und hantierte mit Rolfs Hebeln, seine eigenen blieben in Ruhestellung.

»Was ist das für ein Spiel?« sagte Frau Wiegen mit ihrer schmalen Stimme, »ich kenne diese Spiele nicht, Onno, ich habe nie gespielt.«

Ada sagte: »Pst!« und bewunderte Rolfs träumend-dunkle Blicke, die das Gerät nicht losließen, und ihr war, als träumte er weit durch den schwarzen Kasten hindurch, und das rötliche, diffuse Licht des Zimmers sammelte sich in seinen Augen und machte sie klar und scharf. Plötzlich wandte er den Kopf und schaute seine Mutter an, und Ada meinte, in diesen Augen ein staunendes, frohes Begreifen zu erkennen.

ICH SEHE DICH

erschien auf der Texttafel vor Rolfs Mutter, gleichzeitig sprang Licht in seine Kontrolleuchte,

ICH VERSTEHE DICH

und die dritte Zeile, ebenso schnell und deutlich:

ICH LIEBE DICH.

»Was ist das?« rief Frau Wiegen und wollte sich die Blechmütze vom Kopf reißen, »was macht ihr mit mir?«

Onno sagte: »Bleiben Sie sitzen! Sehen Sie, Rolf spielt: Er spielt PARAMAT mit Ihnen, es geht.«

Rolf saß zurückgelehnt, die Hände im Schoß gefaltet, und lächelte seine Mutter an . . .

Eine halbe Stunde später läutete es an der Wohnungstür.

»Entschuldigen Sie«, sagte Henneberg. »Ich muß mich für meine Kinder entschuldigen, Sie haben sicher Wichtigeres zu tun. Ich finde es unmöglich, daß meine Kinder Sie so lange belästigen.«

Frau Wiegen stand wie benommen. Zum ersten Mal hatte ihr Sohn deutlich zu ihr gesprochen, zum ersten Mal in präzisen und komplizierten Sätzen. Ohne den Umweg über seine gestörten Sinnesorgane gelangten seine Gedanken klar zu ihr, und sie begann zu begreifen, daß in dem defekten Körper ein vollständiger Mensch –

Was sagte der Nachbar?

»Das geht nicht, daß meine Kinder immer noch hier sind. Sie stören. Sie stören doch bloß, nicht wahr.«

Sie starrte ihn an. Was sagt er? dachte sie, versteht er nicht, daß sie mit Rolf spielen?

In dem zarten Rosa der Wohnzimmerlampe erschien Ada. »Rechne mal aus, Paps«, grinste sie, »wie viele Zeilen der PARA-MAT in einer Minute schreiben kann, wenn er ununterbrochen mit neuen Gedanken gefüttert wird.«

Hinter ihr tauchte Onno auf. »Wir schenken Rolf den Apparat«, sagte er strahlend.

R<small>ONALD</small> M. H<small>AHN</small>

Auf der Suche nach der Wahrheit

Holly war die erste, die sich den Anweisungen der Stimme nicht mehr beugte.

An einem Morgen, der sich in nichts von denen ihres bisherigen Lebens unterschied, legte sie nach langem Nachdenken während des Unterrichts die Farbstifte hin und sagte laut und vernehmlich: »Ich will nicht mehr. Ich will hinaus. Laßt mich raus. Ich mache nicht mehr mit. «

Während die anderen erschreckt aufschauten, wurde das Gesicht des Lehrers auf dem Bildschirm aschfahl.

»Aber, Holly«, sagte er mit zitternder Stimme, »das geht doch nicht. Du kannst doch nicht einfach . . .«

Weiter kam er nicht, denn im gleichen Augenblick schaltete sich der Bildschirm ab. Von der Decke herab sagte die Stimme: »Holly, du verläßt sofort den Unterrichtsraum. Die anderen bleiben sitzen und arbeiten weiter. «

Holly hob den Kopf. Die anderen sahen zu, wie sie ihre Zeichenutensilien zusammenpackte, aufstand und zur Tür ging.

Der Korridor lag im Halbdunkel. Die Stimme sagte: »Geh zum Lift, Holly. Geh sofort zum Lift. «

Holly warf trotzig den Kopf zurück. »Das werde ich nicht tun. Ich werde überhaupt nichts mehr tun. Ich habe es satt, daß man mir sagt, was ich tun und lassen soll. «

Sie ließ die Zeichenutensilien auf den Boden fallen und ging in die Richtung, die vom Lift wegführte.

Ein bestimmtes Ziel hatte sie nicht. Sie wollte nur weg; weg von der Stimme, weg von den anderen, weg vom Lehrer, den sie immer nur auf dem Bildschirm sah. Ihr war nicht klar, was nun werden sollte.

Die Stimme sagte: »Es hat doch keinen Zweck, Holly. Der Weg wird irgendwann enden. Dann stehst du vor einer verschlossenen

Tür und mußt wieder umkehren. Du kannst nicht einfach so herumlaufen.«

»Das soll mir nur den Mut nehmen«, sagte Holly, ohne ihren Schritt zu verlangsamen.

»Was soll dir nur den Mut nehmen?« fragte die Stimme. Sie klang voll und tief.

»Das ganze Gerede«, sagte Holly. Sie setzte einen Fuß vor den anderen. Der Korridor war lang, sehr lang. Ob er überhaupt ein Ende hatte? Sie fragte sich, was sie tun würde, wenn die Stimme recht hatte. Würde sie umkehren? Es gab nur einen Weg, sich darüber klarzuwerden: Sie mußte es darauf ankommen lassen.

»Denk doch mal nach, Holly«, sagte die Stimme. »Warum nimmst du dir kein Beispiel an den anderen? Warum tanzt du aus der Reihe? Ist man nicht immer gut zu dir gewesen? Hast du nicht alles, was du brauchst? Hungerst du? Frierst du?«

Holly schwieg, aber ihre Gedanken rasten.

Es fehlt mir an Bewegungsfreiheit, dachte sie. *Ich glaube nicht, daß es richtig ist, wenn einem immer gesagt wird, was man tun soll. Wenn es richtig wäre, würde es mir nicht falsch vorkommen. Alles, was die Stimme sagt, tue ich nur mit Widerwillen. Ich bin ihr nur deswegen immer gefolgt, weil es die anderen auch tun. Ich will frei sein. Ich will aufbleiben, wenn das Licht erlöscht. Ich will nicht essen, wenn ich nicht hungrig bin. Manchmal möchte ich weiterschlafen, wenn es Aufstehen heißt. Ich will . . . Ich will . . .*

»Warum schweigst du, Holly?«

»Weil ich nicht reden will!«

Die Stimme schwieg.

Holly ging weiter und weiter. Der Korridor verdüsterte sich immer mehr. Komisch, daß sie nicht schon früher auf den Gedanken gekommen war, diesen Weg zu gehen. Komisch, daß noch keiner der anderen darauf gekommen war. Nach Unterrichtsende gingen sie immer zum Lift, der sie nach unten brachte. Die Prophezeiung der Stimme erwies sich als richtig. Als Hollys Füße zu schmerzen begannen, war der Korridor zu Ende. Sie stand vor einer geschlossenen Tür. Sie war aus dunklem Metall.

»Siehst du?« sagte die Stimme. »Es ist so, wie ich sagte. Eine verschlossene Tür. Jetzt mußt du wieder umkehren.«

Daß sie GEschlossen ist, das sehe ich, dachte Holly. *Aber heißt das auch, daß sie VERschlossen ist?* Sie streckte zögernd einen Arm aus und berührte das kalte Metall. Die Tür besaß keine Klinke. Als ihr Blick nach unten fiel, sah sie eine runde Scheibe, die aussah, als habe man sie auf die Türfüllung geklebt. Sie schien ebenfalls aus Metall zu sein, glänzte aber silbern. Sie hatte einen Durchmesser von fünf Zentimetern.

Holly war gerade im Begriff, die Scheibe mit dem Zeigefinger zu berühren, als die Stimme sagte: »Tu das nicht! Es wird weh tun, Holly. Dein Finger wird verbrennen.«

Holly zögerte. War das eine Finte? Es war nicht auszuschließen. Aber . . . Hatte sie nicht den Entschluß gefaßt, ihrer eigenen Wege zu gehen? Eine Stimme war eine Stimme. Sie hatte keine wirkliche Macht. Was konnte sie tun, wenn sie, Holly, die runde Metallscheibe berührte? Konnte die Stimme ihr einen Schmerz zufügen?

»Ich sehe, daß du vernünftig bist«, sagte die Stimme. »Geh jetzt zurück, Holly. Ich will vergessen, was du getan hast. Wir werden später vernünftig darüber reden.«

Holly streckte der Stimme die Zunge heraus und berührte die Metallscheibe. Es machte *Schschsch,* dann verschwand die Tür in der Wand.

»Holly!« schrie die Stimme. »*Holly!* Du weißt nicht, was du tust!«

Aber Holly wußte zum erstenmal in ihrem Leben genau, was sie tat. Ihr war nun klar, daß die Stimme machtlos war, daß sie nur reden konnte, und sonst nichts. Sie konnte sie weder bestrafen noch ihr etwas zufügen. Sie war gar nicht da, war kein Wesen, sondern irgendein Ding, das nur sprechen und sehen konnte. War es nicht unglaublich, daß sie bisher fähig gewesen war, ihr und den anderen Vorschriften zu machen?

Hinter der Tür breitete sich ein weiterer Gang aus. Die Wände waren glatt und fugenlos, wie gehabt. Holly sah kleine, rote Lämpchen. Sie blieb unentschlossen stehen.

»Holly«, sagte die Stimme jetzt, »überleg dir gut, was du tust. Dort, wo du bist, ist es gefährlich. Du wirst dich verirren, du . . .«

»Ich glaube dir nicht«, sagte Holly geringschätzig und wunderte sich über ihren eigenen Mut. »Du hast mich belogen. Es hat gar nicht weh getan, als ich die Metallscheibe berührte. Warum sollte ich dir jetzt glauben?«

»Holly . . .« Die Stimme brach ab. Sie schien ratlos zu sein. »Ich habe dich belogen, weil ich verhindern wollte, daß du dich in Gefahr begibst. Geh zurück, Holly – bitte! Die anderen haben Angst um dich.«

»Ich will wissen, was hier ist«, sagte Holly mit fester Stimme. »Ich will wissen, warum wir uns nur im Unterrichtsraum und unseren Zimmern aufhalten dürfen. Die Welt ist viel größer, als ich dachte. Warum sind wir nur so wenige, wo hier doch so viel Platz ist?«

»Weil . . .« Die Stimme schwieg. Dann sagte sie: »Nun gut, Holly – du läßt mir keine andere Wahl.«

Vor ihr gingen die Lichter aus.

Holly blieb stehen. Ihr war klar, daß sie damit zum Rückzug gezwungen werden sollte. Sie holte tief Luft und bahnte sich an der Wand entlang einen Weg in die Finsternis hinein. Eine Weile später ging das Licht wieder an. Auch dieser Gang schien endlos zu sein. Wie lange war sie jetzt schon unterwegs? Allmählich wurde Holly müde. Sie hatte Hunger. Wäre es nicht besser gewesen, etwas Nahrung mitzunehmen?

»Ich habe Hunger«, sagte Holly plötzlich.

»Du bist jetzt zu weit gegangen, um noch zur Essenszeit zurück zu sein«, sagte die Stimme. »Jetzt *mußt* du weitergehen, Holly.«

Als Holly aus ihrem tiefen Schlaf erwachte, fühlte sie sich wie zerschlagen. Sie hob den Kopf, spitzte die Ohren und lauschte. Überall war es still.

Der kleine Raum, in den die Stimme sie geführt hatte, war sechs mal sechs Schritte groß. In ihm standen eine Liege und ein Schrank. Neben der Liege ragte eine Tischplatte aus der Wand.

Darüber hing ein Regal mit Büchern. Holly nahm den unter der Tischplatte stehenden Stuhl, kletterte hinauf und besah sich die Bücher aus der Nähe. Obwohl sie in ihrer Sprache geschrieben waren, verstand sie kein Wort. Holly setzte sich auf die Liege und starrte vor sich hin. Bevor sie eingeschlafen war, hatte sich in der Zimmerwand eine Luke geöffnet und sie mit etwas Eßbarem versorgt. Ihr Magen knurrte schon wieder.

»Ich habe Hunger«, sagte sie.

Die Luke öffnete sich erneut. In dem dahinterliegenden Fach stand ein Teller mit graubraunem Brei. Holly zog ihn zu sich heran und aß. Als sie fertig war, sagte die Stimme: »Du mußt jetzt zurückgehen, Holly.«

Sie stand auf, ging auf den Korridor hinaus und stellte fest, daß die meisten Lämpchen erloschen waren. Die Luft war kälter als zuvor.

Holly schüttelte den Kopf und versuchte erfolglos die Benommenheit abzuschütteln. Es gelang ihr nicht. Als sie über die Schwelle trat und nach links gehen wollte, verlor sie den Boden unter den Füßen und rutschte mit den Beinen nach rechts weg. Sie fiel hin und stieß sich den Kopf.

Ihr Herz klopfte. Das machte ihr Angst. Holly rappelte sich auf und blieb eine Weile unschlüssig stehen. »Ich habe die Orientierung verloren«, sagte sie leise.

Die Stimme erwiderte: »Du mußt nach rechts gehen, Holly. Das ist der Rückweg. Wenn du weiter nach links gehst, wirst du verhungern.«

»Das glaube ich nicht«, sagte Holly und wandte sich nach links. Sie ging weiter, bis auch dieser Korridor endete. Die Tür, vor der sie nun stand, glich der anderen aufs Haar. Sie ließ sich mit einem Fingerdruck öffnen, aber . . .

»Ein Lift?« fragte Holly. »Wohin führt er?«

»Nirgendwohin«, sagte die Stimme. »Er ist kaputt.«

Holly lächelte. Sie betrat die Kabine und schaute triumphierend zu, wie die Tür sich hinter ihr schloß. Der Lift setzte sich in Bewegung, und die Stimme sagte: »Du hast einen Fehler gemacht, Holly. Ich wußte, du würdest genau das Gegenteil von

dem tun, was ich dir sage. Du hättest besser umkehren sollen.«
Irgend etwas zischte. Als Holly zur Decke hinaufsah, wurden
ihre Augen glasig. Rote Nebelschwaden senkten sich auf sie
hinab. Ihr wurde auf einmal ganz leicht zumute. Sie ging auf
Wolken. Aber nicht lange. Bevor ihr allzu übel wurde, verlor sie
das Bewußtsein.

Als Holly wieder zu sich kam, lag sie auf ihrem Bett. Die anderen
schienen beim Frühstück zu sein, denn das Zimmer, das sie mit
Mara und Savina teilte, war leer.
Holly gähnte, stand auf, musterte die Einrichtung und reckte
sich. Irgendwo tickte eine Uhr. Als sie sich an den Schreibtisch
setzte, um ihre Gedanken zu ordnen, kam Mara herein und
sagte: »Ausgeschlafen?«
Holly nickte. Ihr war, als habe sie etwas Wichtiges vergessen.
Mara schlug ein Mathematikbuch auf, legte sich auf ihr Bett und
starrte Löcher in die Luft.
»Wie lange habe ich geschlafen?« fragte Holly.
»Nur eine Stunde länger als wir«, erwiderte Mara. »Warum?«
»Ach . . .« Holly zögerte. »Ich weiß auch nicht.«
»Fühlst du dich nicht wohl?«
»Ich habe das Gefühl, als hätte ich etwas Wichtiges vergessen«,
sagte Holly. Sie schlug ihre Bücher auf und blätterte stirnrun-
zelnd in den Arbeitsheften. Nein. Es war alles gemacht.
»Haben wir heute den freien Tag?« fragte sie.
»Natürlich«, sagte Mara. »Hättest du sonst so lange geschlafen?«
Sie sah ein wenig mißtrauisch aus. »Sag mal, Holly, fehlt dir
wirklich nichts? Ich meine . . . Du wirkst heute so unkonzentriert.«
»Es ist alles in Ordnung.« Holly blickte in den kleinen Spiegel,
legte die Stirn in Falten und dachte: *Es scheint alles in Ordnung
zu sein. Aber ist es das auch? Ich habe etwas vergessen, verdammt, das weiß ich genau! Aber was?*
In ihrem Kopf tanzten silberne Funken. Nein, nicht alle waren
silbern. Es waren grüne, rote, blaue und weiße darunter. Komisch. Irre komisch. So was hatte sie noch nie erlebt.

»Haben in deinem Kopf schon mal Funken getanzt?« fragte sie Mara.

Savina kam herein und winkte ihnen zu. Sie war größer als Holly und sicher auch hübscher.

»Holly scheint ein bißchen durcheinander zu sein«, sagte Mara amüsiert. »Sicher hat sie zu lange geschlafen. Davon wird man schon mal duselig im Kopf.«

»Nimm's nicht so schwer«, sagte Savina. Sie schaltete die Musik ein. Als Mara unwillig aufsah, stülpte sie sich einen Kopfhörer über die Ohren.

Holly stand auf und ging hinaus. Es war noch etwas Essen da. Sie schlang eine Portion hinunter, trank etwas von dem roten Saft und dachte nach. Die anderen hatten sich auf ihre Zimmer zurückgezogen. Hier und dort vernahm sie Stimmen. Die zwölf vom Gemeinschaftsraum abweichenden Türen hatten die unterschiedlichsten Namensaufschriften.

»Wie fühlst du dich, Holly?« fragte die Stimme plötzlich. »Hast du irgendwelche Probleme?«

Obwohl sie nicht den geringsten Grund dazu hatte, duckte sie sich. Der Tonfall der Stimme gefiel Holly nicht. Benahm sie sich etwa auffällig? Hatte sie sich verdächtig gemacht? Wieso verspürte sie plötzlich ein Schuldgefühl? *Ich habe etwas Wichtiges vergessen . . .*

»Mir geht es gut«, log Holly und warf die Essensreste in den Müllschlucker.

»Das freut mich, Holly«, sagte die Stimme. »Das freut mich wirklich. Aber du scheinst ein wenig unkonzentriert zu sein. Du solltest dich besser untersuchen lassen. Geh zum Lift. Geh . . .«

Irgendwann, dachte Holly, *habe ich das schon einmal gehört,* und ihr fielen die verschiedenfarbigen, tanzenden Funken wieder ein. Sie bestieg den Lift. Ging es nach unten? Die Kabine hielt an, die Tür öffnete sich zischend, und Holly stand in einem kleinen Raum, dessen Wände zu leben schienen. Es kitzelte, als sie splitternackt in dem Raum stand und die gummiartigen Wände Fühler ausstreckten, die sie betasteten. Es dauerte nur ein paar Sekunden, dann sagte die Stimme: »Es ist wirklich alles in

Ordnung, Holly. Du bist vollkommen gesund. Du solltest aber weniger grübeln. Das ist nicht gut. Geh zu den anderen.«

Holly ging. Der Lift brachte sie wieder nach oben. Sie nahm eine Dusche und zog sich wieder an.

Wenn ich nur wüßte, was ich vergessen habe.

Im Gemeinschaftsraum stieß sie auf Fawn. Er lächelte ihr zu und sagte dann: »Du hast dich verändert, Holly.«

Holly sagte: »Wie meinst du das?« Sie blieb stehen.

»Du bist so . . . so . . . abwesend«, sagte Fawn. »Vielleicht solltest du dich mal untersuchen lassen.«

»Ich *bin* gerade untersucht worden«, sagte Holly frostig. »Mit mir ist alles in Ordnung.«

»Wenn du meinst . . .« Fawn hielt inne, stützte seinen Kopf mit der Hand ab und meinte: »Seit ich wach bin, habe ich so ein Gefühl, als hätte ich etwas Wichtiges vergessen. Ist das nicht komisch? Ich habe meine ganzen Arbeitshefte durchgesehen, aber ich habe alle Aufgaben gemacht. Aber das blöde Gefühl werde ich nicht los.«

Holly sah ihn mit großen Augen an. Die Unsicherheit, die Fawn zeigte, erregte ihr Mitleid. So kannte sie ihn gar nicht.

»Du wirst es kaum glauben«, erwiderte sie, »aber . . . aber dieses Gefühl . . . Ich habe es auch.«

»Tatsächlich?« Fawn sah auf. »Kann das ein Zufall sein?«

»Ich weiß nicht«, sagte Holly achselzuckend. »Ich habe . . . ich hatte . . . tanzende Funken im Kopf.«

»Also, *das* hatte ich nicht«, sagte Fawn. Er sah irgendwie erleichtert aus. »Dann kann es wohl keine Krankheit sein. *Mein* Gefühl, *meine* ich.« Er stand auf, lächelte Holly zu und verschwand in dem Zimmer, das er mit zwei anderen teilte.

Ich bin doch nicht krank, dachte Holly. *Oder?* Immerhin war sie untersucht worden. *Ich sollte wirklich nicht soviel grübeln.*

Sie ging in die Bibliothek und versuchte sich auf ein Buch zu konzentrieren. Erst eine Weile später merkte sie, daß sie von den umgeblätterten dreißig Seiten keine gelesen hatte. Das machte sie ärgerlich. Sie legte das Buch weg und nahm ein anderes. Die Situation änderte sich jedoch nicht.

»Ich werde erst dann wieder Ruhe kriegen«, sagte sie vor sich hin, »wenn ich weiß, was ich vergessen habe.«

»Ach, was, Holly«, sagte die Stimme. »Vergiß es. Die Gedanken spielen einem schon mal einen Streich. Dann wird man morgens wach und hat so ein Gefühl. Irgendwann kommt man dann dahinter, daß man wirklich etwas vergessen hat. Nur liegt es schon Wochen zurück. Das Unterbewußtsein kann solche Dinge manchmal erst sehr spät vergessen.«

Hm, dachte Holly. *Hm, da ist was dran.*

»Aber Fawn hat das gleiche Gefühl«, sagte sie eine Minute später in die Leere hinein.

»Fawn?«

»Ja, Fawn«, sagte Holly. »Ist *das* etwa ungewöhnlich?«

»N-natürlich nicht«, sagte die Stimme.

Holly erinnerte sich plötzlich an einen roten Nebel. Sie erinnerte sich außerdem an eine silberne Metallscheibe.

Es wird weh tun . . .

»Was?«

Erst als die Stimme »Ist was, Holly?« sagte, fiel ihr auf, daß sie die Frage laut gestellt hatte. Holly schwieg, aber die Stimme wiederholte ihre Frage. Sie war geduldig, unendlich geduldig. Sie war zum Verrücktwerden geduldig.

»Es ist alles in Ordnung«, sagte Holly.

»Das glaube ich nicht«, sagte die Stimme – und dann sah Holly zum zweitenmal eine rote Nebelwolke auf sich zukriechen.

Zum Glück war die Bibliothek groß. Holly sprang auf, durchquerte sie mit drei langen Sätzen, rüttelte an der Tür und fand sie verschlossen. Instinktiv riß sie die Decke von einem Tisch und band sie sich vor den Mund. Ihre Augen fingen an zu tränen, ihre Knie wurden weich. Dennoch verlor sie das Bewußtsein nicht. Der feine, rote Nebel verteilte sich, kroch über den Boden. Dann klappte ein Teil der Regalwand auf und eine klobige Gestalt betrat den Raum. Sie war größer als Holly und mit einem seltsamen Anzug bekleidet.

Als Holly erschreckt aufschrie, prallte der Fremde zurück. Sein Kopf steckte in einer runden Kugel. Das Gesicht, das sie durch eine runde Glasscheibe hindurch anstarrte, gehörte einem Mann, aber nicht dem Lehrer. Der Fremde schien nicht weniger entsetzt zu sein als sie, denn augenscheinlich hatte er nicht erwartet, Holly bei klarem Verstand anzutreffen. Er hielt einen langen Gegenstand in der Hand.

Holly machte instinktiv einen Sprung nach vorn, rammte dem Fremden den Kopf in den Bauch und brachte ihn zu Fall.

Es gab jetzt keine andere Möglichkeit mehr, als die Flucht nach vorn anzutreten. Die Bibliothekstür war zu. Holly rannte durch einen engen Gang, ließ den Fremden hinter sich und gelangte schließlich an eine Tür, die sich schon öffnete, noch ehe sie sie berührt hatte. Dahinter lag ein großer Raum, und als sie sich umsah, wußte sie, daß sie schon einmal hiergewesen war.

Sie erinnerte sich an einen Lift.

An rote Nebelwolken.

An die starken Arme des Fremden, der sie aufgehoben und irgendwohin getragen hatte.

Sie erinnerte sich an tanzende, bunte Funken.

Man hatte ihr die Erinnerung genommen. Man hatte etwas mit ihrem Gedächtnis angestellt, damit sie den anderen nicht sagen konnte, was sie gesehen hatte. Man hatte auch den anderen die Erinnerung genommen. Keiner wußte mehr, daß sie während des Unterrichts einfach hinausgegangen war. Aber man hatte gepfuscht. Zumindest bei ihr. Und bei Fawn. Vielleicht sogar bei allen. Früher oder später würden auch die anderen das Gefühl entwickeln, daß . . .

Der Raum stand voller geheimnisvoll summender Maschinen. Überall flackerten kleine Lichter. Dutzende von Bildschirmen zeigten Aktivitäten, addierten Zahlenkolonnen, ließen unbekannte Symbole aufblitzen, produzierten geometrische Figuren. Holly sah sich nach einer Waffe um. Sie zweifelte nicht daran, daß der Fremde ihr folgen und man ihr die Erinnerung ein zweitesmal nehmen würde. Diesmal würde sie sich wehren. Sie würde ihn sich vom Leibe halten. Sie war sogar bereit, ihn umzubringen.

Die Stimme sagte: »Du bist schlauer, als ich dachte. Du hast es schon wieder geschafft. Aber ich kann nicht zulassen, daß du . . .«

Schritte näherten sich. Der Fremde kam zurück. Er war nicht ganz sicher auf den Beinen. Hinter ihm schloß sich die Tür. Er winkte Holly mit seiner Waffe zu.

»Wir haben nicht gut genug gearbeitet, Holly«, sagte die Stimme. »Aber du machst besser keine Dummheiten. Niemand will dir etwas Böses. Aber du mußt vergessen. Es ist besser für dich. Und auch für die anderen.«

Holly musterte den Fremden, der ihr in seinem seltsamen Anzug unsagbar schrecklich erschien. War er überhaupt ein Mensch? Seine Bewegungen waren so eckig. Und doch . . . Sie hatte seine Augen gesehen.

Holly ignorierte die Stimme und ging auf den Fremden zu. Ihre zielgerichteten Schritte schienen ihn zu verwirren. Er starrte einige Sekunden lang zur Decke, als könne er von dort Hilfe erwarten. War es möglich, daß der Mann Angst vor *ihr* hatte? Holly beschloß, eine Probe aufs Exempel zu machen.

»Wer bist du?« fragte sie, als sie drei Schritte von ihm entfernt stand. Sie suchte seinen Blick. Der Mann wich bis an die Tür zurück. Seine Augen waren blau. Er hatte eine grobporige Haut. Er war viel älter als Holly und die anderen.

»Pack sie jetzt, Proctor«, sagte die Stimme. »Pack sie auf der Stelle!«

Holly wich zurück. Der Fremde machte einen zögernden Schritt nach vorn. Dann blieb er stehen, ließ die Schultern sinken und bewegte die Lippen. Holly konnte nicht hören, was er sagte.

Die Stimme sagte: »Du widersetzt dich meinen Befehlen?«

Wieder bewegten sich die Lippen des Fremden. Holly versuchte zu *lesen* was er sagte, aber es gelang ihr nicht. Der Fremde sprach zu schnell. Die Stimme schien ihn allerdings ausgezeichnet zu verstehen.

»Nun gut«, sagte sie. »Nun gut.«

Der Fremde mit dem Kugelhelm riß die langläufige Waffe hoch. Holly spürte, wie sich Panik in ihr breitmachte. Sie warf sich auf ihn, griff mit beiden Händen nach dem Metallrohr und trat dem

Fremden gleichzeitig gegen das Schienbein. Erschreckt ließ er die Waffe los, taumelte und fiel gegen die Tür. Holly riß die Waffe an sich, drehte sie um und richtete das unheimliche Ding auf den Behelmten. Der Mann bewegte sich nicht von der Stelle. Er hatte Angst. Das Ding in ihrer Hand war möglicherweise tödlich.

Gut, dachte Holly, *gut!* Den Fremden nicht aus den Augen lassend, ertastete sie den Abzug. Sie sah sich um. Nur eine Demonstration der Macht konnte den anderen davon abhalten, ihr die Waffe wieder abzunehmen. Sie richtete den Lauf auf einen summenden Geräteschrank und drückte ab. Ein roter Strahl fraß sich in das Gehäuse des Geräts und ließ es explodieren. Rauch breitete sich aus. Helle Funken knisterten. Der Fremde riß beide Hände vor seine Augen. Es roch nach heißem Metall und schmorendem Gummi.

»Wo bist du, Stimme?« sagte Holly mutig. »Zeige dich! Du mußt ein Mensch sein. Aber wo steckst du?«

»Gib die Waffe zurück, Holly«, erwiderte die Stimme von der Decke herab. »Gib sie zurück.«

Holly schüttelte lächelnd den Kopf. Die Explosion hatte sie an die bunten, tanzenden Funken erinnert. Sie hatte die Funken gesehen, nachdem man sie in der Liftkabine eingeschläfert hatte.

»In Ordnung«, sagte die Stimme jetzt. »Siehst du die Tür, die aus diesem Raum herausführt?«

Holly sah zwei Türen. Durch die eine war sie hereingekommen. Also die andere.

»Du gehst durch diese Tür.«

Schon wieder eine Falle? dachte Holly.

»Es ist keine Falle«, sagte die Stimme, als ob sie ihre Gedanken gelesen hätte.

Holly glaubte ihr nicht. Aber was sollte sie tun? Sie hatte nur zwei Möglichkeiten: Entweder gab sie die Waffe zurück und ließ sich erneut die Erinnerung nehmen – oder sie ging das Risiko ein. Wobei das Resultat möglicherweise dasselbe war.

»Nimm den Helm ab«, sagte sie zu dem unsicher wankenden Fremden. »Rasch.«

Die Waffe in ihrer Hand wirkte Wunder. Das Gesicht, das sie

kurz darauf sah, wirkte nicht unsympathisch, aber der vor ihr stehende Mann mußte der älteste Mensch der Welt sein. Er war unvorstellbar alt – und hatte wohl auch nicht mehr lange zu leben.

»Wie heißt du?« fragte sie.

»Nero«, sagte der Fremde. Sein Gesicht zuckte.

»Und die Stimme?« fragte Holly.

Nero sah sie unsicher an.

»Die Stimme?«

»Ja, die Stimme«, sagte Holly. »Wie heißt sie?«

»Du solltest dich ihr besser . . . fügen«, murmelte Nero.

»Wir gehen durch diese Tür«, sagte Holly entschlossen. »Du gehst voran. Keine falsche Bewegung.«

Nero starrte zur Decke, aber die Stimme schwieg.

Die Tür glitt von alleine auf. Man schien sie also zu erwarten. Nero ging vor. Holly folgte ihm in den dahinterliegenden Raum. *Da war etwas, das nach ihr griff. Die Leere. Die tanzenden Funken, die überall um sie herum in der Schwärze schwebten und sie höhnisch auszulachen schienen. Wohin sie auch sah, es war überall dasselbe. Kein fester Boden, nur . . .*

Holly zuckte zurück. Ihr wurde klar, daß sie zu weit gegangen war. Sie erinnerte sich daran, daß man ihr schon einmal gesagt hatte, daß sie es nicht würde ertragen können. Niemand konnte das, der nicht auf einem Planeten geboren worden war. Man hatte es zu spät erkannt.

Und dann schrie sie. Die Leere ließ sie wanken und nahm ihr das Bewußtsein.

»Holly ist besonders hartnäckig«, sagte die Stimme von der Decke herab. »Ich zweifle daran, daß eine erneute Gehirnwäsche bessere Ergebnisse bringt. Wahrscheinlich werden wir uns schon in ein paar Tagen wieder um sie kümmern müssen.«

Nero sah auf das am Boden liegende Mädchen herab und sagte: »Zum Glück ist sie ziemlich introvertiert. Wenn sie sich den anderen mitteilen würde . . .« Er machte eine vage Geste.

»Das ist kaum zu befürchten«, sagte die Stimme. »Aber es macht mir Sorgen, daß die anderen auf ihr seltsames Verhalten aufmerksam werden könnten. Um jeder Gefahr aus dem Weg zu gehen, sollten wir unsere Taktik ändern und sie einweihen . . .«

»Was?« Neros Kopf zuckte hoch. »Bist du verrückt geworden, Ballard?«

Die Stimme lachte leise. »Du verstehst nicht. Wir werden ihre Erinnerung nicht wieder löschen, sondern sie mit einer *anderen* versehen. Das wird sie dazu bringen, sich für unsere Partnerin zu halten.«

Nero sah unentschlossen zu Boden. Dann, als die Stimme schwieg, hob er Holly auf, ging mit ihr durch die Kuppel und brachte sie in die medizinisch-psychologische Abteilung. Ballard, der dort in seinem Rollstuhl saß, erwartete ihn bereits.

Fawn war der zweite, der sich den Anweisungen der Stimme nicht mehr beugen wollte. Als er seine Arbeitsunterlagen hinwarf und vor den erstaunten Augen der anderen den Unterrichtsraum verließ, sah Holly ihm schweigend hinterher.

Wenn Fawn hartnäckig genug war, würde er Ballard, Nero und Langley, den Lehrer, entdecken. Wenn er – wie Holly selbst – beim ersten Mal selbst einwilligte, daß man ihm, nachdem er die Wahrheit erfahren hatte, die Erinnerung daran wieder nahm, würde er zu ihnen zurückkehren und sein Leben fortsetzen.

Sollte es ihm gelingen, einen zweiten Vorstoß in das Innere des Sternenschiffes zu unternehmen, würde man ihn schließlich – wie sie, Holly – einweihen. Dann würde er erfahren, daß sie seit fünfzig Jahren zwischen den Sternen unterwegs waren.

Wenn er die erforderliche Reife besaß, würde er es hinnehmen, daß das Schiff für ihn und die anderen für die Zeit ihres Lebens ihre Heimat darstellen mußte. Wenn er die erforderliche Reife besaß, würde er sich – wie Holly – damit abfinden und den letzten drei Überlebenden der Originalbesatzung schwören, den anderen nichts davon zu sagen. Jeder mußte von allein entdecken, daß die Welt viel größer war, als man bisher angenommen hatte und eigentlich erst dort begann, wo man bisher ihr Ende vermutet hatte.

Fawn war ein heller Kopf. Holly zweifelte nicht daran, daß er sich genauso verhalten würde wie sie. Er würde den Mund halten, das Schiff als seine Heimat ansehen und an ihre Kinder denken, die in siebzig Jahren einmal unter den Strahlen einer hellen Sonne über die Oberfläche eines fremden Planeten schreiten würden. Er würde schweigen – wie Holly –, denn im Weltraum zu leben und ihn Tag für Tag von der transparenten Kuppel aus ansehen zu müssen, waren zwei verschiedene Dinge.

Die im Schiff geborene Generation war allergisch gegen den Anblick der Leere. Der Mensch war kein Wesen, das im Raum existieren konnte. Daß Ballard, Nero und Langley nicht dem Wahnsinn verfallen waren, lag nur daran, daß sie ihre Erinnerungen an die Erde hatten.

»Siehst du?« sagte Ballard ein paar Wochen später. »Hollys Verhalten hat sich normalisiert. Falsche Erinnerungen sind besser als keine.«

Nero schwieg. Er fühlte sich unbehaglich. Als er zum Sternenhimmel aufschaute, lief es ihm kalt über den Rücken.

»Aber was«, sagte er, »geschieht mit ihnen, wenn wir einmal nicht mehr sind, Ballard? Was machen sie, wenn wir uns eines Tages nicht mehr melden, wenn sie in die Kuppel eindringen und herausfinden, daß wir sie betrogen haben? Wenn einer von ihnen an diesen Knöpfen herumspielt und das da« – er deutete auf die tanzenden, bunten Sternenfunken – »nichts weiter ist, als eine gottverdammte, künstlich erzeugte Illusion? Wenn ihnen klar wird, daß man den Sternenhimmel abschalten kann und dahinter etwas ist, das sie in den Wahnsinn treibt? Ob sie jemals herausfinden werden, daß es nicht der Anblick der Sterne ist, der die anderen zu Amokläufern gemacht hat, sondern der des Hyperraums? Daß wir uns seit fünfzig Jahren im Hyperraum befinden und nicht wieder herauskönnen, weil irgendwelche Irre sämtliche wichtigen Anlagen zerstört haben?«

Ballard schwieg.

ULRICH HARBECKE

Zwischenspiel

Es ist unmittelbar vor dem Ausbruch des Dritten Weltkrieges. Der Zweite ist hinreichend lange vorbei. Ost und West stehen sich bis an die Zähne gerüstet gegenüber. Aus vielen kleinen und scheinbar vernünftigen Schritten hat sich wieder einmal der eine, große und reale Wahnsinn entwickelt. Flugzeugträger und U-Boot-Flotten gehen in Stellung. Die strategischen Bomberkommandos steigen auf. In den Raketensilos liegt die Hand auf dem roten Knopf. Satelliten und fliegende Radarstationen beobachten jede Bewegung des Gegners. Der endgültige Schlagabtausch scheint unvermeidlich.

Hinter Fingals Lagerschuppen, draußen vor der Stadt, hocken fünf Stromer um ein kleines Lagerfeuer. Der Juniabend ist warm, der Rotwein nicht übel, und der lahme Ferdi spendiert eine Schlackwurst, die er irgendwo organisiert hat. Eigentlich muß es ein gemütlicher Abend werden, aber der alte Pedder spürt dunkel: die Stimmung ist nicht gut. Trotz der langsam wachsenden Rotweinwolke, die sie alle einhüllt, und obwohl der Professor ein schwermütiges Lied auf seiner Mundharmonika bläst, der Dicke mit dem Blauschorf an der rechten Backe ist offenbar auf Kollisionskurs.

– Du miese, dreckige Ratte, meint er jetzt, hebt seinen Finger wie ein pralles Stück Mastdarm und zeigt auf den alten Pedder. Der sieht sich um, als könne jemand anderes gemeint sein, und auch die anderen merken jetzt, daß da etwas in der Luft liegt. Ferdi wickelt vorsorglich den Rest seiner Wurst in die Zeitung. »Kriegsgefahr!« steht da in riesigen Lettern. Der Professor spielt eine deutliche Spur langsamer, aber die Sache ist schon verfahren.

– Du miese, dreckige Ratte, beharrt der Blauschorf und neigt sich schwankend vor.

Pedder fühlt sich unbehaglich. Offenbar sucht der andere Streit, und er liegt genau auf seinem Orbit.

– Du, – du suchst wohl Streit? erkundigt er sich zaghaft.

Das hätte er nicht sagen sollen. Mit wütendem Gebrüll springt der Blauschorf hoch und wirft sich auf seinen Gegner. Sie verkrallen sich ineinander und wälzen sich im Staub, zwei klobige Gnome, keuchend vor Anstrengung. Die anderen hüpfen aufgeregt umher, unschlüssig, ob sie die Streithähne trennen oder das ganze als Spektakel genießen sollen. – Und jetzt hagelt es Schläge. Schon blutet der alte Pedder aus der Nase. In verzweifelter Not versucht er, den Angriffen auszuweichen oder sie großflächig zu erwidern. Irgendwann kriegt sein Gegenüber eine der leeren Weinflaschen zu fassen und zieht sie ihm klirrend über den Schädel. Der alte Pedder röchelt dumpf und rollt zur Seite. Die anderen kapieren rasch, daß da nichts mehr zu erwarten ist. Brummend und in Sorge, der Blauschorf könne sich nach einem Ersatzgegner umschauen, packen sie ihre Sachen und trollen sich. Der Alte bleibt allein zurück. Der Aufruhr verebbt. Seine Ohnmacht gleitet stufenlos in einen tiefen Schlaf hinab. Ein leichter Wind weht das Rauschen der Stadt herüber. Hoch oben wölbt sich der Sternenhimmel in schweigender Pracht.

Und in dieser Nacht geschieht es: Zwei Strahlen aus der Tiefe des Raumes erreichen ihren Schnittpunkt, nach einer Reise durch die Jahrmillionen, gesättigt von Licht, schwer vom Sternenstaub ferner Welten, durchdrungen von der Musik ewiger Stille, unsichtbar und geladen mit geheimnisvoller Energie. Sie erreichen ihren Schnittpunkt im Kern einer der Billionen Körperzellen des alten Pedder, erzeugen dort ein winziges Elektronengewitter, ein kaum spürbares Beben im Baukasten des Universums und der Zeit, kitzeln die Atome seiner DNS-Spirale zu einem kleinen, festlichen Gelächter. Und der Alte schläft, und die Stadt rauscht, und die Erde dreht sich sausend auf ihrer Bahn als sei nichts, aber auch gar nichts geschehen . . .

Am andern Morgen weckt ihn die Sonne. Stöhnend rafft er sich auf, untersucht seine verkrusteten Wunden, klopft den Staub von seinem Mantel und macht sich schlurfend auf den Weg in die

Stadt. Am Bahnhof wird er die anderen finden. – Wenige Minuten später hat er ein merkwürdiges Erlebnis.

Ein Polizeiauto hält neben ihm. Zwei Beamte springen heraus und beginnen mit den üblichen Schikanen. Nach wenigen Augenblicken jedoch und ohne erkennbaren Grund ändern sie ihr Verhalten. Sie werden höflich, dann sogar freundlich, erkundigen sich nach seinem Befinden und ob er gut geschlafen habe. Der alte Pedder weiß nicht, wie ihm geschieht und hält das ganze für ein grobes Mißverständnis, aber die Polizisten sind und bleiben die Freundlichkeit selbst. Der eine gibt ihm Tips, wo heute ein kleiner Nebenjob zu haben sei, nicht zu anstrengend, aber recht gut bezahlt, und übrigens, ein paar Straßen weiter werde ein Neubau dicht, wo er gewiß ein paar Wochen bequem nächtigen könne. Der andere entdeckt den Staub auf seinem Mantel, macht ihn scherzend darauf aufmerksam und klopft die Stelle sauber. Dann ziehen sie ihre Mützen, wünschen noch einen schönen Tag und fahren wieder ab. – Lebensgefährlich verblüfft sieht ihnen der Alte nach.

– Ein netter Kerl, sagt Paul und greift zum Mikrofon. – Berta 57 an Zentrale. Haben Stromer überprüft. Alles in Ordnung.

Am Bahnübergang schließt sich gerade die Schranke. Alfred, der Fahrer des Wagens, bremst und hält an. Behaglich lehnt er sich zurück.

– Du hast völlig recht. Ich weiß gar nicht, was manche Leute gegen diese alten Knaben haben. Sind doch friedliche Zeitgenossen, wenn man sie in Ruhe läßt.

Ein endloser Militärtransport rollt vorüber. Panzer, Kanonen, Munition im monotonen Rhythmus der Waggons.

– Wenn nur alle so friedlich wären! seufzt Paul und deutet nach vorn. – Ich fürchte, die Welt ist aus den Fugen. Meinen Sohn wollen sie auch einziehen. Reservist. Morgen geht sein Transport.

Plötzlich sitzt er kerzengerade, ergreift einen Arm seines Kollegen, so daß dieser zusammenzuckt und gerät in eine wachsende Aufregung.

– Muß man das eigentlich alles hinnehmen? fragt er. Kann man da nichts machen? Du, Alfred, ich versteh' die Welt nicht mehr. Wieso sitze ich hier neben dir, und mein Sohn ist zu Hause und packt seinen Koffer für den Weltuntergang? – Ich muß was unternehmen. Da kann man doch nicht einfach so zuschauen. – Um Gottes Willen, Alfred, ich hab' Angst um den Jungen. Ich muß nach Hause . . .

– Okay, Paul, du hast ja recht. Ich fahr' dich hin. – Auf dem Revier können wir das schon irgendwie erklären.

Die Schranke hebt sich. Alfred legt den Gang ein und fährt an. Es ist nicht weit zu Pauls Reihenhaus. Er geht gleich mit hinein.

Klaus sitzt mürrisch am Küchentisch. Mutter Käthe umkreist ihn in nervöser Geschäftigkeit.

– Du? fragt sie erstaunt, als Paul und Alfred eintreten.

– Ja, ich, sagt Paul – und ich staune, daß du darüber staunst. Morgen wollen sie unseren Jungen abholen, um ihn in einem blödsinnigen Krieg zu verheizen. Ich werde das verhindern. Hast du gehört, wir müssen das verhindern.

Klaus runzelt die Stirn.

– Bist du verrückt geworden? – Wie willst du das denn verhindern?

– Ich weiß noch nicht. Aber irgendwas muß doch geschehen. Und wenn ich dich hier einschließe, bis der Wahnsinn vorüber ist.

– Mach dich nicht lächerlich, Vater. Und überhaupt, warst du nicht gestern noch stolz auf mich? – Was ist denn in dich gefahren? – Andrerseits – er streicht sich nachdenklich über die Stirn und spürt plötzlich ein merkwürdiges Gefühl von Glück und Licht – genau betrachtet hast du gar nicht so unrecht. Wozu soll dieser Krieg gut sein? Man kann sich gegenseitig totschießen, soviel ist klar, aber – Mensch, Vater, mir kommt da ein phantastischer Gedanke: Man kann sich ja auch nicht totschießen!

Triumphierend sieht er sich um.

– Mutter, pack den Koffer aus! Ich bleibe hier. Ich mach' da nicht mit. Hurrah!

Alle vier fallen sich um den Hals und vollführen einen wilden Indianertanz um den Küchentisch. Plötzlich hält Klaus inne.

– Wißt ihr was? Wir gehen jetzt in die Stadt und sagen es den anderen Leuten. Am besten mitten rein ins Gewühle. So was kann man doch nicht für sich behalten. Und bestimmt wissen die es noch nicht: »Man kann sich auch nicht totschießen!« Einfach »nein« sagen. Schluß. Aus. Der Krieg findet nicht statt.

Gesagt, getan. Sie springen in den Polizeiwagen und fahren zur City. Als der Verkehr dichter wird, schaltet Alfred Blaulicht und Martinshorn ein. So erreichen sie rasch die Fußgängerzone und bahnen sich einen Weg durch die Menge der Passanten. – Klaus hat sich schon eine kleine Rede überlegt. Paul reicht ihm das Mikrofon und schaltet den Lautsprecher ein.

– Liebe Leute, beginnt er, ihr habt sicher alle die Zeitungen gelesen oder wißt es aus dem Fernsehen: die Welt steht kurz vor einem Krieg. Ihr habt doch wohl genug Fantasie, um euch vorzustellen, was das bedeutet. Ein Krieg beim gegenwärtigen Stand der Waffentechnik wäre eine grauenhafte Katastrophe. Er würde uns alle vernichten, unsere Kinder, unsere Häuser, unsere Gärten . . .

Die Leute bleiben verwundert stehen. Eine rasch wachsende Menschenmenge ballt sich um den Wagen. Noch glauben viele an einen Werbegag oder die gut einstudierte Missions-Attacke einer neuen Sekte. Manche schauen sich verstohlen um, ob sie nicht zufällig in eine Filmszene geraten sind. Aber schon empfinden die vorn Stehenden jenes merkwürdige Glücksgefühl, und was die beiden Polizisten da sagen oder was aus dem Lautsprecher kommt, leuchtet ihnen ein. Eigentlich wundern sie sich, nicht selbst schon darauf gekommen zu sein.

– Der Krieg darf nicht ausbrechen! ruft Klaus in sein Mikrofon. Wir müssen ihn verhindern. Wir müssen zeigen und beweisen, daß wir mit allen Völkern in Frieden leben wollen!

– Und wenn die Kommunisten nicht mitmachen? ruft ein Mann aus einem Fenster im dritten Stock. – Zum Frieden gehören immer zwei!

– Zum Krieg auch! antwortet ihm eine Frau von unten.

Die Umstehenden lachen. Schon formieren sich einzelne Gruppen zum Demonstrationszug durch die Stadt. Alfred und Paul sorgen für Ordnung. Andere haben es eilig, nach Hause zu kommen. Die frohe Botschaft läßt ihnen keine Ruhe mehr. Jeder hat schließlich Familie oder Nachbarn, und für eine so gute Idee sind die sicher auch zu haben. Wie ein Lauffeuer verbreitet sich der neue Gedanke in der ganzen Stadt. Überall zerreißen Rekruten und Reservisten ihre Einberufungsbescheide, versichern ihren stolzen Eltern, den »Blödsinn« nicht mitzumachen und gehen mit ihren Bräuten zum Tanz.

Die Tagesschau widmet dem Ereignis einen Kurzbericht. Millionen Zuschauer reiben sich verwundert die Augen. In allen Drähten der Bundesrepublik beginnt es zu knistern. Reisende, deren Weg durch die zuerst betroffene Stadt führte, verbreiten die Bewegung. Schon am nächsten Tag gibt es zahlreiche Metastasen in allen Teilen des Landes. Überall greifen sich die Leute erstaunt an den Kopf, versammeln sich zu Hunderttausenden auf Märkten und Plätzen, diskutieren in freudiger Erregung die neue Lage, ziehen mit Transparenten durch die Straßen oder sammeln Unterschriften für Petitionen an die Regierung.

Jetzt begreift man auch in Bonn den Ernst der Situation. Das Kabinett tritt zu einer Sondersitzung zusammen. Der Kanzler ergreift zornig das Wort.

– Meine Damen und Herren, was da vor sich geht, ist ungeheuerlich. Die Bundesrepublik Deutschland ist dabei, sich zum Gespött der ganzen Welt zu machen. Aber ich sage Ihnen: Wir werden unter keinen Umständen dem Druck der Straße weichen. Die Freiheit des Westens steht auf dem Spiel, unsere Glaubwürdigkeit als Bündnispartner und die Glaubwürdigkeit der Abschreckung. – Ich erwarte Ihre Vorschläge.

In der Runde herrscht völlige Ratlosigkeit. Der Verteidigungsminister verspricht, sofort einen weiteren Krisenstab einzuberufen. Der Innenminister gibt sich zuversichtlich. Ihm liegen erste Berichte der Geheimdienste vor. Demnach sind auch Kommunisten unter den Demonstranten gesehen worden.

– Dies an die Presse, und die Sache ist wie ein Spuk zu Ende, ruft er begeistert. Der Minister für Familie und Gesundheit schüttelt bedenklich den Kopf.

– Alles spricht dafür, daß es sich um eine Krankheit handelt, einen neuen Virus vielleicht, überaus ansteckend, da der menschliche Organismus – wie wir ihn kennen – noch über keinerlei Abwehrkräfte verfügt. Die Übertragung erfolgt offenbar durch Körperkontakt oder Tröpfcheninfektion, wahrscheinlich der Atemwege.

– Und warum sind wir noch nicht infiziert? ruft der Verkehrsminister höhnisch.

– Ich vermute, weil wir nur selten Kontakt mit den Bürgern haben. Jedenfalls wäre das eine plausible Erklärung. Wenn meine Theorie stimmt, hilft nur eines: strengste Quarantäne . . .

Der Bundeskanzler schnauft hörbar.

– Soll das heißen, wir müssen jeden Deutschen, ob jung oder alt, isolieren? – Dies ist doch wohl der pure Schwachsinn.

Nach mehrstündiger Debatte ist man sich einig, daß eine Fernsehansprache des Bundeskanzler die Wogen glätten und die Bürger wieder zur Vernunft bringen könne. Bis dahin sollen möglichst enge Konsultationen mit den Verbündeten ein gefährliches Machtvakuum in Europa verhindern helfen. Noch während der Sitzung trifft ein Telegramm des amerikanischen Präsidenten ein, in dem er sich besorgt nach dem Stand der Dinge erkundigt, gleichzeitig aber sein volles Vertrauen in die Zuverlässigkeit des deutschen Partners zum Ausdruck bringt.

– Da haben wir den Salat! donnert der Kanzler und drückt wütend seine kaum begonnene Zigarette in den Aschenbecher.

Auf dem Weg ins Fernsehstudio begegnet ihm Peter M. Rodenstock, der Chefredakteur der Anstalt. Die Männer haben sich nie so recht gemocht und schütteln sich nur flüchtig die Hand, aber der Kanzler wundert sich, daß er dabei trotzdem ein merkwürdiges Glücksgefühl menschlicher Nähe verspürt. Auch der Fernsehgewaltige lächelt.

– Wissen Sie, sagt er, ich bin auf dem Wege hierher in eine dieser Demonstrationen geraten. Ich muß sagen, ich war beeindruckt. Alles so beschwingt und dabei sehr diszipliniert. Und wenn wir ehrlich sind, die Leute liegen doch gar nicht so falsch. Es sind übrigens viele, es sind unwahrscheinlich viele . . . Na ja, nichts für ungut. Sie machen das schon.

Zur gleichen Zeit beginnt die Tagesschau. Der Sprecher berichtet von den wichtigsten Ereignissen. Ein Einspielfilm dokumentiert die ganze Breite und Vielfalt der Bewegung. Dann wieder Kamera Eins auf den Sprecher.
– Hören Sie dazu einen Kommentar von Peter M. Rodenstock . . .
Nun gibt es eine große Pause. Unerbittlich bleibt die Kamera auf dem Sprecher. Man sieht, wie ihm der Schweiß ausbricht.
– Tja, meine Damen und Herren, stammelt er, an dieser Stelle war vorgesehen, . . .
Der Aufnahmeleiter tritt ins Bild und schiebt ihm einen Zettel hin. Er liest, muß offenbar zweimal lesen.
– Ich bitte um Entschuldigung, sagt er, aber wie ich soeben erfahre, hat Peter M. Rodenstock seinen Kommentar zurückgezogen. Ja, dann, äh . . .
Für den Augenblick rettet ihn ein Film über den Stapellauf eines japanischen Supertankers. Nach der Wetterkarte geht das Wort an den Bundeskanzler. Ihn haben die Vorgänge sichtlich mitgenommen. Trotzdem wahrt er staatsmännische Haltung und beginnt nach einem Blick auf sein Manuskript.
– Liebe Mitbürgerinnen und Mitbürger, ich spreche zu Ihnen in einem Augenblick höchster Gefahr für die gesamte westliche Welt. Wie Sie wissen, hat das Vorgehen der Sowjetunion im Mittleren Osten zu einer unhaltbaren Verschiebung des internationalen Gleichgewichts geführt. Es ist ein Punkt erreicht, an dem wir uns für die Zukunft der Freiheit und der Menschenwürde entscheiden müssen. Alles hängt jetzt davon ab, daß wir uns in engster Abstimmung mit unseren Partnern in der atlantischen Allianz dieser Situation gewachsen zeigen. –
Eine leichte Irritation zwingt ihn, sein Manuskript zu konsultieren. Er findet die Stelle nicht und ist gezwungen, frei zu formulieren.
– Nun gibt es aber seit kurzem gewisse – nennen wir es – Auflösungserscheinungen, die zu größter Sorge Anlaß geben. Dabei verstehe ich die natürliche Angst vor einem großen Krieg. Der Krieg ist in der Tat die schrecklichste Katastrophe menschli-

cher Unzulänglichkeit, und auch ich bin der Meinung, daß es höchste Zeit ist, ihn für immer vom Erdboden zu verbannen, aber . . .

Er zerknüllt das Papier in seiner Hand und spricht jetzt frei und mit wachsender Intensität. Millionen Zuschauer halten den Atem an.

– Nein, kein wenn und aber. Es muß andere Wege geben, die vorhandenen Probleme zu lösen. Wenn wir nur die Hälfte der Gelder, der Kraft und der Fantasie für den Frieden investieren, die wir bisher für den Krieg investiert haben, meine lieben Landsleute, verdammt noch mal (er schlägt sich mit beiden Händen auf die Schenkel), dann müßte es doch mit dem Teufel zugehen, wenn wir nicht einen großen Schritt weiterkämen.

Vor Millionen Bildschirmen bricht unbändiger Jubel aus. Männer prosten sich zu, Frauen holen ihre Kinder aus dem Schlaf und zeigen ihnen ihren Bundeskanzler. Der spürt, daß sich etwas Unglaubliches mit ihm ereignet hat, unsicher blickt er zu Boden, aber er fühlt sich getragen von einer großen Welle des Glücks und der Zuversicht.

Am nächsten Morgen tritt das Parlament zu einer Generaldebatte zusammen. Nachdem die Sprecher der drei Fraktionen ein kurzes Stimmungsbild zur Lage der Nation entworfen haben, schildert der Verteidigungsminister den gegenwärtigen Stand der Dinge. Die Soldaten der Bundeswehr verlassen überall in Kompaniestärke die Kasernen, um sich bei den zuständigen Behörden als Entwicklungshelfer oder zur Behinderten- und Altenpflege zu melden.

– Die Moral der Truppe war noch nie so gut! ruft er begeistert aus.

Dann eilt der Verteidigungsexperte der Opposition ans Rednerpult.

– Wie wir aus zuverlässiger Quelle erfahren haben, müssen wir mit einem deutlichen Untergewicht des Warschauer Paktes auf dem Gebiet der Mittelstreckenraketen rechnen. Meine Damen und Herren, ich halte das für einen unerträglichen Zustand und fordere die Regierung auf, den Gegner, ich meine, den Partner auf der anderen Seite des Eisernen Vorhangs durch beschleunigten Abbau unseres Potentials einzuholen, wenn möglich zu übertreffen. (Beifall.) Der Wähler wird wenig Verständnis dafür haben, wenn seine Sicherheit und die seiner Kinder so leichtfertig aufs Spiel gesetzt wird.

Gegen Abend ergreift noch einmal der Bundeskanzler das Wort. Er erklärt allen Völkern der Erde feierlich den Frieden und fordert sie auf, gemeinsam mit der Bundesrepublik Deutschland nach einer neuen Ordnung brüderlicher Verständigung zu suchen.

In den folgenden Wochen kommt es zu zahlreichen diplomatischen Verwicklungen in aller Welt. Wie immer ist das erste Opfer des neuen Friedens die Lüge. Eine Direktive des Auswärtigen Amtes an alle Botschafter enthält nur einen Satz: »Eure Rede sei ›Ja, ja‹ oder ›Nein, nein‹; alles was darüber ist, ist von Übel.« Das Ausland ist stark verunsichert. Während sich der Kreml in totales Schweigen hüllt, und nur das SED-Organ Neues Deutschland ein gigantisches Täuschungsmanöver der Bonner Imperialisten wittert, steigern sich die Appelle der Schutzmacht Amerika zu dringlichen Warnungen. Wie später bekannt wird, fordern einige Senatoren die Wiederherstellung der Besatzungsverhältnisse. Die Mehrheit befürwortet jedoch eine Strategie der »flexible response«. So erhalten zwei im Raum Frankfurt stationierte Panzerdivisionen den Befehl, in die USA zurückzukehren.

Um einen möglichst prägenden Eindruck auf die Bevölkerung zu machen, vollzieht sich der Abmarsch in aller Öffentlichkeit. Die erwartete Wirkung bleibt jedoch aus. Im Gegenteil: Der Vorgang entwickelt sich zu einem regelrechten Volksfest. Eine jubelnde Menschenmenge säumt die Straßen. Kinder schwenken Papierfähnchen mit den Nationalfarben der USA, Musikkapellen spielen auf, junge Mädchen werfen den GIs Blumen und Kußhände zu. Denen ist nicht sehr wohl in ihrer Haut. Man sieht, daß sie am liebsten ihre Ausrüstung fallen lassen und sich unter das Volk mischen würden. Nur mit größter Mühe und einem starken Aufgebot der Militärpolizei ist die Disziplin aufrechtzuerhalten. Sechs Stunden später landen sie auf Andrews, wo eine Ehrenkompanie angetreten ist, und sich viele Neugierige auf ein militärisches Schauspiel freuen. Die schweren grauen Transportflugzeuge rollen aus. Statt der erwarteten Truppen quillt jedoch ein buntes Gewimmel junger Männer aus den Maschinen, strömt lachend und singend über das Rollfeld, umarmt die Kameraden von der Ehrenkompanie und winkt den Zuschauern entgegen. Jeder Versuch, die militärische Ordnung wiederherzustellen, ist vergeblich. Der Virus der Friedfertigkeit findet ein neues, ein gewaltiges Betätigungsfeld. Die Epidemie greift unaufhaltsam um sich und tritt in ihre supranationale Phase.

Während die Staaten Europas einer nach dem anderen kapitulieren, bleibt der Ostblock dicht. Die Aufklärungssatelliten melden große Manöver und Truppenbewegungen, aber diese sind von einer merkwürdigen Ziellosigkeit und dienen offenbar dazu, die Abwehrkräfte der Roten Armee gegen eine mögliche Verseuchung zu stärken.

Ein Zwischenfall an der Zonengrenze bringt die Wende. Einem jungen Volkspolizisten gelingt die Flucht durch Stacheldraht und Todesstreifen. Entsprechend dem seit Jahrzehnten eingeschliffenen Ritual fordern die Behörden der DDR seine Auslieferung. Zu ihrer Überraschung mit Erfolg. Nach einigen Tagen, in denen der Flüchtling verschiedenen Tests unterworfen wird und ranghohen Besuch aus Bonn erhält, bringt ihn ein Kommando des Bundesgrenzschutzes nach Marienborn und übergibt ihn einer Abordnung der Volkspolizei.

Es wird ein durchschlagender Erfolg. In kürzester Zeit setzt der Virus große Teile der Nationalen Volksarmee und des Staatssicherheitsdienstes außer Gefecht. Gewaltige Umwälzungen kommen in Gang. Die Parteisekretäre und Ministerpräsidenten sämtlicher Ostblockstaaten sehen sich zu einem Gipfeltreffen in Moskau gezwungen. In aller Eile – und nun schon mit Symptomen der Verzweiflung – versuchen sie, eine gemeinsame Linie festzulegen und Maßnahmen zu planen, aber schon beim Bruderkuß auf dem Flughafen verspüren sie ein merkwürdiges Glücksgefühl. Der Kongreß endet mit einem rauschenden Fest auf dem Roten Platz.

Ein Wettabrüsten von gigantischem Ausmaß ergreift alle Staaten der Erde. Man gewöhnt sich daran, die freigesetzten und nun für humane Zwecke eingesetzten Mittel und Energien in »Underkill« zu messen.

Inzwischen zeigen sich auch einige Nachteile der wundersamen Entwicklung. Die Aktien der Rüstungsbetriebe fallen ins Bodenlose. Ein Heer von Spekulanten verliert gewaltige Vermögen und muß beim Sozialamt Unterstützung beantragen. Auch die Spielzeugindustrie muß sich umstellen. Kriegsspielzeug verstaubt in den Regalen. Schlachtenbeschreibungen und Kriegserinnerungen werden eingestampft. Ein Mann fällt bei dem Versuch auf, Landser-Hefte von der Müllkippe zu sammeln. Von einem Reporter interviewt, kratzt er sich verlegen hinter dem Ohr und bekennt, die Dinger eignen sich vorzüglich als Toilettenpapier.

In allen Ländern sind neue Etatberatungen nötig. Der Bundestag einigt sich darauf, die freigewordenen Gelder des Verteidigungsbudgets für internationale Friedensdienste, den Ausbau des Bildungs- und Gesundheitswesens und die Beschaffung neuer Arbeitsplätze zu verwenden.

Die Kasernen leeren sich. Die Rückgliederung der Soldaten erfordert eine Generalstabsarbeit ersten Ranges. Ein Sozialplan hilft, individuelle Härten zu vermeiden. Berufssoldaten und Generäle werden besonders intensiv betreut, um die Gefahr eines seelischen Schocks und traumatischer Erlebnisse möglichst zu verringern. Unter der Aufsicht von Sozialarbeitern und Psychotherapeuten gibt man ihnen in Seminaren und Sanatorien Gelegenheit, ein positives und selbstbestimmtes Verhältnis zum zivilen Leben aufzubauen. Befreiende Erlebnisse im Spiel mit Kindern, aber auch Anschauungsunterricht an den eigentlichen Fronten der Menschheit, z. B. in Hungergebieten, bei Naturkatastrophen oder bei Kranken, Einsamen und Behinderten wecken die heilenden Kräfte des Körpers und der Seele. Bald kann man sie in das normale Leben der Gesellschaft entlassen.

Dann wird ein überaus merkwürdiger Ausnahmefall bekannt und beschäftigt ein paar Wochen lang die Weltpresse. Ein gewisser Rudi Sopzak, wohnhaft in einer süddeutschen Kleinstadt, ist offenbar gegen den Erreger immun. Er denkt gar nicht daran, seinen Einberufungsbefehl zu vernichten, sondern besteht darauf, Soldat zu werden. Dies gebiete ihm sein Gewissen und das sei nun doch wohl die höchste Instanz, die ein freiheitlich demokratisches Gemeinwesen zu respektieren habe.

Eltern und Lehrer schämen sich des mißratenen Zöglings, sogar der Pfarrer vermag ihn nicht umzustimmen. So wird eine Prüfungskommission eingesetzt, vor der Rudi seine Gewissensgründe glaubhaft machen muß. Er tut es mit schlichter Beharrlichkeit und einer gewissen volkstümlichen Bildersprache und läßt sich weder durch feinsinnige Argumente noch durch geschickte Fangfragen beirren.

In erster und zweiter Instanz wird sein Antrag abgelehnt. Seine Argumentation lasse erkennen, daß er im Grunde nur Angst vor einem Leben als Zivilist habe und sich vor der Verantwortung drücken wolle. Erst das Bundesverwaltungsgericht kommt zu der Ansicht, daß eine erzwungene Wehrdienstverweigerung die Persönlichkeit des Antragstellers schädigen könne, und so steht der Staat vor der peinlichen Aufgabe, für einen einzigen Soldaten eine Kaserne bereitzuhalten. Schon hat sich Rudi einen Strohhut gekauft, hat ihn mit den Nationalfarben garniert und ein Soldatenlied gelernt, mit dem er durch die Bahnhofshalle zum Zug marschieren will, da tritt Betty auf den Plan.

Betty ist die Tochter des Bäckermeisters, ein von der Natur mit allen Schätzen holder Weiblichkeit ausgestattetes Wesen und dem Rudi von Herzen zugetan. Obwohl sie sein Verhalten nicht billigt, hat sie ihm in den Wochen gesellschaftlicher Mißachtung die Treue gehalten. Jetzt also tritt sie hervor und sagt:

– Laßt mich nur machen.

Am Abend vor Rudis Abreise nimmt sie ihn mit auf ihr Zimmer. Das ist weder Bettys Eltern noch ihrem Lehrer recht, und auch der Pfarrer hat allerlei Einwände. Sie beugen sich jedoch den Ansprüchen übergeordneter Werte.

Die Sache spricht sich rasch herum, und während dort oben im vierten Stock des Bäckerhauses das Licht angeht und die Vorhänge geschlossen werden, strömen die Bürger des Städtchens aus allen Gassen zusammen, stehen da in schweigsamer Geduld und sehen erwartungsvoll hinauf. Die Stunden vergehen. Zuweilen huschen unscharfe Schatten über die Vorhänge oder klingt es wie gurrendes Lachen aus der Höhe. Erst im Morgengrauen erscheint Betty hinter der Scheibe, öffnet leise das Fenster und beugt sich heraus. Sie trägt ein entzückendes Nachthemd und bietet mit zerzausten Locken und selig müden Augen ein unvergeßliches Bild. Sie sagt nichts. Sie legt nur einen Finger auf den Mund und lächelt.

Rudi fährt nicht in seine Kaserne. Er bleibt bei Betty. Die Fahrkarte verfällt.

Irgendwo in einem unterirdischen Geheimlabor beugen sich zwei Wissenschaftler über ein kompliziertes System von Reagenzgläsern, Kolben und Bunsenbrennern. Sie tragen schwere Schutzanzüge und können sich nur über einen eingebauten Sender verständigen.

– Das ist die Lösung, sagt der eine.

– Wir haben es geschafft, sagt der andere.

Vorsichtig tragen sie einen kleinen Behälter mit dunkelroter Flüssigkeit zu einem Kühlaggregat und schließen ihn sorgfältig ein. Am Nachmittag durchläuft das neue Serum die letzten Kontrollversuche. Zwei weiße Ratten werden beim Liebesspiel unterbrochen und mit einer winzigen Menge geimpft. Ein leichtes Zittern streicht über ihren Pelz, dann fallen sie mit bösem Quietschen übereinander her, um sich in wenigen Augenblicken zu zerfleischen. Bei den Schimpansen der gleiche Effekt: Die Tiere, eben noch friedlich in der Käfigecke, springen sich mit heiserem Bellen an die Kehle. Nach kurzem Kampf liegt der Schwächere blutend am Boden und schwingt sich der Sieger triumphierend in die Gitterstäbe. Die Wissenschaftler sind begeistert. Professor O'Connor, der Leiter des Projekts, improvisiert eine kleine Rede:

– Meine Herren, ich nehme an, Sie sind sich gleich mir der Bedeutung dieser Stunde bewußt. Die Wissenschaft hat wieder einmal einen großen Sieg errungen. Es ist uns nicht nur gelungen, den Erreger der weltweiten Epidemie zu isolieren, sondern jetzt auch einen höchst wirksamen Impfstoff zu entwickeln. Das ist nicht nur ein Triumph menschlichen Forschens und Findens, es ist ein Triumph des Menschen selbst. Wir werden ihm seine Freiheit und damit seine Würde zurückgeben.

Alle sind ergriffen. Wenig später diktiert Professor O'Connor seiner Sekretärin Fanny ein Fernschreiben in die Maschine. Es wendet sich an seine sowjetischen Kollegen in einem unterirdischen Geheimlabor irgendwo hinter dem Ural. Mit dem berechtigten Stolz des Schnelleren teilt er ihnen den Erfolg der amerikanischen Bemühungen mit. Er überläßt ihnen die Formel und empfiehlt als nächsten Schritt die Injektion einer geeigneten Menge des Serums in das öffentliche Netz der Trinkwasserversorgung.

Fanny schreibt trotz ihres Schutzanzugs wie immer flüssig und fehlerfrei. Der Aluminiumhelm macht auch sie zu einem Roboter, aber niemand bemerkt, daß zwei dicke Tränen auf die Scheibe fallen.

Nach wenigen Wochen ist die alte Ordnung wiederhergestellt. Die Grenzen werden undurchlässig, die Rüstungsaktien steigen. Aus vielen kleinen, scheinbar vernünftigen Schritten entwickelt sich wieder der eine, große und reale Wahnsinn. Bald stehen sich Ost und West erneut gegenüber. Flugzeugträger und U-Boot-Flotten gehen in Stellung. Die strategischen Bomberkommandos steigen auf. In den Raketensilos liegt die Hand auf dem roten Knopf.

Hinter Fingals Lagerschuppen, draußen vor der Stadt, schläft der alte Pedder. Es ist eine warme Juninacht, und auch der Rotwein war nicht übel. Hoch über ihm steigen die Sternbilder auf, und irgendwo in der unergründlichen Tiefe huschen zwei Strahlen davon, entfernen sich voneinander, gesättigt von Licht und Sternenstaub und schwer von der Musik ewiger Stille.

DIETER HASSELBLATT

Der mit dem Gesicht

Einer hatte es ihnen gesagt. Im Müll hinterm Hafen, da sei ein
Kerl, ein irrer Typ; den sollte man mal hochnehmen.
»Was denn für einer?«
»Ein Atomi. So ein Krüppel. Sieht aus wie Arsch.«
Gelächter. »Hast du ihn gesehen? Woher weißt du?«
Der, so gefragt, schob die Hände tief in die Overall-Seitenta-
schen, stand da mit hochgezogenen Schultern und gestreckten
Armen, feixte mit herabgezogenen Mundwinkeln und zusam-
mengekniffenen Augen.
»Spielt keine Rolle. Oder glaubt ihr mir nicht? Dann kommt mit,
wenn ihr mitkommen wollt. Ich zeig' euch den Knallkopf.«

Atomis oder Knallköpfe hießen die Strahlengeschädigten mit
ihren wüst-widerlichen Gesichtern, verkrüppelten Gliedmaßen,
entstellten Körpern. Nachdem es mehrfach zu GAUs gekommen
war, von denen unzählige Menschen durch Strahlungseinwir-
kung mehr oder weniger geschädigt wurden, gab es in allen
Industrieländern, die ohne Kernreaktoren-Energie nicht auszu-
kommen meinten, diese Mißbildungen. Die sogenannten Atomis, Knallköpfe oder Knallis.
GAU: – der größte angenommene Unfall bei Kernreaktoren war
jahrelang und weltweit, zumal GAU unter »statistische Unwahr-
scheinlichkeit« fiel, ausgeblieben. Obwohl es vielfach Beinahe-
GAUs gegeben hatte.
Dann waren hier und da und dort solche gigantischen Pannen
erfolgt, zum Teil durch Terrorakte extremer Radikalgruppen
ausgelöst. So daß es über die ganze Welt verstreut, insbesondere
in den Industrienationen, diese bedauernswerten Mißbildungen

gab, vor denen die meisten Menschen zurückschreckten. Obwohl man schon Jahrzehnte davor mit jenen Thalidomid-Krüppeln hätte Erfahrungen machen können, mit denen wir lebten und leben, nicht eben immer einfühlsam leben, die sogenannten »Contergan-Geschädigten«. Zu spät hatte die Wissenschaft damals die teratogene Wirkung des α-Thalidomido-Glutarsäureamids erkannt. »Atomis« . . ., »Knallis« . . .

»He, also, wer kommt mit?«
Neugier, Abwehr, Ungläubigkeit – denn die Atomis wurden doch in Spezial-Anstalten behandelt und zugleich von der »Gesellschaft« ferngehalten. Weil man inzwischen Erfahrungen gemacht hatte, die es angeraten sein ließen, diese Mitbürger vor den anderen Bürgern zu schützen.
»Das gibt's doch gar nicht. Du lügst!«
»Also gut. Heute nach der Schule.«
»Wo denn?«
»Beim Müll hinterm Hafen. Ihr wißt. Die Brücke über den Stinke-Kanal.«
Die andern sagten alle ja. Nur er, er wollte eigentlich nicht mitgehen. Er kannte sie. Er wußte, wieviel aufgestaute Wut über alles in ihnen steckte. Über die sie nie nachdachten. Die sie nur loswerden wollten, weil sie sie hatten. Nein, er lieber nicht. Wenn es überhaupt stimmte. Und wenn da einer war, dann sollte er doch ruhig sein, wo er war. Ruhig sein.
Kramte seine Bücher zusammen und wollte sich hinwegtrollen.
»He du, willst du wieder mal nicht mitmachen, oder was ist los?«
Das klang nicht sehr freundlich. Er kannte das. Hochnehmen, hatte der gesagt. Hochnehmen, daß hatten sie mit ihm auch schon gemacht, weil er irgendwann mal nicht mitmachen wollte. Das war dieses Buch, da hatte er was gelesen, darüber mußte er nachdenken. Und da hatten sie ihn dann, wie sie sagten, hochgenommen. Also gut.
»Also gut. Ich komme mit. Wann?«

»Nach der Schule, habe ich gesagt. Also jeder zuerst nach Hause, die Sachen weg, was essen, und dann. Okay?!«

✳

Vielzuviel Müll. Solch eine Stadt macht viel Müll. Das wußte man längst. Aber die eine Partei war seit Jahren für Verbrennen, die andere für Abschieben ins Meer, die dritte für Aufbereiten. Das bedeutete: Investition, neue Fabriken, Arbeitsplatzbeschaffung. Recycling. So daß nichts geschah. Und der Müll wuchs. Dort also sollte der Atomi sein, der Knalli. Der aussah wie Arsch. Jeder kannte diese Gesichter, sie waren vor Jahren in allen Zeitungen zu sehen, Wulstgesichter aus unermeßlicher Qual, Qual umgesetzt in Gewucher.

So was und hochnehmen?

Da waren sie also auf der Stinkkanalbrücke. Vor sich die Dschungelberge aus Blech, Moder, Unrat, Gestänge, Möbelwracks und Autoleichen; einer warf einen Stein, der klatschte ans andere Ufer, Schwärme von Fliegen, Geschmeiß, Möwen und Krähen stoben kreischend hoch, und dort also sollte einer wohnen, leben, zu finden sein?

»Los, kommt.«

Und los ging es, durch die Landschaft aus Müll, über Grate aus Rostblech, Wege aus Stinkschlamm, faulendem Mulm, in den Ecken und Winkeln blaugrüne Schimmelverwesung . . .

»Paßt auf, daß ihr nicht fallt!«

. . ., im Schatten gelbbraune Pilze auf bleichen Stielen, kleines Getier huscht wispernd weg, auf einem Möwenkadaver blaugrün schillernd eine goldgeflügelte Riesenfliege; wohin also, wohin.

»Psst. Hier. Hier hab' ich den Kerl gesehen, den Knalli.«

Und das also war es? Was denn dann, wenn er tatsächlich da war? Nichts war besprochen, nichts geplant. Die typische Scheiße. Die Gesichter der anderen, er kannte das längst: Hochrote Wangen, Augen aufgerissen, Mund halboffen, das Abenteuer sollte bitte kommen, damit man es hochnehmen kann. Aber das Abenteuer kam nicht. Also Beschwörungsaktionen:

»Knalli – Knalli
hast du keinen Phalli«,
sagten sie erst leise, dann immer lauter, ermutigt durch die
eigene, plötzlich hochgeschaukelte Verwegenheit, schrien es immer heftiger, immer rhythmischer, klatschten sich auf die Over-
all-Knie, fühlten sich ganz furchtbar stark und mutig, schrien
immer lauter, bis es zu blöd wurde, und sie aufhörten. Das
konnte der, der sie hingeführt hatte, sich nicht bieten lassen. Er
zeigte Unmut, als ob der Atomi sein Geschöpf, sein Trumpf in
der Tasche wäre, der beweisen sollte, daß er die anderen alle und
sogar mit einem Knalli ausstechen konnte.
Großes Palaver, die einen wollten, die anderen nicht. Also ging
man zurück. Und da stand er vor ihnen. Er hatte ihn zuerst
gesehen, schrie ihm zu, »geh weg, geh weg, die wollen
dich . . .«, aber mehr brachte er nicht heraus. Das Gesicht war
es. Dieses Ungesicht. Dieses fürchterliche Entsetzensbild. In dem
es zuckte und lebte. Das sich umdrehte, fortstob, Geklirr, Geras-
sel, Geschepper. Hinter ihm Gejohle und Jubel.
»Du Scheißkerl, du hast ihn vertrieben!«
»Dann nehmen wir dich eben hoch.«

Er ließ es mit sich machen. Gelähmt von dem, was er vor sich
gesehen hatte. Sie waren mit ihm eine Halde hochgekraxelt,
hatten ihn an Armen und Beinen gepackt, hin- und herge-
schwungen und eins und zwei und drei gezählt und ihn den Müll
hinuntergeworfen.
»Das hast du davon«, riefen sie ihm hinterher und
»sieh zu, du«; und
»Arschloch zum Arschgesicht!«

Lange konnte er nicht weg gewesen sein. Er lag unten an einem
Müllhang, wußte sofort, was los war, hatte den Himmel über

sich, blau, Wattewölkchen, lag also auf dem Rücken, ziemlich langer Haldenhang rechts neben ihm nach oben. Da also war er heruntergepurzelt.

Aber wo war . . . –

Er ertappte sich dabei, daß er den Gedanken nicht weitergedacht hatte.

Also, denk weiter.

Wo war der mit dem Gesicht aus Entsetzen gemacht.

Er drehte den Kopf und da war der. Er saß mit dem Rücken zu ihm auf einem beuligen Rostfaß, mit dem Rücken zu ihm, die Ellenbogen auf die Knie gestützt, und hatte die Hände vorm Gesicht. Die Hände – die Fäuste? Irgendwoher blies es, blies das Beatle-Yesterday immerzu bis zu den troubles die so far away waren.

Er hatte sich aufgerappelt. War drei vier Schritte zur Seite gegangen, und sah jetzt: Der mit dem Gesicht war es, der hatte seine Hände hohl zusammengelegt, und blies in sie hinein, das war es.

Aus dem Gerümpelschatten drüben bewegte es sich, es war eine Katze, wie eine Schnecke, wie eine Raupe, eine kaputte Katze, eine Unkatze. Der mit dem Gesicht ließ die eine Hand sinken, kratzte mit den Fingern an seinem zerfledderten Schuh, sagte was, was sagte er? Und die Katze, war es denn eine, kam, wand sich heran, schleppte die Hinterbeine hinter sich her, machte den Rücken krumm und wieder gerade, und war dann bei dem mit dem Gesicht. Rieb den Kopf an seiner Hand, legte sich auf den Rücken, und da sah er: Auch die Katze war so ein Atomi. Ein Knalli. Eine Knall-Katze – was hatte er da gerade gedacht? Hatte er es am Ende gesagt?

»Es hat sie auch erwischt«, hörte er den mit dem Gesicht sagen. Eine Stimme aus rotem Samt, aus Wärme und aus Yesterday.

»Wie mich; so ist das. Lauf lieber fort. Das hält man kaum aus, wenn man es selber ist. Geh fort. Geh nach Hause. Laß mich in Ruh.«

Der mit dem Gesicht hob die Hand wieder hoch, legte sie in die andere, schloß die Finger zu einer Höhle, und hob sie vor sein Gesicht.

Yesterday. All my troubles seemed so far away.

In den Tagen und Wochen danach hatte er sich an dieses Ungesicht, an diesen Mann mit diesem Gesicht gewöhnt. Der ihn an jenem Yesterday-Nachmittag fortgeschickt hatte. Er solle nach Hause gehen. Wenn er wiederkommen wolle, brauche er nur tim-ta-tam, Yesterday zu pfeifen und zu warten. Er werde schon kommen. Und der mit dem Gesicht, der im Müll hinter dem Hafen lebte, den die Polizei nicht fand, von dem er nicht wußte, wovon man im Müll eigentlich lebt, und eine Katze zum Freund hat, ließ ihn dann einmal die Hand auf die Wuchernarben am Rücken legen. Sein Rücken – ein Narbenwulstgebirge. Er hatte gelernt, den Dreck, das stinkende Zeugs, die Fliegeneier aus dem Narbenrücken herauszuklauben. Da mußte man vorsichtig sein und energisch zugleich und wenn er so dasaß, den fürchterlichen Rücken vor sich, und das Eiter- und Schweiß-Zeugs von seinen Fingern an die Schuhe und Socken wischte, lernte er von dem mit dem Gesicht, was er längst hatte lernen wollen.

»Das kann doch kein Zufall sein, daß du von den Jungens da zu mir heruntergeworfen wurdest.«

»Zufall? Wieso Zufall? Das haben die doch gemacht!«

»Du bist mit denen gekommen, aber du bist doch nicht einer von denen!«

»Aber das hat doch mit Zufall nichts zu tun.«

»Zufall ist noch nicht erkannte Notwendigkeit. Wenn die Zufälle System zeigen, muß man mehr auf das System als auf die Zufälle aufpassen.«

Das verstand er nicht sofort. Aber er bekam es erklärt.

Einmal fragte der mit dem Gesicht ihn, was er damals gedacht habe, als er die Müllhalde heruntergepurzelt war.

»Nichts«, glaube ich.

»Siehst du, Schreck nimmt das Denken weg.«

111

Und das war wieder so etwas. Schreck nimmt das Denken weg. Ein anderes Mal hatte er ihm gesagt, nachdem er erzählt hatte, wie es auf der Schule war, und was man heute auf der Schule lernte, Kennen bremst Erkennen. Und erzählte weiter: »Das ist so, weißt du, wenn man etwas kennt, dann meint man zu wissen, was los ist mit etwas. Und beruhigt sich dabei, und meint, daß man schon alles weiß, was zu wissen ist.«

Die Sonne stand heiß auf dem stinkenden Schlamm, auf dem Unrat, auf dem glitzernden Chrom, dem rostenden Blech. Er kraulte die Katze, die verkrüppelte Knall-Katze zwischen den Ohren, sie kannte ihn jetzt, er kannte die Katze. Kannte er den mit dem Gesicht?

✳

»Sag mal, wir haben dich gesehen, du bist wieder zum Müll hinterm Hafen gegangen.«

»Na und?«

»Da hast du ein Mädchen, gib's zu, sei kein Frosch, sag's uns!«

»Ach Quatsch. Ihr habt keine Ahnung.«

»Also bist du beim Knalli! Was machst du denn da? Das war wohl nicht genug neulich.«

»Ihr habt ja keine Ahnung. Laßt mich in Ruh.«

Gelächter, hämisches, zynisches. »Paß auf du, wir werden es dir zeigen.«

Und als er dann wieder bei dem mit dem Gesicht war, hörte er es schreien und grölen:

>»Knalli – Knalli
>hast du keinen Phalli.«

Und inzwischen hatten sie sich offenbar was Neues ausgedacht, denn es war zu hören:

>»Knalli – Knalli – Knubbelkopf
>kack doch auf den Kaktustopf.«

Und dann, und was damit gemeint war, verstand er erst danach:

>»Knalli – Knalli – Knubbelfratze
>wo ist die beknallte Katze.«

Sie waren gekommen, sie hatten die Katze gefangen, sie totgemacht, und dem mit dem Gesicht mitten auf seinen Platz gelegt. So waren sie.

Der hatte sie hochgehoben – »das kleine kaputte Tierchen« – und es mit sich getragen. Das war der Tag, an dem er ihn nicht nach Hause geschickt hatte, so daß er jetzt wußte, wo sein Versteck war. Legte die Katze hin, weiter nichts, stand da und sagte: »Du denkst vielleicht, jetzt muß man weinen. Das muß man nicht. Leben ist stärker als Tod. Weil Leben nicht endgültig ist. Ich lasse sie hier liegen. Bald wird durch ihren Leib hindurch eine von diesen komischen Stauden wachsen.«

Er hatte sich umgedreht, war kurz stehengeblieben und dann über Schlamm und Gerümpel, Geröll und Schutt und über die Brücke beim Stinkkanal nach Hause gelaufen. Er hatte sich auf sein Bett geworfen, und wartete darauf, daß Tränen kommen sollten.

Es kamen keine. Und da verstand er, daß das gut war. Er setzte sich hin und versuchte sich das Gesicht von dem dort draußen im Müll vorzustellen. Ein zerstörtes Gesicht, ein Gesicht in dem es zuckte und lebte, wie er es sonst nirgendswo gesehen hatte, ein Gesicht aus Schrecken und wunderlichem Geheimnis, aber ein Gesicht, aus dem kluge, prüfende, gute Augen schauten.

Er nahm sich vor aufzuschreiben, was er bei ihm gelernt hatte. Nein, er würde nicht aufschreiben, was er gelernt hatte. Er wußte es. Er würde es nicht vergessen. Aber er sollte ihn fragen, wer er ist.

In den nächsten Tagen hatte er es ihm erzählt. Jüngster Abgeordneter der Radikal-Liberalen Partei. Bei einem der Kernreaktoren hatte es vor Jahren nacheinander mehrere Pannen gegeben. Er hatte sich als Beobachter, aber mehr noch als junger Wissenschaftler dort einstellen lassen, um an Ort und Stelle Erfahrungen zu sammeln, zu lernen, zu prüfen, was zu ändern möglich wäre.

Dann hatte es den bekannten, nach der Statistik unwahrscheinlichen Reaktorunfall gegeben. Er war auf die Liste der Vermißten, und dann für Toterklärten gesetzt worden. Er wolle nicht in einem Rehabilitationszentrum für Strahlengeschädigte sein Leben fristen. So geht es auch ganz gut. Auch wenn das Katzentierchen jetzt tot ist. Aber du bist ja da. – Weißt du, ich bin gefangen in meiner Ungestalt. Wer gefangen ist, tut nichts. Wer nichts tut, muß denken. Wer denkt, kann nicht gefangen sein. Er lachte. Setzte sich hin, machte aus seinen Händen eine Höhle, hob die gewinkelten Daumen an die Stelle, wo die Lippen sind, und blies Yesterday . . .

＊

Seine Eltern dachten, er habe was mit einem Mädchen. Machten Andeutungen und gaben mehr oder weniger weise Sprüche von sich. Er erzählte den Eltern dafür von riesigen Tausendfüßlern, von Krähen und Möwen, von blaugrün glänzenden metallischen Fliegen mit Goldflügeln, und davon, daß es besser ist Durst zu haben, als Abwasser zu trinken.

Die Eltern verstanden nichts, schüttelten nur unwillig den Kopf, von wem er denn das bloß habe, das wisse man soundso, daß man Abwasser nicht trinken darf, da gibt es doch Vorschriften. Nichts, mußte er sich sagen, nichts wissen die Eltern, die hören nur, was sie schon kennen, und was wirklich los ist, merken sie nicht: Daß es besser ist Durst zu haben, als irgendein schales Spülicht zu trinken, Durst haben, um zu wissen was man eigentlich für das Stillen des Durstes haben möchte. Haben muß.

»Wo lernst du nur so was.« Und:

»Mit wem triffst du dich eigentlich. Bring sie doch mal her. Oder weißt du nicht, was sich gehört!«

Nein, das wußte er nicht. Er würde zu dem mit dem Gesicht gehen, der wußte so etwas.

Aber es dauerte Tage, bis er wieder zu ihm kam. Und er hatte in der Zwischenzeit doch aufgeschrieben, was er von ihm gelernt hatte. Da stand das mit dem Leben, das stärker ist als der Tod, weil Leben nicht endgültig ist. Und da stand das mit den Zufällen und dem Schreck, der das Denken wegnimmt, mit dem Kennen, das das Erkennen bremst. Und viel übers Denken.

Ja, er würde ihn heute fragen, wie er denn denkt. Wo auf seinem Zettel stand: Denken ist Festhalten, Fallenlassen, Auffangen, Hochwerfen. Aber hatte das mit Denken zu tun? Und dann stand da: Denken ist Ausschweifen, um einzugehen. – War das nicht ganz was anderes –: Denken ist Hin- und Herzerfallen. Und noch eine Notiz hatte er da stehen: Denken ist Start auf Abruf ohne Startbahn.

Das mußte er ihn fragen, und er mußte ihn fragen, ob er das alles seinen Eltern doch sagen sollte.

War dann im Müll, pfiff zweimal, fünfmal, zwanzigmal das Yesterday-tim-ta-tam. Und hörte dann endlich den ganzen Anfang von Yesterday, auf der hohlen Hand geblasen.

Heute fand er ihn nicht in der Nähe des Verstecks, heute saß er am Stinkkanal. Drehte ihm wortlos den Narbenrücken zu. Und ließ ihn seine Fingerbehandlung machen. Es lag irgendwas in der Luft, und schließlich fragte er ihn:

»Sag mal, wie lange kommst du schon zu mir hier in den Müll. Und was willst du von mir.«

Er nahm seine Hände, seine Finger vom Narbenwulstrücken, stand auf, und schaute, schlank und ein wenig fröstelnd trotz der Sonne, zu dem Gesicht hinunter.

»Es ist, daß ich zu Hause nicht zu Hause bin.«

»Hier bist du auch nicht zu Hause. Hier bin ich. Hier kannst du nicht sein. Hier hat einer kaum Platz. Obwohl hier Platz genug für haufenweise Müll ist.«

»Was ich dich immer schon fragen wollte.«

»Dann frag doch. Du Dummer. Frag doch.«

»Was ißt du eigentlich. Du hast nie gesagt, daß ich dir was bringen soll.«

»Laß das meine Sorge sein. Es gibt hier allerlei. Pilze und Stauden und Kräuter und allerlei Tiere, von denen deine Eltern sicherlich noch nicht einmal träumen würden, daß sie in ihrer Schüssel liegen.«

»Verzeih. Ich hätte es mir denken können. Ja, ich habe es mir sogar schon gedacht.«

»Na also. Übrigens wollte ich fragen, ob du weißt, was schön ist.«

»Warum willst du mich das fragen. Du weißt es doch sicherlich selbst. Du denkst doch über alles nach. Wie denkst du eigentlich, wollte ich dich sowieso fragen.«

»Ich habe dich etwas gefragt, und du fragst mich zurück. Zurückfragen mit was anderem ist ein Zeichen dafür, daß man über etwas nicht genug nachgedacht hat. Gut, – du fragst, wie ich denke. Warum ich denke, weißt du: Die Sache mit gefangen und nichts tun und denken müssen und also nicht gefangen sein. Aber *wie* ich denke: Ich denke hintenrum geradeaus.«

Und das verstand er nicht auf Anhieb. Hintenrum geradeaus. Was sollte das. Der mit dem Gesicht hatte einen Stein genommen und ihn in den Stinkkanal geworfen, daß es spritzte. Er war offensichtlich ungeduldig, und das war neu bei ihm. Also wartete er wohl auf eine Antwort.

»Ja, ich verstehe.«

Aber da kam es sehr heftig:

»Du lügst. Du hast nichts verstanden und nun sei nicht gleich so erschrocken. Eigentlich bist du zum Lügen klug genug. Denn zum Lügen muß man klug sein. Und weil die meisten Menschen dumm sind, heißt es, daß man nicht lügen soll. Aber das ist Quatsch. Lern lügen, das ist wichtiger, als die Wahrheit sagen. Denn um zu lügen, mußt du ja wissen, was lügen ist, also mußt du die Wahrheit sowieso schon kennen. Aber sag mir: Weißt du, was schön ist? Siehst du, du weißt es nicht, und ich sage dir: Schönheit ist geschmeidiger Sehnsuchtsglanz. Jetzt schüttelst du den Kopf, weil du es noch nicht verstehst, aber ich sage dir noch etwas: Was ist Liebe – das interessiert euch Jungens in dem Alter doch. Und jetzt machst du wieder ein Gesicht wie ein abgefragter Schüler. Ich sag's dir: Liebe ist einvernehmlicher Abbau von Scham. Und jetzt runzle nicht deine Stirn. Ich habe mir etwas ausgedacht für dich. Denn du kannst nicht wochen- und monatelang immer zu mir kommen. Du brauchst mich, aber ich brauche dich nicht.«

Nein, nein, so wollte er das nicht haben, so wollte er es nicht gesagt bekommen. Aber er wußte im Grunde, daß es so war. Unwillkürlich mußte er den Kanal entlang schauen, es glänzte, es stank, es war schlimm und schön, und als in seinen Gedanken die Eltern auftauchten, die Schule, war das wie nichts. Nichts jedenfalls, wo er noch etwas für sich und sein Leben lernen konnte.

»Ich weiß, woran du denkst. Du denkst an die Schule, an die Eltern. Fälligkeiten brauchen Zutun. Vor dem Zutun solltest du zögern – um nicht verdorrte Blumen zu begießen, oder Zahnräder für Tötungsuhren zu basteln.«

»Aber, ich . . .«

»Wenn dich was stört, mach's weg oder mach dich weg, wenn du das Gestör nicht anders zu denken vermagst.«

»Aber, was mich stört – ich denke eher, daß ich noch nicht genug weiß, und du könntest mir noch mehr Wissen beibringen, Wissen, das ich wirklich brauchen kann.«

Der mit dem Gesicht stand auf, stand groß und traurig vor ihm, legte ihm die Hände auf die Schultern, das Wulstgesicht zuckte und lebte, aber die Augen schauten ihn ruhig und gut an.

»Ich habe dich gern. Darum wirst du jetzt gehen. Ich kann dir nichts mehr beibringen. Um mich brauchst du dir keine Sorgen zu machen. Ich schaff's schon. Aber: Komm heute nacht. Komm bevor es Tag wird.«

»Warum, warum?«

»Morgen früh kommt eine Polizeirazzia. Mach dir keine Gedanken. Ich schaff's schon. Aber komm. Ich glaube, du weißt, warum.«

Er stand noch zwei, drei Atemzüge lang, dann nahm der mit dem Gesicht die Hände von seinen Schultern, und er lief los. Ohne sich umzuschauen.

Er hatte es geschafft, war rechtzeitig vorm Morgengrauen aufgewacht. Ging durch die nächtlichen Straßen zum Hafen, an der Disco vorbei, da stand der eine, mit einer Hand an die Wand gestützt, kotzte und pinkelte unter sich, es war der aus seiner Klasse. Hatte er ihn gesehen, hatte er nicht?

Dann über die Brücke vom Stinkkanal. Das Gedröhn aus der Disco wurde immer leiser. Das Nachtgrau heller und heller. Und da stand der mit dem Gesicht am Ufer und hatte ein Boot am Seil. Im Boot zwei Ruder, am Heck ein kleiner Motor.

Ein kurzer Wortwechsel, er verstand. Der mit dem Gesicht wußte, daß er verstehen würde. Half ihm ins Boot, ins selbstgebaute. Gab ihm einen Stoß, der Junge legte die Ruder aus, er hatte die aufgehende Sonne vor sich. Die Blechbüchsen auf den Müllhalden funkelten und blitzten, dazwischen eine Blüte und noch eine, wuchernde, wüste Schönheit.

Und immer kleiner die Schattengestalt, dessen mit dem Gesicht, vor der Sonne, winkend.

In das Auf und Ab der Ruder mischte sich zuerst schwach, aber dann immer schriller das jaulende Geheul von Martinshörnern.

Thomas Le Blanc

Freiheit ist ein Traum . . .

Wenn er so dasaß und mit abwesenden Augen in die Ferne starrte und die Welt um sich scheinbar vergaß, wagte ihn keiner zu stören. Denn eine ihrer nie aufgeschriebenen Regeln besagte, daß die Alten und auch die Kranken, wenn sie nicht mehr zur Zyklusproduktion beitragen konnten, ihr selbstverständliches Recht auf Leben und – im Rahmen all ihrer trostlosen Umwelt – auf persönliche Entfaltung besaßen. In dieser Beziehung waren sie hier wahrscheinlich um vieles zivilisierter als jene Zivilisationen, die sie ausgestoßen hatten. Und das, obwohl sie aus einigen der unterschiedlichsten Zivilisationsstufen und Staatssysteme kamen, die auch ihren Bürgern die verschiedensten Formen von Lebensgestaltung vorschrieben oder gestatteten – dabei überwog sicher das Vorschreiben.

Wenn er so dasaß, wußten alle, die an seiner vom Alter und der Last der Sklavenarbeit gebeugten und verhärmten Gestalt vorbeikamen, daß er wieder über eine Freiheit nachsann, die sie alle schmerzlichst vermißten. Sie wußten, daß er in Träumen über jene Freiheit versunken war und daß, sollte es je einen Weg dorthin geben, er ihn finden würde. So wurde seine Person, ohne daß er selbst es recht wußte, zu einem Mittelpunkt ihres Freiheitsmythos, wurde er für sie zu einer fast irrationalen Hoffnung.

Denn rational betrachtet, war eine Freiheit nie mehr zu gewinnen.

Und das mußte er, Shabar, der weise Shabar, wie sie ihn nannten, das mußte er von ihnen noch am besten wissen. Denn er, einer der Anführer der erstickten Revolution auf Lilian IV, dem Herzplaneten des Lilischen Imperiums, war der letzte der ersten Generation. Er hatte damals die Große Revolution mitgeplant, die dann letztlich am trägen Apparat der entscheidungsunfreudigen

Imperiumsbeamten gescheitert war. So hatte die verhaßte Imperiumsregierung Zeit gewonnen, ihre Kräfte wieder zu sammeln, und konnte die Revolution vernichtend niederdrücken. Als großherzige Geste, die der Regierung Sympathien beim Volk einbringen sollte, wurden die Revolutionäre in einem anschließenden Schauprozeß nicht zum Tode verurteilt, sondern lediglich deportiert: Lebenslang auf diesen Strafplaneten verbracht.

Sechsunddreißig Standardjahre war das nun her, daß die ersten paar tausend Verurteilten hier angekommen waren. Alle bis auf Shabar waren sie mittlerweile längst gestorben: Umgekommen durch das unbarmherzige Klima hier, hingerafft von unzähligen Krankheiten, erschöpft von der mörderischen Arbeit.

Doch viele Tausend waren nachgekommen. Politisch Andersdenkende anderer Systeme im Lilischen Imperium, Aufbegehrende, Unbequeme, fanatische Attentäter ebenso wie stille Freiheitsträumer.

Denn vor allem eines glaubten die Herrscher des Imperiums für ihr Machtgebäude nicht vertragen zu können: Den Willen zur Freiheit.

Und so deportierte man all diese zu Hochverrätern abgestempelten Menschen auf diesen höllischen Planeten, wo nur noch Arbeit und irgendwann der Tod auf sie warteten. Eine Rückkehr gab es ebensowenig, wie auch der Begriff Freiheit nur noch in ihren Träumen vorkommen konnte.

Shabar hatte sie alle gesehen, wie sie über Transmissionen hier angelandet wurden: Gezeichnet von Gerichtsverfahren und Folter, mit sich und ihrem Leben abgeschlossen, oder immer noch todesmutig allem trotzen wollend. Und dann brach dieser Höllenplanet, der zwar offiziell Rudus II hieß, den sie aber schon längst Hölle getauft hatten, dann brachen dieser Planet und das Leben hier ihren letzten Willen.

Die Hitze an sich war schon fast unerträglich, dazu kam der trockene, in jede Körperöffnung eindringende Sand über den Felsen; das Wasser, das sie selbst mühselig aus Tiefbrunnen fördern mußten, war äußerst knapp rationiert. Lebensmittel bekamen sie von der fernen Imperiumsverwaltung in festen, viel zu lange währenden Zyklen geschickt, abgestimmt auf ihre bis dahin abgelieferte Produktion. Dabei war das Essen weitgehend geschmacklose feste Nahrung, die zwar alles für den menschlichen Körper Notwendige enthielt, aber jegliche Freude am Essen auf immer vergessen ließ. Sie konnten sich in etwa ausrechnen, wieviel an Nahrungsmitteln jedesmal transmittiert wurde: Es reichte für sie gerade zum Leben aus, wenn sie vorher alle hart gearbeitet hatten.

In unregelmäßigen Abständen spuckte der Transmitter Kleidung, Schuhe und Decken aus, natürlich auch Werkzeuge und kleine Handkarren. Aber niemals kamen Arzneimittel, die manche so dringend benötigten. Die wenigen Sträflinge unter ihnen, die sich auf etwas Medizin verstanden, vermochten deshalb die auftretenden Krankheiten kaum zu lindern, geschweige denn wirklich zu helfen. Schmerzmittel gab es nicht, und bei schweren Unfällen war oft nur der Tod das einzige Ende aller Schmerzen. Und niemals kamen über den Transmitter Informationen. Das einzige, das sie über das Leben im Imperium erfuhren, brachten die jeweils nächsten Deportierten mit. Doch was sie auch hörten und was auch immer ihnen einfiel, in den Lauf der Dinge im Imperium konnten sie nie mehr eingreifen.

Ihre einzige Perspektive hieß jetzt nur noch: Überleben durch harte Arbeit.

Die erste Gruppe um Shabar hatte man damals genauestens eingewiesen, was die Deportierten hier auf Rudus II zu machen hatten, und daran hatte sich in all den Jahrzehnten kein Deut geändert. Hier, wo nichts wuchs und nichts lebte, gab es nur eine Sache, an der das Imperium interessiert war: Ein Silberglanz-Erz, das zu fast zwanzig Prozent mit Germanium angereichert war. Und Germanium suchte man sonst in den bekannten Regionen der Galaxis in nennenswerten Vorkommen vergeblich. Der halbe Planet bestand praktisch aus diesem Erz – das sie deshalb Höllenerz getauft hatten –, und sie bauten es im Tagebau ab. Sie zerschlugen die Felsen, brachen sie in kleine Steine und fuhren sie mit Handkarren zum Erztransmitter. Hier wurde das Erz in riesige, mit grobmaschigen Sieben versehene Trichter eingeladen, die in Rohre einmündeten und schließlich im flimmernden Feld schmaler Transmitterlöcher verschwanden – viel zu schmal jedenfalls, um Menschen durchzulassen.

Diese fast primitive Abbaumethode war – so hatten sich Fachleute der Imperiumsverwaltung es jedenfalls ausgerechnet – billiger, als wenn man Maschinen eingesetzt hätte. Menschen paßten sich den ständigen Bodenveränderungen auf dieser zerklüfteten Planetenoberfläche besser an. Maschinen wären in dieser heißen, von Sand erfüllten Umgebung ständig ausgefallen, Roboter hätte man warten müssen. Die Deportierten waren Sklaven, auf die man nicht mehr achtete: Wenn sie nicht mehr arbeiten konnten, mochten sie einfach sterben. Nachschub an politischen Aufrührern fand sich immer genug.

»Shabar!« Ein junger Mann, kaum zwanzig Standardjahre alt und bereits seit vier Jahren hier, wagte es nun doch, ihn zu stören und ihn aus seinen Gedanken zu reißen. »Shabar, ich habe dir etwas zu essen mitgebracht.«

Er reichte ihm einen hellgelben Nahrungsriegel und etwas Wasser in einem holzgeschnitzten Becher, der aus Werkzeugresten gemacht war.

Der Alte nickte dankend und noch immer etwas abwesend. Er nahm das Angebotene entgegen und begann langsam an dem Riegel zu kauen.

Der junge Mann blieb einen Augenblick wartend stehen, doch als der Alte nicht weiter reagierte, setzte er sich ihm gegenüber. Jetzt blickte Shabar ihn an.

»Shabar«, sagte der, »sie reden schon wieder von Streik.«

Streik. Das hatten sie damals gleich im ersten Jahr ausprobiert, und es war ein kläglicher und untauglicher Versuch gewesen. Es hatte ihnen nur die Sinnlosigkeit all ihrer Aktionen gezeigt. Wenn sie es jetzt wieder versuchen wollten, würde das auch keinen Erfolg bringen. Die Schwächsten unter ihnen würden ihr Leben lassen müssen, und ihre Lebensbedingungen würden nach dem notwendigen Streikabbruch keinen Fingerbreit besser sein. Höchstens wären sie um eine falsche Illusion ärmer.

Er erhob sich. »Komm, mein Junge. Gehen wir zu ihnen.«

Er stützte sich ein wenig auf den jungen Mann, als er über den unebenen Boden den sanften Hügel hinabschritt zur Runde der Interessierten. Seine Schritte waren unsicher, und seine Beine zitterten leicht, wenn er jeweils sein Körpergewicht verlagerte.

Die ersten blickten auf, als sie sahen, wie er näher kam, einige stoppten mitten im Wort. Dann versickerte auch der Rest der Diskussion, und viele Dutzend Augenpaare blickten ihn an. Sie warteten, bis er sich mitten unter sie gesetzt hatte. Auch wenn es für sie formal keine Höhergestellten mehr gab, so erkannten sie doch seine natürliche Autorität an. Er war hier der Älteste – das Alter zählten sie nur nach verbrachten Jahren auf diesem Planeten –, und sie wußten um das selbstverständliche Gewicht seiner Stimme.

»Ich höre, ihr wollt streiken«, begann er ohne Einleitung. Dann sah er sich um, wer diese Idee verteidigen wollte.

Schon die ersten Deportierten, die vor sechsunddreißig Jahren hier angekommen waren, waren sich einig gewesen, unter sich keine Verwaltung oder gar Regierung zu bilden. Notwendige Entscheidungen wurden immer mehrheitlich von allen getroffen: Anfangs waren es noch wirklich alle gewesen, die beraten und abgestimmt hatten, später hatten sich so viele träge in ihr Schicksal gefügt, daß immer nur ein Teil sich zu Gesprächen zusammenfand: die Runde der Interessierten. Eingeladen war stets jeder, und jeder, der kam, war rede- und stimmberechtigt. Wer nicht kam, mußte sich dem dort gefaßten Beschluß fügen.

Ingolf setzte an: »Wir meinen, es gibt nur diese Möglichkeit.«

»Du meinst«, unterbrach ihn Shabar sanft. »Sprich nicht für andere, sprich nur für dich.«

»Ich bin nicht der einzige!« brauste Ingolf auf. Er war erst vor einem halben Jahr gekommen, und viele spürten, daß sein Inneres kurz vor einem Zusammenbrechen stand. »Es geht einfach nicht so weiter, daß wir hier nur arbeiten, bis wir umfallen. Arbeiten nach deren Bedingungen, ohne daß uns selbst ein Rest an Freiheit oder Würde bleibt.«

Shabar nickte. »Du hast recht. Sie haben uns nicht nur die Freiheit genommen.«

»Unser Leben haben sie uns gelassen, das ist alles: Unser gottver-
dammtes, beschissenes Leben, das nur noch dazu da ist, Steine zu
klopfen und irgendwann einmal wegen Erschöpfung oder Unter-
ernährung zu enden!« Er gestikulierte. »Und das schlimmste ist,
daß das Imperium auch noch reich wird mit unserem Höllenerz.«
»Reich durch Sklaverei«, rief ein anderer dazwischen.
»Und deshalb wollen wir streiken. Wir liefern einfach von heute
auf morgen nichts mehr, dann müssen die schon kommen und
uns bessere Bedingungen anbieten, wenn sie weiter ihr Geschäft
mit uns machen wollen.«
»Sie kommen nicht«, sagte Shabar, nicht im geringsten aus der
Ruhe gebracht. »Sie lassen uns einfach hungern.«
»Dann hungern wir eben«, erwiderte Ingolf. »Das müssen wir
halt durchstehen. – Ja, ich weiß«, fuhr er fort, als er sah, wie
Shabar etwas einwerfen wollte, »ich weiß, was du sagen willst.
Ihr habt das Ganze schon mal gemacht, und es hat nicht geklappt.
Ihr habt halt damals nicht lange genug durchgehalten, wart nicht
stark genug, ihr habt auch euere Forderungen nicht ultimativ
genug ausgedrückt und hinausgeschickt. Und ihr habt auch nicht
provoziert.«
Shabar horchte auf. »Was meinst du mit provozieren?«
»Wir werden«, erläuterte jetzt der muskulöse Hogor enthusia-
stisch, »nicht nur den Erzabbau einstellen, sondern auch unsere
Forderungen in deutlicher Sprache formulieren. Das ritzen wir in
Steinplättchen ein, die wir durch den Erztransmitter schicken.«
»Ich glaube kaum, daß auf der anderen Seite jemand sitzt, der
darauf achtet, ob auf den Steinen etwas geschrieben steht.« Der
junge Mann, der Shabar geholt hatte, warf das ein.
Doch Hogor fuhr unbeirrt fort: »Und außerdem werden wir
anschließend die Trichter und Rohre so vollständig demolieren,
daß die da draußen reagieren *müssen*.«
Shabars Aufmerksamkeit war wieder vorbei, aber das sah nur ein
kundiger Beobachter.
Ingolf sah es nicht, deshalb erläuterte er Hogors Vorschlag
weiter: »Sie werden gezwungen sein, Leute hierherzuschicken,
die die Rohre reparieren, sie müssen neues Material mitschicken.

Und damit diese Leute arbeiten können, werden sie Soldaten zur Bewachung mitschicken, und mit denen werden wir uns mit unseren Mitteln auseinandersetzen. Da wir ja nichts zu verlieren haben, rechne ich uns eine gute Chance aus. Und wenn wir dann erst einmal Waffen in den Händen haben und die Transmitter wegen der Soldaten nach beiden Seiten offen sind . . .« Er brach ab, weil er wußte, daß jeder die Grundidee seines Planes begriff. Auch Shabar begriff sie, aber er wußte ebenso, daß auch das Imperium sie begreifen würde. Und das Imperium wußte nur zu genau, daß die absolute Deportation auf diesen Planeten allein von der Einwegrichtung der Transmitter abhing. Sie würden keine Soldaten schicken.

Auf die Ausübung und Erhaltung von Macht verstanden sich die Herren des Imperiums. Und die Verantwortlichen für diesen Höllenplaneten hatten das Gefängnis narrensicher gemacht. Ein Transmitter, der hier nur ein gleißendes Feld war, das nicht beschädigt werden konnte, war in Richtung Hölle geschaltet. Hier kamen die jeweils neuen Deportierten an, hier kamen Essen, Kleidung, Werkzeug an. Zurück konnte man nicht hindurch, in der Rückrichtung transmittierte das Feld nicht, und die Schaltkontrollen waren auf der anderen Seite. Der zweite Transmitter bestand aus den Löchern, in die die Rohre mündeten, hier paßten nur kleine Steine hindurch, und auch hier waren die Kontrollen auf der anderen Seite.

Das System war perfekt. Durch die Transmitter kamen sie nicht weg, ja, sie konnten noch nicht einmal Informationen weitergeben. Die Erztransmitter führten auf der anderen Seite in riesige automatische Schmelzen, da konnte keiner eine Botschaft empfangen. Und eines fernen Tages den Planeten einmal mit einem selbstgebauten Raumschiff zu verlassen, der Gedanke war fast noch illusorischer. Ihnen fehlten die richtigen Metalle, um es zu bauen, ihnen fehlten Werkzeuge wie auch Treibstoff. Von den notwendigen technischen Kenntnissen ganz zu schweigen. Auch hätten sie, vielleicht über Jahrhunderte, eine Industrie aufzubauen – und das alles nebenher, wo doch jede kleine Verringerung ihrer Erzablieferung schon eine deutliche Einschränkung der

Lebensmittellieferung zur Folge hatte! Und vor allem fehlte ihnen eines, mit dem jegliche industrielle Weiterentwicklung steht und fällt: Feuer. Sie besaßen kein Feuer.

Shabar war geneigt, aufzustehen und einfach stumm wegzugehen. Er fühlte sich müde, und er war sogar ein wenig ärgerlich, wieder nur eine Idee gehört zu haben, die nicht neu war und die nicht den geringsten Erfolg versprach. Waren denn alle so kurzsichtig in ihren Vorschlägen, daß sie deren Nutzlosigkeit nicht begriffen? Hatte dieser mörderische Planet ihren Verstand schon so weit durcheinandergebracht? Ihn packte Resignation, doch dann besann er sich wieder, schließlich konnte der junge Ingolf nicht wissen, was sie schon alles vergebens durchdacht hatten. Und wie oft.

Er sah ihn an. »Sie werden keine Soldaten schicken«, sprach er seine Gedanken leidenschaftslos aus.

Ingolf blickte fragend zurück. Und auch die anderen, die allen vernünftigen Überlegungen zum Trotz noch an Ingolfs enthusiastisch geklungenen Vorschläge glaubten, schauten fast abweisend. Hoffnung hatte sich in ihnen geregt, die wollten sie nicht zerstört wissen. Nicht schon wieder.

Shabar nickte. »Die wissen genau, welche Gefahr ihnen droht, wenn sie den Eingangstransmitter auf beide Richtungen schalten. Und so wie im inneren Bereich von Gefängnissen Wärter niemals Waffen tragen, werden sie auch keine Bewaffneten auf Hölle schicken.«

»Aber wenn wir alles demolieren, müssen sie doch reagieren.«

Jetzt schüttelte er den Kopf. »Zum einen können wir es gar nicht demolieren. Im zweiten Jahr hier haben wir es versucht. Gut, wir sind heute etwas mehr, und wir haben auch noch unzählige Werkzeugteile, übergebliebene Stangen, Hammer, Meißel und Spatenschilde, die wir hier zu Hilfe nehmen könnten. Aber das Rohrmaterial ist für unsere Möglichkeiten zu widerstandsfähig. Die Rohre sind aus einem so hochwertigen Plast, daß selbst unsere härtesten und spitzesten Pickel oder die breitesten Hammer nichts ausrichten können. Bis wir alle mit vereinten Kräften auch nur eine Delle in eins der Rohre geschlagen haben, ist unsere nächste Lebensmittelzuteilung fällig – und es wird nichts geliefert werden, weil wir kein Erz abgebaut haben. Dann werden unsere Kräfte aber rapide abnehmen, wenn wir ohne Essen weiter auf die Rohre einschlagen.«

Man sah Ingolf an, wie er sich gegen die Einschätzung des Alten sperrte.

»Und selbst wenn uns wider Erwarten eine Zerstörung der Rohre gelänge – was dann?« Shabar fuhr fort, um den Vorschlag noch ein zweites Mal zu entkräften. »Nichts würde geschehen. Die würden uns einfach verhungern lassen. Denn wenn sie nur einmal unserer Erpressung nachgäben, wären sie nie mehr sicher vor uns. So warten sie einfach lange genug, bis wir nach ihrer Rechnung alle tot sind, und dann warten sie zur Sicherheit noch ein paar Wochen, und dann erst schicken sie eine Mannschaft, die die neuen Rohre montiert.«

»Aber wenn nun eine kleine Gruppe von uns ab der nächsten Nahrungslieferung alleine nur noch ißt und alle anderen dafür verhungern . . . wißt ihr . . . ich meine, damit rechnen die doch nicht . . . und so könnte diese Gruppe noch leben, auch wenn die draußen im Imperium sich ausgerechnet haben, daß mittlerweile alle tot sind . . .« Hogor plapperte diesen Gedanken ungeschickt heraus, stotternd, als wäre er eine Ungeheuerlichkeit.

Doch auch diesen Gedanken hatten sie in der Frühzeit längst durchgespielt: Daß die Mehrzahl sich für die Freiheit einiger weniger opfert.

»Die Mannschaft, die sie schicken werden mit den neuen Rohren«, gab Shabar ungerührt zur Antwort, »wird die erste Gruppe der nächsten Deportierten sein. Auch sie werden nicht zurückkehren, und der Transmitter wird keinesfalls umgeschaltet.«

»Und du glaubst nicht, der lange Ausfall an Germanium wird sie zum Eingreifen zwingen?« Ingolf kämpfte bereits ein Rückzugsgefecht. Er wußte schon, daß der Plan nicht laufen würde. Und auch auf den Gesichtern der anderen machten sich langsam Enttäuschung und Leere breit. Wieder ein Antrieb weniger.

»Das ist nicht anzunehmen. Sie werden sicher Vorräte für solche Fälle haben und wahrscheinlich noch andere Vorkommen, die zwar viel weniger lohnend sein werden, aber dann einmal herhalten müssen. Vielleicht gibt's sogar noch einen solchen Sträflingsplaneten, der ausreichend produziert. Weiß etwa von euch jemand, wo alle Frauen sind, die zur Deportation verurteilt wurden?!«

Auf Rudus II hatte man nur Männer geschickt, für die Frauen mußte es also wohl einen eigenen Planeten geben. Auch hier hatte das Imperium weitergedacht: Hätte man Männer und Frauen auf denselben Planeten deportiert, hätte es Nachkommen gegeben: Nachkommen, die als Unschuldige nach den Gesetzen des Imperiums ein Recht auf Freiheit gehabt hätten. Zumindest Ärger hätte es im Machtgefüge des Imperiums geben können, Ärger um arme, unschuldige Kinder. Und möglichen Ärger wollte man gar nicht erst aufkommen lassen, wenn er sich nur irgendwie vermeiden ließ.

»Nein«, schloß Shabar, »auch so werdet ihr nie die Freiheit wiedergewinnen.«

»Dann verhungern wir eben und träumen von dieser Freiheit!« rief einer aus ihrer Mitte zornig. Das war der Anlaß für zahlreiche andere, wütend und trotzig durcheinanderzuschreien, sinnlose Argumente vorzubringen und wieder spontane Lösungsvorschläge aufzuspinnen, die gar keine mehr waren.

Shabar erhob sich jetzt, er sah, daß das Gespräch zu Ende war und nur noch hitziges, unsinniges Geplärr folgte. Und vielleicht würden sich bald sogar ein paar aus Verzweiflung gegenseitig die Köpfe einschlagen.

Er wandte sich ab und verließ wortlos den Kreis, doch vor dem Kreis blieb er gedankenvoll wieder stehen. *Dann verhungern wir eben und träumen von dieser Freiheit!* Dieser so aus verzweifeltem Zorn herausgebrochene Satz ließ ihn nicht los.

Von der Freiheit träumen, war das einzige, was sie taten, was sie tun konnten. Doch konnten sie nicht hier – und dieser Gedanke ging langsam in ihm auf, keimte fast gewaltsam aus seinem tiefsten Innern heraus, wo er sechsunddreißig lange Jahre gebraucht hatte, um zu wachsen und wirklich denkbar zu werden –: Konnten sie nicht darin wahrhaft ihre Freiheit *finden*?

Nicht so wie auf der Jahrzehntausende zurückliegenden Keimzelle der Menschheit, der fernen Erde, wo jener Gandhi mit seinem Hungern Freiheit und Gerechtigkeit erstreikt hatte: Er hatte stets sein Hungern als begrenzt verstanden, weil er eine körperlich-politische Freiheit erkämpft hatte. Sie dagegen würden hungern und ihre Freiheit in sich finden.

Er drehte sich wieder dem Kreis zu, richtete seine Augen auf sie und wartete geduldig, bis alle spürten, daß er noch etwas sagen wollte, und Ruhe eingekehrt war.

»Ich kann euch eine Freiheit anbieten«, sagte er ohne besondere Betonung.

Unruhe kam auf, Verwirrung. Hatte er nicht eben gerade gesagt, daß sie die Freiheit nie wiedergewinnen würden? Hatte er nicht immer gesagt, daß es keinen Weg hinaus gab?

»Aber es ist sicher nicht die Freiheit, die ihr euch vorstellt«, fuhr er fort. Und dann sprach er von jener anderen Freiheit, die sie ganz tief drin in ihrem Innern finden konnten, von der Freiheit ihrer Träume . . . und daß es *die Träume selbst* sein konnten, die ihre Freiheit waren: ein gemeinsamer, einziger, großer, letzter Traum.

Während er sprach, spürte er selbst, wie er langsam vom Erläutern ins mitreißende Predigen abglitt. Denn der Fluchtweg, den sie allein noch wählen konnten, war eine Flucht nach innen: Ein Weg, geboren aus letzter Verzweiflung.

Keine Diskussion kam mehr über seinen Vorschlag auf. Er zeigte so sehr die Ausweglosigkeit ihrer Situation, daß er jeden weiteren Gedanken an nichtvorhandene andere Wege einfach ausschloß. Sie hatten nur noch die Wahl zwischen bloßem Weiterexistieren in Sklaverei und Würdelosigkeit – und ihrem großen Freiheitstraum. Jetzt, wo sie ihren einzigen Weg kannten, ging alles sehr rasch. Wozu noch palavern, wozu noch warten, wozu noch Vorbereitungen planen, wozu noch Terminierungen abstimmen? Ihre Entscheidung war einmütig: Es gab keine andere mehr.

Sie riefen die anderen zusammen, die zögernd kamen, sich antriebslos ihnen anschlossen. Sie ließen ihre Werkzeuge liegen, wo sie waren, warfen ihre Nahrungsmittel in Klüfte hinab, vergossen ihr gewonnenes Wasser und schütteten ihre Brunnen zu.

Dann legten sie sich alle hin, und Shabar begann.

Seine Stimme erzählte, getragen von der Welt seiner Erinnerung, von seinem Heimatplaneten, wie er ihn geliebt hatte und wie er aussehen sollte in ihren Vorstellungen. Er erzählte von ihm nicht, wie er in der Realität war, sondern wie er in seinen Gedanken sich verklärt hatte. Und als sein Mund schließlich zu rauh und zu trocken war, um noch weiterzusprechen, berichtete ein anderer weiter, malte diese Welt aus, baute ihnen eine imaginäre Welt auf, in die sie alle in ihrem Traum versinken konnten. Und dann sprach wieder ein anderer weiter und wieder ein anderer . . . Und gemeinsam entstand vor ihren geschlossenen Augen eine Welt, in die sie hineinfanden, eine Welt, nach der sie sich sehnten mit allen Fasern ihrer ausgemergelten Körper.

Grünes, hohes Gras wuchs, und die Tierwelt erwachte wieder zum Leben. Der Wind wehte sanft über Felder und ließ Blüten sich wiegen. Bäume rauschten im Wind, und der Duft von Millionen Pflanzen war in der Luft. Die Sonne wärmte, aber verbrannte nicht. Und Menschen gab es um sie, die noch wußten, was Glück und Freiheit ist, die lebten nach ihrer freien Selbstbestimmung. Es war friedlich ruhig dort und gleichzeitig überschwenglich fröhlich.

Und sie lernten wieder die Liebe kennen: Die innige Freundschaft zwischen freien und sich gegenseitig achtenden Menschen, die Liebe zwischen Eltern und Kindern, die Liebe zwischen Mann und Frau, die glückliche Geborgenheit bei einem Partner. Sie erfuhren wieder, was es heißt, einem anderen alles zu geben – und so viel zurückzuerhalten, daß vor Glück das Herz fast zerspringt.

Dabei brannte die sengende, unbarmherzige Sonne ihre Gehirne aus und ließ sie halluzinieren, Hunger und vor allem der Durst trieben sie weiter in ihre Phantasien hinein. Und sie ließen sich widerstandslos treiben. Nach leisem Stöhnen, neben Weinen und Schluchzen und unterdrücktem Schreien hörte man nur immer den nächsten Erzähler. Und durch dessen monotone Worte und durch all die Stoffwechselmängel, die ihre Körper erleiden mußten, setzte eine Massensuggestion ein.

Sie versanken in diesen Traum zu Tausenden. Ihre Körper lagen auf den Steinen des heißen Höllenplaneten, sie verdorrten, verhungerten, verdursteten, sie magerten ab, verbleichten, verwesten. Ihre Lebensfunktionen wurden schwächer und schwächer, bis sie eine nach der anderen erloschen – ohne letztes Aufbäumen, ohne Qual, ohne Klage, ohne Schmerz. Denn ihre Gedanken waren längst in die Freiheit ihrer Traumwelt hinübergeglitten: In ihrem gemeinsamen Traum hatten sie die Freiheit erreicht, die ihnen keine menschliche Macht mehr nehmen konnte. Sie starben, ohne es zu spüren, und sie starben mit einem leisen Lächeln auf ihren Lippen. Denn sie starben in Freiheit.

Hendrik P. Linckens

Unsere
womöglich kleine,
zärtliche und kreative Zukunft
oder
»Heiliger Skarabäus!« und
die gutgemeinten Anstrengungen
eines fürsorglichen Versorgungssystems

Farbig und blitzend unter dem grünen Gefieder schlängelte sich
der Trauerzug durch den Farnwald, endlos . . .
Sie ritten zu zweit, nicht einer gekleidet wie der andere, auf
herrlich bemalten Chihuahuas – vorneweg der Leichnam, kunstvoll gestützt und verhangen mit dem Wappentuch der Gilde,
schwankend, das nervöse Tier im Zügel des Gefährten – und
bliesen aus elektronisch verstärkten Instrumenten eine bald weh-
mütige, bald springlebendige, bald geckenhafte, bald pathetische
Musik. Das ganze Geleit spielte wie ein einziges Instrument,
jeder Bläser den Part nur eines bestimmten Tons. Die fliegenden
Einsätze verlangten ein hohes Maß an Konzentration – zumal auf
dem Rücken der Chihuahuas – aber selbst die Glissandos waren
geschmeidig wie die eines Solisten. – Eine Musik, die sich im
Raum bewegte, ihn nicht bloß erfüllte und sich darin teilte, hier
freilich nur eindimensional, aber immerhin zweiläufig und jeder
Lauf konnte die Richtung wechseln, wann immer das vorgesehen
war. Es gab eine Störung.
Einen einzigen Mißton, als ein Chihuahua scheute . . .
Die Kotkugel des Skarabäus zerspratzte zwischen den Beinen der
Reittiere . . .
Der Käfer hatte sich nicht einmal umdrehen müssen, bevor er die
Flucht ergriff. Die Kugel rollte ja, indem er sie mit dem Hinterteil

voran bekrabbelte. – Irgendwo, nicht weit von dem Mißgeschick, hatte er längst wieder begonnen, neue Brutnahrung zu wälzen. Gauplanter wartete in seinem Versteck. Ein kleines gemütliches Baumhaus über den Farnen. Er wußte nicht, wie viele er eingerichtet hatte, es gab keinen Plan, aber er kannte sich aus am Grund der Wälder. Für Milva, die immer aus der Luft kam, hatte er einen winzigen Signalsender dabei . . . Er hatte die meiste Zeit seines Lebens gewartet. Beim Warten kamen die Gedanken und gingen. Und wenn er Milva zärtlich vermißte, verknüpften sich die Gedanken zuweilen zu etwas Neuem . . .

Den Trauerzug hatte er am allerwenigsten erwartet.

Bei seinem Begräbnis wünschte er sich Milva als Gefährtin. Sicher würde sie etwas Vergleichbares organisieren – er mußte unbedingt mit ihr darüber sprechen – und zärtlich sein . . . Sie gehörte zur Tragvogelgilde. Er war Einzelgänger. – Vielleicht ein Vogelzug mit Gondeln . . . Er spürte, wie sich die Schwellkörper füllten, gegen die Rippen drückten – richtete sich auf – er würde ein Grab in der Erde wollen – die Erde als Grabhaus!

Der Zug war längst entschwunden, mit ihm die Musik. Er hörte wieder auf die spärlichen Geräusche des Waldes – und sah den Skarabäus rücklings auf der Kotkugel reiten . . .

Soviel stand fest, das Weibchen mußte so etwas wie einen Signalsender benutzen. Die Chihuahuas hatten jede Orientierung zertrampelt.

Also lebte das Weibchen noch.

Der Skarabäus rollte die Kotkugel nicht eben geradlinig, aber unentwegt in die Schneise hinein. Ob er den Empfänger im Hinterteil hatte? Jetzt ließ er sich auf den Boden hinab, lief suchend herum. Er begann zu graben – genau wie das Weibchen. Dort mochte es gewesen sein. Die Chihuahuas hatten das Erdloch zugetrampelt . . .

Es raschelte in Gauplanters Rücken und, noch ehe er reagieren konnte, hielt Milva ihm von hinten die Augen zu.

»Ich hab' Neuigkeiten«, flüsterte sie an seinem Ohr.

Er lachte. »Früh bist du heute.«

Die Berührung am Ohr ließ ihn erschauern. Er fühlte, wie sich sein Kreislauf veränderte, kleine Polster an Knien und Ellbogen schwollen . . . Sie streichelten, küßten und beschmusten sich nach Herzenslust, bis der Blutdruck sie schwindeln machte . . .

»He, der Skarabäus!« Er setzte sich auf.

»Weißt du, was sie gefunden haben?«

»Da unten. Er hat das Weibchen gefunden.«

Das Skarabäenpaar war emsig bemüht, die Kotkugel in ein Erdloch zu bugsieren . . .

»Sie haben ein Skelett gefunden«, sagte Milva.

»Wieder so ein Riesenviech? – Da! Geschafft.«

Das Skarabäusweibchen verschwand mit der Kugel im Erdreich . . .

»Was tun sie?« fragte Milva, seine Arme kraulend.

Ein wohliges Gefühl zog sich wie ein Ring um seine Brust. »Es ist Nahrung für die Jungen. Sie formt sie zu einer winzigen Birne. Das dünnere Ende höhlt sie aus und legt ihre Eier hinein.«

»Komm! Hier tut's gut. – Was treibt sie dazu?«

Unter seinen Händen schwollen kleine pochende Brüste. »Es ist, als ob sie's müssen«, sagte er. »Ich weiß nicht.«

»Es soll ein Urmensch sein, ein riesiges Exemplar, noch vollständig.«

»Riesen, wie in den Märchen der Erzählergilde?«

»Ich bin nur drüber weggeflogen, um dich zu holen.«

»Hast du die Musikanten gesehen?«

»Von weitem. Ich glaube, sie hieß Habbahab. Ein tödlicher Sturz.«

»Reithundgilde?«

»Hm. – Der neben ihr ritt, war Musikant. Lendachú und ich waren früher Gefährten.«

»Sag mir Bescheid, wenn er Trost braucht.«

»Eifersüchtig?« Sie rubbelte schnell seine Ellbogen, stand auf und fischte nach der dünnen Strickleiter. »Komm, laß uns hinfliegen.«

Eigentlich nicht, dachte er. »Weit?«

Sie baumelte schon über dem offenen Baumhaus. »Kam mir nicht so vor«, rief sie zurück.

134

Er holte sie ein. »Wer hat es gefunden?« Er pustete ihr in die Kniekehlen.

»Laß, ich werd' ganz steif. – Androiden.«

»Und die Spaßmacher haben nicht die Hand im Spiel?«

»Das Anthropocom bestätigt den Fund.«

Die Strickleiter brachte sie direkt in die geräumige Gondel des Tragvogels. Milva löste das Klauenschloß vom Ast und gab dem Tier zu verstehen, daß es losfliegen solle. Kräftige Schläge hoben sie über die Wipfel . . .

Das Gelb des Himmels war so klar, daß man dahinter das schwarze Pigment des Weltraums zu sehen glaubte. Der Schatten des Vogels und der Flugwind machten die Hitze erträglich. Die gleißende Sonne hatte den Zenit überschritten und stand in ihrem Rücken . . .

Hunderte belagerten die Fundstelle . . .

»Du, das ist doch Wahnsinn«, entfuhr es Gauplanter noch in der Luft. »So was kann doch nicht gelebt haben!«

»Es, oder er oder sie hat aber, wie's scheint.«

Sie stiegen aus. Das Anthropocom an ihren Handgelenken bat, nicht in die Grube zu klettern – den Fund nicht zu berühren, um nicht wertvolle Einzelheiten unkenntlich zu machen. Ein Geschwader prächtiger Heißluftballons schwebte herab – immer mehr Schaulustige kamen hinzu. Maler hatten sich postiert. Musikanten ließen Melodien um die Grube kreisen. Ein Pantomime versuchte sich darin, einen Riesen darzustellen. Abseits standen einige Bohr-, Bagger- und Transportsynthel, seelenlos erstarrt. Die kleinen Steuerandroiden schienen mit der Wartung beschäftigt. Nicht weit davon parkte der Helikopter, der die ComComs gebracht hatte, eine Handvoll weißer mannsgroßer Androiden, die mit Meßgeräten und Kameras den Fund datierten . . .

Milva und Gauplanter saßen auf dem Erdwall, die heiße Sonne im Rücken, Milva ein Stückchen tiefer zwischen Gauplanters Knien. Indem er sanft ihre Schultern massierte und sie seine Fesseln streichelte, stimulierten sie ihre Schwellkörpersysteme . . .

»Es ist bestimmt fünfmal so groß wie wir«, sagte Milva, und: »Ob Jesus ein Riese war?«

»Keine Knochenkavernen an den Gliedern, siehst du?«

Sie kuschelte sich zurück. »Aber der Schädel.«

»Paßt zu den anderen Großtierfunden.« – Er befragte das Anthropocom: »Weiß man schon das Alter?«

–WOVON?–

»Das Riesenskelett.«

– DAS ARTEFAKT IST NACH DEM DATENSTAND ETWA SIEBENTAUSEND JAHRE ALT –

»Also gar kein richtiges Skelett!« rief Milva überrascht.

– NEIN –, kam es von ihrem Handgelenk.

Und von seinem: – SIE HEISSEN GAUPLANTER? –

»Ja.«

– SIE GEHÖRTEN NIE EINER GILDE AN –

»Nein, ich meine, ja . . .«

– SIE HABEN DEN FORTPFLANZUNGSDIENST VERWEIGERT –

»Ja, aber . . .«

– WISSEN SIE, NACH WELCHEN KRITERIEN WIR FRAUEN UND MÄNNER FÜR DIESEN DIENST VORSCHLAGEN? –

»Nein. Gesundheit vielleicht. Sie werden ausgelost.«

– UNSER PROGRAMM SCHREIBT GESUNDHEIT, UNTERDURCHSCHNITTLICHE GRÖSSE UND KREATIVITÄT VOR.

– WAS DENKEN SIE JETZT? –

»Ich?« Was dachte er denn?

Milva war ganz Ohr und schaute ihm von unten her unverwandt in die Augen . . .

– WAS DENKEN SIE, GAUPLANTER? – wiederholte das Anthropocom.

»Eine künstlerische Darstellung, denke ich . . .«

– WIR HABEN EIN SIMULATIONSPROGRAMM LAUFEN, DAS . . . –

»Ein Stimulationsprogramm?«

Milva lutschte an seinem Arm, ohne seine Augen aus dem Blick zu verlieren . . .

– WIR KONNTEN AUSRECHNEN, DASS ES RUND DREIS-
SIGTAUSEND JAHRE GEBRAUCHT HÄTTE, UM DEN MEN-
SCHEN NACH DEN GELTENDEN KRITERIEN VON DER
GRÖSSE DIESES SKELETTS AUF DIE HEUTIGE GRÖSSE
HERUNTERZUZÜCHTEN –

»Unterdurchschnittliche Größe . . .«, nuschelte Milva.

»Aber es ist ein Artefakt, Fantasie also.«

– ES GIBT FUNDE EINZELNER KNOCHEN, DIE AUS DER-
SELBEN ZEIT STAMMEN UND DEM ARTEFAKT ENTSPRE-
CHEN –

»Es gibt keine Knochenkavernen.«

– DOCH. EINE. DEN SCHÄDEL –

»Siehst du«, sagte Milva.

»Nur Tiere kommen mit dieser Kaverne aus.«

Das Anthropocom schien das Interesse verloren zu haben und
schwieg. – Es gab einigen Aufruhr mit einem kleinen Mädchen,
das unbedingt hinunterwollte und Steine in die Grube warf. Der
gestreifte Erzieherandroid hatte alle Hände voll zu tun . . .
Gauplanter starrte auf das Skelett und versuchte, seine Gedanken
festzuhalten. Dieser Trubel rundum. Es fiel ihm schwer, trotz
Milvas Nähe. Er war ein Mann der Stille . . .
Wir müßten ja immer kleiner werden, fuhr es durch seine
Kavernen. »Wir müßten ja immer kleiner werden?« sprach er es
laut aus.

Milva zuckte die Schultern. Sie prustete. »Die Kleine dahinten
könnte von mir sein.«

»Du hast . . .?«

»Vor ein paar Jahren. Warum nicht. Wenn alle so denken
würden wie du.«

Er hatte eine Idee. »Kann man ausrechnen, ob der organische
Inhalt des Kavernensystems in dem großen Schädel Platz hätte?«

»Ausrechnen?« sagte Milva verblüfft, ehe sie bemerkte, daß er
wieder mit dem Anthropocom sprach.

– MEHR NOCH –, antwortete die Computerstimme, – ES
BLEIBT NOCH PLATZ ÜBRIG –

»Dann kann es sein!« Er kühlte sein Gesicht mit Milvas Händen.

– WAS KANN SEIN, GAUPLANTER? –

»Werden wir immer noch kleiner?«

– NEIN. – SOLANGE WIR ZURÜCKDENKEN KÖNNEN, OSZILLIERT DIE MITTLERE GRÖSSE . . . –

»Ossiwas?« verzog Milva das Gesicht.

– BLIEB DIE GRÖSSE SO GUT WIE UNVERÄNDERT –, sagten beide Anthropocoms gleichzeitig. Und dann wieder nur Gauplanters: – DIE KREATIVITÄT BREMST. KLEINER GEHT ES NICHT –

»Warum wird denn noch auf Größe geachtet?« fragte er verständnislos.

– DAMIT ES NICHT WIEDER ZU ENG WIRD AUF DER ERDE –

»War es denn mal so eng?«

– DAS MUSS SO GEWESEN SEIN – VOR UNSERER ZEIT –

»Aber so was hätte sich doch regeln lassen . . .«

– DIE BASISINFORMATION SAGT, ES GAB KEINE REGELUNG. DER MANN BEFRUCHTETE DAS EI NOCH IM KÖRPER SEINER GEFÄHRTIN UND SIE BRACHTE ES NACH EINER REIFUNGSZEIT SELBST ZUR WELT –

»Vielleicht«, meldete sich Milva zu Wort, »fielen deshalb die Kinder von Mal zu Mal klei . . .«

– NEIN –, fielen ihr beide Anthropocoms ins Wort, – ABER ES GAB NOCH KEINE ANDROIDEN UND DIE MENSCHEN KÜMMERTEN SICH SELBST UM IHRE KINDER. – WER KLEINER WAR, HATTE EBEN MEHR PLATZ FÜR SIE –

»Für Kinder?« fragte Gauplanter ungläubig. »Wollten denn alle Kinder haben?«

– ES GIBT KEINE ANDERE ERKLÄRUNG –

»Und das funktioniert?« staunte Milva.

– ES HAT JAHRTAUSENDE GEBRAUCHT – (und nur noch von seinem Handgelenk) – GAUPLANTER, SIE SAGTEN VORHIN ›DANN KANN ES SEIN‹. WAS MEINTEN SIE DAMIT? –

Seine Gedanken schwammen ihm davon. Dann kann es sein? Was konnte sein? »Ich – es fällt mir nicht ein«, sagte er hilflos.

– DER INHALT DES KAVERNENSYSTEMS –

»Ach das«, sagte er erleichtert. »Ich stellte mir nur vor, wie es in unserem Schädel immer enger wurde – und wie dieses Organ, um Platz zu finden, immer weiter in den Körper entweichen mußte.«
– WIR SPEICHERN SOLCHE LEBENDIGEN VORSTELLUN-GEN – SIE HELFEN DENKEN –
Er schwieg, atmete ganz flach, während er Milva ansah, ohne sie wirklich wahrzunehmen . . . Immer mehr und immer kleiner und immer mehr . . . Warum immer mehr? . . . Es war, als habe Milva die beiden Skarabäen herbeigekrabbelt – in seiner Vorstellung. Das Knie war ganz steif davon und wie durchgespült. »Es ist, als ob sie's müssen«, hatte er im Baumhaus geantwortet . . .
»Denkst du auch an die beiden Skarabäen?« fragte sie.
»Was hat die Urmenschen getrieben, sich so zu vermehren?«
»Ob es zwanghaft war, wie bei deinen Käfern?« Sie lachte.
»Immer mehr, immer mehr – immer kleiner, immer kleiner . . .« Sie fuhr mit Zeigefinger und Daumen immerzu seinen Hals hinauf und hinunter.
Er hielt das Kinn gereckt, spürte den Druck hinter seinem Stirnbein wachsen, leichter Schwindel erfaßte ihn . . . Er schloß die Augen. »Hallo, Lendachú, schon zurück?« hörte er Milva rufen. Wenn es nun Spaß gemacht hätte? kam es ihm in den Sinn. Milva hatte von ihm gelassen und war an ihm vorbeigestiegen. Er öffnete die Augen. Ein Schatten fiel über ihn . . .
»Du mußt mich verwechseln«, hörte er den Mann antworten . . . Milva hockte sich hinter ihn, rutschte an seinen Rücken und streckte die Beine aus. Erdbröckel kullerten hinunter. Er tastete nach ihren Zehen.
»Komisch«, sagte sie mit den Lippen auf seinem Kopf, »das passiert immer häufiger.«
Die Berührung auf der Kopfhaut schickte nervöse Schauer in die Rückenkavernen . . . Zwei Comcoms hatten eben begonnen, die diesseitige Hand des Skeletts freizulegen . . . Nur ein Artefakt mit künstlichen Knochenverbindungen hatte so überdauern können . . . Aber wozu war es gut gewesen vor siebentausend Jahren?

»Wenn es nun Spaß gemacht hätte?« sagte Milva unvermittelt. Sie kicherte. »Wär' doch möglich. Stell dir vor, das Befruchten und Eierlegen würde richtig Spaß machen. – So wie Schmusen – wie Zärtlichsein – hier schwillt was und da schwillt was – der Kreislauf ändert sich – es rieselt ganz schön in dir herum . . .«

»Ich stell' mir vor, wie du ein Ei legst.«

»Und ich, wie du die Kugel rollst.«

Sie lachten, bis ihnen die Tränen kamen . . .

»Immerhin«, sagte er außer Atem und wischte sich die Augen, »immerhin würde das erklären, warum sie sich so verrückt vermehrten.«

»Dabei muß das Befruchten und Eierlegen immer verpönter geworden sein.«

»Bis es gar nicht mehr ging.«

»Ich kann mir sowieso nicht vorstellen, wie das funktioniert haben soll . . .«

– IHR SEID EIN BEMERKENSWERTES PAAR –, sagten die Anthropocoms einstimmig, – WIRKLICH . . . EURE INTUITION IST ERSTAUNLICH – BESONDERS . . . –

»Wie macht ihr's bei den Vögeln?« wollte Milva plötzlich wissen. »Bringt ihr – ich meine, für die Fortpflanzung – bringt ihr da auch das Eine zum Anderen . . .?«

Es entstand eine Pause . . . – NEIN, DAS WÄRE (die Stimme an ihrem Handgelenk zögerte nur kurz) VIEL ZU UMSTÄNDLICH – WIR NEHMEN KLEINE KÖRPERPROBEN VON DEN BESTEN UND ZÜCHTEN DARAUS – JE NACH BEDARF – NEUE EXEMPLARE –

»Auch bei den Hunden?« fragte Gauplanter.

– AUCH BEI DEN HUNDEN –, bestätigten beide Anthropocoms,– BEI ALLEN FÜNF NUTZTIERARTEN DIE GLEICHE METHODE – – GAUPLANTER! (erst jetzt verstummte Milvas Handgelenk) WIR BITTEN SIE NOCH EINMAL . . . –

»Nein, gebt euch keine Mühe.« Er hatte das Handgelenk widerwillig weggestreckt.

– BEI ÖRTLICHER BETÄUBUNG . . . –

»Nein, nein und nochmals nein!« Alles in ihm sträubte sich

dagegen. Milva nahm ihn von hinten schützend in die Arme. »Und wenn es eins meiner Eier wäre«, raunte sie ihm schelmisch ins Ohr.

– WIR KÖNNTEN DAS SO EINRICHTEN –, sagte ihr Anthropocom sofort und seines setzte hinzu: – ALLERDINGS WÄRE ES DAS ERSTE MAL –

Gauplanter schwieg, atmete erregt, die Arme rückwärts um Milvas Knie geschlungen . . .

Milva wiegte ihn sanft und wortlos . . .

Auch das Anthropocom blieb wohlweislich stumm . . .

Die heiseren Schreie eines Tragvogels übertönten den Trubel . . .

Sollwert: 80 Ego

1

Hinter dem Panzerglas hing das All. Von außen festgeklebt an dem Cruiser, knapp außerhalb der Panoramascheibe am Heck, wo man die Klebestellen nicht sah, schlotterte es wie ein lebender Kohlensack mit dem Schiff dahin. Sie starrten in einen Sack hinein, finsteren, rußigen Sack, in dem sich ein paar glühende Kohlen verloren hatten, die nun für die Sterne herhalten mußten.

So empfand Alex stets, wenn er durch die Heckscheibe in den Raum blickte. Heute war es realistischer; denn mitten im Gesichtsfeld rotierte die Akkretionsscheibe von BC 5-81. Kosmischer Staub, Gas, Meteoriten, planetoidengroße Bruchstücke kosmischer Katastrophen – was ihm zu nahe kam, fing das Ungeheuer ein und zwang es in die Vorratsscheibe, aus der es beständig fraß. Es hockte im Zentrum der strukturarmen, rotglimmenden Scheibe, und was es verschlang, war unwiderruflich fort. Ausgelöscht, nicht mehr existent, aus diesem Universum entfernt.

Kein Mensch hatte es jemals gesehen, und niemals würde es sich offenbaren: BC 5-81 war ein Schwarzes Loch.

Da standen sie nun alle etwas ratlos und verunsichert vor der Panoramascheibe und starrten das Ding an. Ratlos, weil sie eine solche Aufgabe noch nie gehabt hatten, und verunsichert, weil es ein Schwarzes Loch war, das nun einmal so etwas Verunsicherndes an sich hat.

»Fangen wir endlich an«, forderte Hagen.

»Wir brauchen die genauen Angaben«, beschwichtigte Henry.

»Könnte man das Beiboot sehen?« Das war Karen.

»So was Blödes«, schimpfte Hagen. »Hast du nicht zugehört? Wir sind fünfzig Millionen Kilometer entfernt!«

Er strich sich ein paar glatte Haarsträhnen aus der Stirn. Karen versteckte sich hinter Lil und sagte nichts mehr.

»Ich wiederhole das Problem«, forderte der Com-Lehrer über den Bordfunk ihr Aufmerken. »Das Beiboot ist seit drei Stunden überfällig. Die letzte Peilung zeigte, daß es in die Akkretion hineintreibt. Die Aufgabe ist, aus den letzten bekannten Orts- und Geschwindigkeitsvektoren die Bahn des Beiboots zu bestimmen. Zu klären ist, ob wir eine Chance haben, nahe genug an BC 5-81 heranzukommen, um es aufzufischen. Wenn ja, ist ein geeigneter Rendezvous-Kurs zu berechnen. Beginnt nun bitte. Ab jetzt wird gepunktet.«

Sie eilten zu ihren Kojen, und nach einigen Minuten der Unruhe arbeiteten sie schweigend. Alex hatte wie immer Mühe, sich zu konzentrieren. Die schwerste Physik-Arbeit, die sie je hatten, befand er. Von den Mädchen würde es im besten Fall Lil schaffen – aber auch nur nichtrelativistisch. Hagen war immer gut für den ersten Platz, und vielleicht auch Winfried. Und natürlich, in aller Bescheidenheit, er. Nach kurzer Überlegung begann er zu rechnen. Am Anfang standen die Hamiltonschen Gleichungen, wobei er in die Hamilton-Funktion nicht nur die Zentralmasse, sondern auch die Massendichte der Akkretion einbezog. Bald schrieb er Poissonsche und Christoffelsche Klammern hin. Sodann suchte er nach einer kanonischen Transformation, die das Gleichungssystem integrabel machen sollte. Da bemerkte er, daß es in den Gleichungen eine Störung gab, welche die Dichte der Akkretionsscheibe lokal veränderte. Damit hatte er andere Ausgangsbedingungen. Er rechnete umständlich weiter, versuchte, einen geschlossenen Ausdruck für die Störung zu erhalten, nahm ein Iterationsverfahren und erkannte schließlich, daß die Rechnung nicht konvergierte. Staunend erkannte er, daß es nicht möglich war, eine exakte Bahn des Beibootes zu bestimmen. Nun, da er das wußte, wählte er ein Zeitschrittverfahren und programmierte die zugeordneten Differenzengleichungen. Nach einem kurzen Testlauf rief er Lichtgeschwindigkeit, Gravitationspotentiale und Anfangsbedingungen von der zentralen Memory ab und startete sein Programm. Am Graphic Display seines Terminals erschien die Trajektorie des Beibootes – eine grüne Linie, die zum Null-punkt des Koordinatensystems spiralte, zu BC 5-81. Entlang der pulsierenden Spirale wurde als Parameter die Eigenzeit des Cruisers ausgewiesen.

Als Zweites gab er noch Position und Geschwindigkeit des Cruisers ein; und auf dem Bildschirm begann die Rettungsaktion in Form einer roten Linie, die einen möglichen Rendezvous-Kurs darstellte. Alex variierte die Startgeschwindigkeit, bis die beiden Kurse einander schleifend und bei gleicher Eigenzeit schnitten. Eine kurze Kontrollrechnung ergab, daß der Cruiser mit geringem Schub aus dem Gravitationsfeld von BC 5-81 entkommen konnte.

Alex stand auf und schielte in Hagens Koje. Dort wurde unter eifrigem Gemurmel gerechnet. Beruhigt drückte Alex die Com-Taste, und da war auch schon die volltönende Stimme des Lehrers in der Koje.

»Hallo, Alex. Was tut sich?«

»Fertig – denke ich. Sieh dir's mal an.«

»Willst du es noch einmal kontrollieren?«

»Ach, das ist nicht nötig. Ärgerlich ist nur, daß das Problem nicht exakt lösbar ist. Ich meine, es liegt nicht an der Mathematik. Die Bahnen sind einfach nicht periodisch, und das bedeutet, die möglichen Trajektorien fächern auf, je weiter man in die Zukunft geht – ganz egal, wie genau der Startwert bekannt ist. Ist die Natur verrückt geworden? Oder bin ich es?«

»Hmm, jaaa«, brummte der Lehrer in Begutachtung der Arbeit, und Alex vermeinte zu spüren, wie die volle, warme Stimme sich zu einer Hand manifestierte, die auf seiner Schulter ruhte.

»Du hast das sehr gut beobachtet. Tatsächlich gibt es Situationen in der Himmelsmechanik, die nicht exakt berechnet werden können. Lagrange hat das schon am Dreikörperproblem erkannt. Ein schönes Beispiel dafür, daß auch hier nur über Wahrscheinlichkeiten gesprochen werden kann und nicht über Fakten. Das war schon lange vor Schrödinger bekannt. – Nun will ich mir deine Lösung anschauen.« Der Lehrer rief das Programm ab und studierte die Bahnen auf dem Bildschirm, während Alex zurückgelehnt wartete. Er hörte, wie in einer anderen Koje die Com-Taste gedrückt wurde, und dann Hagens Stimme: »Das ist das Optimum. Was meinst du?«

»Bin gleich bei dir«, antwortete der Lehrer. »Ich seh' mir gerade eine ausgezeichnete Lösung von Alex an. Wirklich, tadellos.« Sekundenlang verweilte er noch dabei, dann beschäftigte er sich mit Hagen.

Alex fühlte sich gut. Er hatte es wieder einmal geschafft. Kaum anzunehmen, daß Hagen oder die anderen eine bessere Lösung vorlegen würden. Wahrscheinlich waren sie bei dem Konvergenzproblem steckengeblieben, ohne es überhaupt zu merken.

Er stand auf, querte den dämmrigen Raum mit den Schülerkojen und blieb vor dem Panzerglas am Heck stehen.

Nicht einmal BC 5-81 schaffte ihn. Er war ja doch der Größte! Irgendwie störte es ihn, daß der Lehrer noch mit Hagen konferierte. Er hörte etwas von Variationsverfahren und Minimierung des Schubes, und dann sagte der Lehrer: »Das ist zweifellos das Optimum. Wir werden das Beiboot auf diese Art rausholen. Du hast es zwar nicht relativistisch gerechnet wie Alex. Und sein Zeitschrittverfahren ist natürlich dem Problem auch am besten angepaßt. Aber du hast es optimiert. Das war großartig. – Ihr anderen könnt übrigens aufhören.«

Alex starrte durch die Heckscheibe in das schlottrige All hinaus, wo BC 5-81 inmitten der rotglimmenden Akkretion lauerte.

Trotzdem bin ich ganz gut, dachte er verdrossen.

Die Szene flackerte und schrumpfte zu einem pulsierenden Punkt. Alex schaltete die blinkende Pilotlampe aus und nahm die Elektroden, die ihn mit der Klasse verbunden hatten, von den Schläfen. Bevor er die abgedunkelte Lehrkoje verließ, schaltete er das Klassenkom von der Datenleitung weg.

Die Verdrossenheit aus der Physikstunde ließ ihn nicht los. Er war sicher gewesen, die beste Arbeit geliefert zu haben. Und dann das. Ab und zu hatte auch der Beste einen schlechten Tag.

＊

»Die Lage ist – wie soll ich das ausdrücken – schwierig jedenfalls«, sagte der Direktor.

»Was heißt schwierig? Ist er nicht angepaßt?«

»Keineswegs. Ich bitte Sie. Im Gegenteil, Ihr Sohn findet sich
rasch zurecht. Obendrein ist er ein ausgezeichneter Schüler. Die
Soziogramme würden gut passen.«

»Würden?«

»Ja, das ist das Problem. Wir müssen ständig neue erstellen.
Schön langsam gehen uns die Leads aus. Er wird das merken.
Wenn er nicht schon –«, der Direktor glättete sorgfältig sein
Haar, das ihm vor Jahren abhanden gekommen war. Nichts als
Sorgen.

»Hören Sie«, ereiferte sich Alex' Vater. »Wenn er einen psychi-
schen Schaden davonträgt, werde ich die Schule verklagen. Ich
zahle fünf Kilobons im Monat, und ich erwarte, daß Sie ihn
ordentlich ausbilden.«

»Es besteht kein Grund zur Besorgnis«, beruhigte der Direktor.
»Unsere Schule ist eine Anstalt öffentlichen Rechts. Unsere
Absolventen bekleiden nachweislich die höchsten Positionen in
Politik, Wirtschaft und Forschung. Die Ausbildungsziele werden
in 95% der Fälle erreicht. Auch Ihrem Sohn kann ich den
vereinbarten Universitätsprofessor garantieren. Das Problem bei
ihm ist nur: Wir haben ihn schon zu gut ausgebildet.«

»Was soll das heißen?«

Der Direktor tastete etwas in die Konsole, und am Doppltermi-
nal, das so am Schreibtisch stand, daß Hausherr und Besucher
gute Sicht darauf hatten, flimmerte eine grüne Spirale.

»Das ist seine letzte Physik-Arbeit«, erklärte der Direktor. »Relativistische Himmelsmechanik. Ich verstehe kaum die Symbo-
lik.«

»Ich auch nicht.«

»Ja, dann genügt es vielleicht, wenn ich Ihnen sage, daß er es als
Dreikörperproblem aufgefaßt hat. Er hat erkannt, daß das Problem in geschlossener Form allgemein nicht lösbar ist und ein

Näherungsverfahren erfunden. Alles relativistisch.« – Der Direktor schüttelte den Kopf. –
»Die beste, eigenständigste Arbeit seit Jahren. Unglaublich, das. Vom IQ her ist Ihr Sohn fertig ausgebildet.«
»Und?«
»Sein Selbstwert macht uns Sorgen. Er ist bereits bei 97 Ego, zehn Punkte über dem Topmanagerlevel. Und das ist entschieden zu hoch. Aber wie sollen wir ihn reduzieren, wenn er solche Arbeiten liefert?«

2

Alex verdrehte seinen Würfel, und die grünen Segmente kamen dorthin, wo er sie haben wollte. Dafür saßen nun an Bills Würfel zwei weitere Segmente falsch.

»Sag mal, warum sind die Lerngruppen nicht mit den Freizeitgruppen identisch? – He, Billy, wach auf!«

»Hmm?« Bill starrte weiter auf seinen hoffnungslos zerdrehten Würfel.

»Ich hab' gefragt, warum sie die Lerngruppen so merkwürdig zusammenstellen. Ich habe keinen einzigen Freund in meiner Klasse. Grade, daß ich die Leute kenne.«

Bill machte seinen Zug, und Alex' Würfel, der an seinen gekoppelt war, sah so aus, als würde er die Flächen nie hinkriegen.

»Das ist wegen der Leistung.«

Alex war nicht zufrieden. »Kennst du irgend jemanden aus deiner Klasse? Ich meine, so gut wie mich zum Beispiel?«

»Nein. Will ich auch gar nicht. – Dein Zug.«

Alex verdrehte widerwillig seinen Würfel. Duo-Cube war nett, aber man mußte voll konzentriert sein.

»Ich kenne keinen Menschen, der einen Klassenkameraden in der Freizeitgruppe hätte. Das ist doch nicht normal.«

»Hmm.« Bill versuchte, alle zehn Millionen Würfelpositionen auswendig zu lernen.

»He, das ist doch wirklich nicht normal! Was meinst du?«

Bill machte wieder einen Zug, und plötzlich war die rote Fläche seines Würfels vollständig.

»Normal? Hättest du gern jemanden in der Freizeitgruppe?«

Alex zuckte mit den Schultern, dachte nach. »Sicher nicht Hagen.«

»Hagen?«

»So heißt er. Ein eselhaft präpotenter Mensch. Wirklich sehr gut, aber unsympathisch, sag' ich dir.«

»Ich kenne einen Hagen Steigenwald aus meinem Block. Aber das kann er nicht sein. Der ist nicht so gut. – Dein Zug übrigens.«

Alex horchte auf.

»Steigenwald? Natürlich ist er das! Du kennst ihn privat? Erzähl, wie ist er so?«

»Ach, ganz nett. Ich mag ihn. Du sagst, er ist gut in der Lerngruppe?« Bill schüttelte zweifelnd den Kopf.

Alex spielte abwesend weiter. »Ich habe da einen Verdacht«, murmelte er. »Ich weiß nur nicht, wie ich . . .«

Bill hörte ihm gar nicht zu. Er war wieder ganz Würfel. »Heut abend gehn wir swingen, die ganze Clique. Hagen ist auch dabei.«

Alex befeuchtete seine Lippen. »Würdest du – glaubst du, ich könnte mitkommen?«

»Üblich ist das nicht. Sie kennen dich nicht, oder?«

»Du könntest mich introducen.«

Bill führte wieder einen Zug aus – flip, flip, drehten sich die Segmente. »So, das wär's«, strahlte er.

»Was wär' was?«

»Na, mein Würfel ist ready.«

Alex kontrollierte ihn mißtrauisch, dann stimmte er zu.

»Das ist das erste Mal, daß du nicht gewonnen hast«, grinste Billy.

»Verdammt, ja. – Dafür introduct du mich heut abend, okay?«

Der Lift brachte sie in das fünfzigste Geschoß. Alex spürte das vertraute Klicken in den Ohren, als die Druckkabine angeglichen wurde. Sie traten auf einen niederen Korridor hinaus; knapp über ihren Köpfen die indirekt leuchtende Decke. Vor dem Junior-Eingang zur Steigenwaldschen Wohnung blieb Bill stehen. Er legte die Handfläche auf den Identifikator, und die Tür schnappte auf. Dahinter der Vorraum des Junior-Sektors.

Dort erwartete sie Hagen, der gerade aus dem elterlichen Wohnungsteil kam. Die separierten Eingänge gewährten den Vorteil, daß Eltern nicht mit den Freunden ihrer Kinder, die sie kaum kannten, zusammentrafen, und umgekehrt. Persönliche Bereiche einander unbekannter Menschen sollten sich nicht überschneiden.

Hagen begrüßte Bill, dann hob er eine Augenbraue und musterte Alex.

»Alex – Hagen«, stellte Bill der Ordnung halber vor. »Ihr kennt euch ja aus der Schule.« Die beiden berührten einander zur formalen Begrüßung flüchtig an den Spitzen von Zeige- und Mittelfinger.

Hagens Augenbraue senkte sich erst wieder, als Bill erklärte: »Ich nehme ihn zum swingen mit. Er ist okay.«

»Kommt rein. Ich hol' nur meinen Kaftan.«

Sie folgten ihm in einen geschmackvoll eingerichteten Wohnbereich. Der zu einer Hügellandschaft geformte Boden war mit hohem Kunstgras bedeckt. Ein Bächlein gluckerte mitten durch den Raum. Am diesseitigen Ufer ein Holzverschlag – Kieferersatz, garantiert von echtem Holz nicht zu unterscheiden –, der entfernt an ein Fort aus der amerikanischen Frühgeschichte erinnerte. Eine Bio-Indianerpuppe hockte im Gras und beobachtete sie.

Hagen gab der Puppe einen Fußtritt. »Verschwinde«, befahl er, und sie humpelte in das Fort hinein. Sie hatte eine Gelenksreparatur dringend nötig, denn der Servomotor surrte wie ein Bienenschwarm im Humpelrhythmus.

Während Hagen seinen Mantel holte, inspizierte Alex den Raum. Dem Fort gegenüber stand der Holografie-Projektor inmitten eines Kreises aus Pferdewagen. Daneben brannte ein künstliches Lagerfeuer. Am jenseitigen Ufer, das als Mondlandschaft ausgebildet war, die Bücherwand mit den Magnetdisketten. Dort befand sich auch der Speiseplatz und das Klassenkom – beides in Raumschiffdesign, alu-glänzend.

Hagen kam zurück, in ein weites Silbercape gehüllt.

»Hier kommt Superman. Gut, was?« protzte er.

»Nur deine Negerkrause paßt nicht«, ätzte Bill.

»Wenn du so weitermachst wie heute in Physik, kannst du bald einen ›-ager‹ an den Superman anhängen. Ausbildungsziel erreicht«, versuchte Alex zu scherzen. Hagen stieg nicht darauf ein, was nicht einmal unhöflich war, da er Alex privat ja nicht kannte. Trotzdem verstärkte dies in Alex das Gefühl, daß da etwas nicht stimmte – er empfand so, seit er die Wohnung betreten hatte.

»Können wir?« forderte Hagen die beiden Freunde auf. Sie folgten ihm zur Tür.

»Äh, sag mal, wo ist denn die Toilette?« fragte Alex dort, scheinbar verlegen.

»Im Fort. – O Mann.« Dies zu Bill, als Alex den Rückweg antrat. Er fand die Toilette, schloß die Türe hörbar von außen, dann sprang er über den Bach und eilte auf Zehenspitzen zur Lehrkoje. Aus dem Mantelsack holte er die Diskette, die er die ganze Zeit krampfhaft gehalten hatte. Er mußte Gewißheit haben!

Er gab die Diskette ein und tippte auf der vertrauten Konsole den Befehl für Überspielen aus dem Arbeitsspeicher. Er selbst wiederholte jede Lehrsituation als Hausaufgabe noch einmal. Wenn er also Glück hatte, war das letzte Lehrfeld auch bei Hagen noch gespeichert. (Die Klasse im Cruiser und BC 5-81.)

Irgend etwas stimmte da nicht. Zuerst sein gutes Abschneiden bei der Physik-Arbeit – er hatte genug Distanz zu sich selbst, um sich da richtig einzuschätzen –, und dann wie ein *deus ex machina* Hagens Superergebnis. Daß Bill ihn nicht für besonders reif hielt, fand Alex jetzt, nachdem er die hübsche, aber kindliche Einrichtung in Hagens Wohnung erlebt hatte, bestätigt. Dieser Kollege hatte vormittags Variationsrechnung aus dem Ärmel gebeutelt? Die Konsole warf die Diskette aus. Flugs eingesteckt, die Toilettentür hörbar geöffnet, die Spülung rauschte, und schon war

Alex am Korridor bei den anderen. Hagen schloß die Türe, und sie verließen den Wohnblock. Niemand hatte etwas bemerkt.

✳

Job-control from PAEDAG-Compiler.
dayfile date 18.05.82 00^{11}
Klasse 5 / Lehrfeld : Cruiser.
Thema: Astrophysik
Subeinheiten: relativistische Bahnbestimmung (1), Spektralana-
    lyse (4), Dopplereffekt (2), Entfernungsmessung mittels Pa-
    rallaxe (3), phänomenologische Einteilung der Himmelskörper
    (2), Geschichtliches (2). Die Unterrichtsziele wurden erreicht.
Analyse: Mittlerer Übereinstimmungsgrad aller Projektionen
    z. Zt. O.73, Tendenz sinkend. Neubildung der Klasse wegen
    Konfliktgefahr wird empfohlen. Besonderes Augenmerk auf
    Soziogramm Alexander Drist. Hagen Steigenwald als IQ-lead
    nicht mehr geeignet.
Störungen:
    Nichtübereinstimmung bei Imago H. Steigenwald (Haartracht)
    Neuprogrammierung dringend erforderlich!
    Klassenkom P5/8 wegen mutwilliger Beschädigung inaktiv.
    Ersatz bestätigt
    Klassenkom P5/2 illegal abgefragt.
    Der Akteur wurde als Alexander Drist identifiziert.
Ergeht an: Zentrale Überwachung, Direktion,
        Zu den Akten.

3

An der Decke hing eine nackte Glühbirne. Sie war zu schwach, um das gesamte Séparée auszuleuchten, wohl aber tauchte sie die Gesichter der im Kreise Sitzenden in gelbes Dämmerlicht. Zehn junge Leute lümmelten in bequemen, einstweilen inaktiven Servo-Fauteuils. Ein flaches Gespräch plätscherte dahin.

Alex hatte nicht mehr alle Namen parat. Links von ihm lag Bill, daneben Hagen, und dann unbekannte Burschen und Mädchen. Bloß den Namen der rothaarigen, blassen Schönheit, die ihm gegenübersaß, hatte er sich gemerkt: Elaine.

Sie war der einzige Grund, der ihn davon abhielt, die Clique unter einem Vorwand zu verlassen und sich das anzusehen, was er vorhin in Hagens Wohnung aufgezeichnet hatte. (Er wußte selbst nicht, was er eigentlich erwartete, die Neugier hatte ihn zu dieser Aktion getrieben.)

Der Boy rollte herein und servierte die Enthemmer. Bald schlürften alle betont lässig und desinteressiert die kühlen Getränke. Während sie darauf warteten, daß die Droge wirkte – Motorik-Relaxans, schwach angereichert mit LSD-Ersatz, von der Lebens- und Genußmittelkontrolle zugelassen für Jugendliche ab dem 14. Lebensjahr –, wuchs eine transparente Spannung aus dem Geplauder. Zwar trugen sie alle ihre kostbare Gleichgültigkeit zur Schau, auch waren die Bewegungen und Sätze ökonomischer als sonst, aber gerade daraus erspürte Alex ihre Ungeduld. Sie waren hungrig nach Kommunikation. Sie wollten sich mitteilen und den anderen erleben.

War ihnen die Klassengemeinschaft zu wenig? Eine Freundschaft zu oberflächlich? Woran lag es, daß sie beim Swingen diese gleichgültige Besessenheit entwickelten? Falsch erzogen?

Alex horchte in sich hinein, aber er fand nur Normales in seiner Erinnerung.

Wenn man es recht bedachte, wurde ohnedies das Menschenmögliche für die Erziehung getan.

Schon der Säugling hatte die Eltern ständig am Bildschirm, überdies einen Schmuserobot. In der Freizeit gab es bereits für das Kleinkind Spiele über Vidiphon mit Gleichaltrigen, und zu Hause die Bio-Puppen, die er immer so gerne zerschlagen hatte. Sie waren billig, leicht ersetzbar und verblüffend echt. Im Lehrfeld schließlich saß man ja nicht nur in der Koje und arbeitete – es gab auch Gepräche mit Klassenkameraden und dem Com-Lehrer. Überall also Kontakt mit Gleichaltrigen, Eltern, Lehrern und Bio-Puppen.

Und doch diese Begierde nach Gemeinsamkeit. Selbst Alex, der sich nicht viel aus Swingen machte, überkam es manchmal. Gerade jetzt hatte er den dringenden Wunsch, Elaines Haar zu berühren und die Linie ihres Halses mit dem Finger nachzuzeichnen. Aber das lag sicher an der einsetzenden Wirkung des Swinger-Drinks.

Er schmunzelte, und der Servo-Sessel las die unbewußten Bewegungen seiner Nackenmuskeln und legte seinen Kopf schief, so daß er Elaine nun geradewegs angrinste. Die Automatik surrte. Der Enthemmer atomisierte seine aufkommende Verlegenheit – hui, in den Wind damit! – und schon flatterten seine Arme, von eifrigen Lehnen gestützt, in Zeitlupe durch das All wie Segel. Die Swinger beiderseits blieben rasch zurück. Er flog auf Elaine zu, die seine Signale empfing und ihm entgegenlief. Ihr Rothaar fächerte, da sie den Kopf hin- und herwarf, über der breiten Rücklehne auf. Aus ihren Augen floß silberner Glanz, tastete durch den Raum und fand Alex.

Da erfaßte ihn eine unsägliche Zuneigung, ein Sog an seinem Herzen. Schneller eilte er durch das All, die Beine ausgestreckt, um dem kosmischen Staub weniger Widerstand zu bieten. So nahe war sie.

»Elaine«, murmelte er, sah ihre Augen zu kühlen Sternen erstrahlen, und für einen Augenblick verstanden sie einander. »Das ist das Leben«, vermeinte Alex zu denken, aber der kosmische Staub drang in sein Gehirn ein und vernebelte die Zusammenhänge. Er blinzelte, um Elaines zwei Sterne nicht zu verlieren, hustete und spuckte den Kohlenstaub aus, der im Inneren des schlottrigen Sackes wirbelte, den sie Universum nannten. Er war außen an irgendeiner Panoramascheibe angeheftet (was immer das sein mochte), und die zwei kühlen Sterne schmolzen zu einer rotglimmenden Akkretion zusammen. Dort drinnen entstand ein neues Universum.

»Ich kenne das Geheimnis«, flüsterte Alex. »Ich allein.«

»Hast du nicht zugehört? Wir sind fünfzig Millionen Kilometer entfernt«, schimpfte Hagen und *strich sich ein paar glatte Haarsträhnen aus der Stirn.*

Unvermittelt war Alex hellwach. Das schwache Licht der Glühbirne war wieder da, und Elaine, die schluchzte, weil er sich ihr entzogen hatte, und Bill, die Augen halb geschlossen, und die anderen in bizarren, servoverstärkten Bewegungen der Swinger verstrickt.

Und Hagen, dessen Lockenpracht wie ein Hut auf seinem Kopf saß.

Alex sprang hoch, was den Servomechanismus dazu brachte, unter seinen Beinen wegzusinken. Die Rücklehne, solch spontane Entlastungen nicht gewohnt, schoß vor und katapultierte ihn in den Kreismittelpunkt. Schleudersitz, dachte er betroffen, während er in Hagens Richtung krabbelte. Der kauerte in Embryonalstellung im Sessel.

»Seit wann hast du diese Frisur?« wollte Alex wissen.

Das war es.

Das hatte nicht gestimmt, hatte ihn gestört, als er in Hagens Wohnung gewesen war.

Kichern. Dann steckte der Embryo den Daumen in den Mund. Alex rüttelte ihn grob am Arm. Der Sessel begann zu rollen wie ein Schiff auf schwerer See. Das wirkte, denn der Seefahrer riß erschrocken die Augen auf und balancierte, in diese Welt zurückkehrend, das Schlingern aus.

»Bist du verrückt?« zischte er.

»Seit wann du diese Frisur hast, frage ich!« schrie Alex.

»Seit – was weiß ich, drei, vier Tagen. Was soll das eigentlich?« Er schüttelte indigniert den Kopf. Von den anderen waren inzwischen auch einige aufgewacht. Sie starrten benommen, wußten nicht, was sie von der peinlichen Szene halten sollten.

»Okay, Okay«, beschwichtigte Alex sein aufgebrachtes Gegenüber. »Entschuldige. Aber mir ist eben etwas Wichtiges eingefallen. Sag: Wann hatten wir die letzte Physikarbeit?«

»Was??«

»Na, du weißt doch, im Cruiser.«

»Hör mal, ich bin doch kein Idiot. Heute vormittag natürlich.«

»Und du hattest diese Frisur?«

Hagen setzte sich kerzengerade auf und starrte ihn an, als hätte

Alex von ihm verlangt, beim Empfang des Schuldirektors nackt einen Walzer mit dem Klassenkom zu tanzen.

»Warum sollte ich?« antwortete er hysterisch. »Obselbige, o Inquisitor, trage ich nur an ungeraden Tagen und bei Vollmond. Ich habe eine Erlaubnis vom Haaramt. Willst du sie sehen – mein Gott, wo ist sie denn? – In Schaltjahren allerdings und bei Sintflut – – –«

Alex unterbrach den irren Redeschwall, indem er aufsprang und das Séparée verließ. Im Hinausgehen hörte er noch, wie irgendjemand nüchtern feststellte: »Er ist übergeschnappt.«

Aber das störte ihn nicht. Er war der Sache auf der Spur. Draußen im Korridor war es hell. Beidseitig die Türen zu den Séparées, wo Swinger ihre Träume erlebten. Kellnerboys servierten eifrig. Am Ende des Ganges die Nebenräume: Toiletten, Bäder, Creditomaten, Kinos, Supermarkt.

Er wählte eine freie Kinozelle, zahlte einen Bon fünfzig, las die Diskette ein und wartete.

Sie hatten einen Fehler gemacht. Ein unbedeutendes Detail übersehen, das normalerweise gar nicht aufgefallen wäre. Aber er wußte jetzt Bescheid. Die Aufzeichnung von Hagens Lehrfeld würde bloß eine weitere Bestätigung seiner Gewißheit sein. Eine Tautologie.

Auszug aus dem Bericht des bestellten Sachverständigen:
... somit zu dem Schluß, daß Obgenannter nach Ansehen der illegalen Lehrfeldaufzeichnung die Klassenprojektion noch akzeptieren wird. Selbstverständlich muß dies durch begleitende Maßnahmen gestützt werden, u. zw.:
*   Resimulation der Steigenwaldschen Aufzeichnung,*
*   Verstärkung der Lehrfeld-Tabuisierung in der Freizeitgruppe des Bezogenen,*
*   sofortige Umstrukturierung der Klasse, wobei als IQ-lead für den Bezogenen eine nicht am Ort lebende Person zu nehmen ist.*

Integration eines extrem altruistischen Sozial-leads (unter 30 Ego) für den Bezogenen. Damit sollte es möglich werden, den Selbstwert des A. Drist von 97 Ego auf das Soll seines Ausbildungszieles, d. s. 80 Ego, zu reduzieren.

Nach sorgfältiger Analyse der fraglichen Klassenprojektionen muß jedoch festgestellt werden, daß durch unverantwortlichen Leichtsinn bei der Feld-Programmierung ein Element der Nichtübereinstimmung erzeugt wurde, das zum Umkippen des Bezogenen führen kann.

Es handelt sich hierbei um die neue Frisur des Hagen Steigenwald, die zwei Tage lang bei der Programmierung unberücksichtigt blieb.

Sollte der Bezogene die Nichtübereinstimmung bemerken, ist im Zusammenhang mit der illegalen Aufzeichnung anzunehmen, daß er die Projektion verwerfen wird. In diesem Fall kann nur ein Ebenentransfer das Umkippen verhindern ...

4

Der Bildschirm flimmerte, Gestalten entstanden aus dem Nichts, als der Projektor zu laufen begann.

Die letzte Physikarbeit. Heute vormittag. Im Cruiser. Aus Hagens Sicht ...

Hinter dem Panzerglas hing das All. Von außen festgeklebt an dem Cruiser, knapp an der Panoramascheibe am Heck, wo man die Klebestellen nicht sah, schlotterte es wie ein lebender Kohlensack mit dem Schiff dahin. Sie starrten in einen Sack hinein, in dem sich ein paar glühende Kohlen verloren hatten, die nun für die Sterne herhalten mußten.

Kosmischer Staub, Gas, Meteoriten, planetoidengroße Bruchstücke kosmischer Katastrophen – alles war in Bewegung in dem Meteoritenfeld vor der Heckscheibe.

»Fangen wir endlich an«, forderte Alex.

»Wir brauchen die genauen Angaben«, meinte Henry.

»Kann man das Beiboot sehen?« Das war Karen.

»Hast wohl nicht zugehört«, tadelte Alex. »Wir sind fünfzig Millionen Kilometer entfernt.«

Karen versteckte sich hinter Lil. Sie sagte nichts mehr.

»Ich wiederhole das Problem«, ertönte die Lehrerstimme über den Bordfunk. »Das Beiboot ist seit drei Stunden überfällig. Die letzte Peilung zeigte, daß es in das Meteoritenfeld hineintreibt. Der Cruiser wird nun knapp an das Feld herangehen. Das ist immer noch zu weit, um das Boot mit dem Teleskop auszumachen. Aber es gibt eine andere Möglichkeit. Wer weiß es?«

(Alex wußte es natürlich. Aber er konnte nur hilflos zusehen, wie sein Ebenbild angestrengt nachdenkend die Stirn in Falten legte.)

»Spektralanalyse!« strahlte Hagen.

»Sehr gut«, lobte der Lehrer. Die automatische Lobhand schwebte heran und klopfte Hagens Schulter.

»Erklär das mal deinen unaufmerksamen Kollegen.«

»Also, wenn ich das Sonnenlicht auf dem Meteoriten spiegle, kann ich es ins Spektrum zerlegen. Das Beiboot hat aber eine Düsenflamme, was mir ein anderes Spektrum ergibt. So unterscheide ich die zwei.«

»Richtig, Hagen. Beginnt nun bitte. Ab jetzt wird gepunktet.«

Alle eilten zu ihren Kojen, und nach einigen Minuten der Unruhe arbeiteten sie schweigend. Die Aufzeichnung zeigte das Gesamt der Schülerkojen von oben. Alex sah sich dasitzen und rechnen und eine automatische Spektralanalyse programmieren. Das war recht hübsch, hatte bloß den einen Schönheitsfehler, daß er diese Situation nie erlebt hatte.

Nach einiger Zeit drückte der Bildschirm-Alex die Com-Taste. Hagen in der Nebenkoje zuckte zusammen und arbeitete fieberhaft weiter. Er versuchte, das Boot manuell zu finden, indem er das Meteoritenfeld Stück für Stück absuchte. Eine Arbeit für Jahrhunderte – ohne Rechner.

»Was hast du zu bieten, Alex?« fragte die Lehrerstimme.

»Ich habe das Boot.«

»Nach so kurzer Zeit schon? Bist du sicher?«

»Natürlich. Das Programm digitalisiert das Bild, sucht automatisch alle Hellfeldpixel und fragt nach zwei Linien der Balmer-

Serie des Wasserstoffs. Da das Cäsium-Ionentriebwerk des Beiboots keinen Wasserstoff enthält, kann es unterschieden werden.«

»Hmmm, jaaa«, brummte der Lehrer. »In der Tat, es ist das
Beiboot. Tadellose Arbeit. Ihr habt gesehen, wie wichtig das
Programmieren ist. Besonders dir, Hagen, will ich das ans Herz
legen. Im übrigen nehmt euch alle ein Beispiel.«

Hagen hatte die ganze Zeit gespannt zugehört, den Kopf gesenkt
und eifrig am Bildschirm suchend. Jetzt, da das Ergebnis fest-
stand, warf er den Joystick, mit dem er gearbeitet hatte, lustlos
hin. Verloren lümmelte er in seinem Sessel.

✳

*Auszug aus dem Brief des Wolfram Drist an die Direktion der
Pestalozzi-Akademie:*

*Mit Bezug auf die freigegebenen Teile des geheimen Gutach-
tens . . . teile ich Ihnen mit, daß ich gerichtliche Schritte unternehmen werde, wenn mein Sohn das vertraglich fixierte Ausbildungsziel »Universitätsprofessor« nicht erreicht.*

*Sie können diesfalls davon ausgehen, daß ich eine Untersuchung
Ihrer Lehrmethoden anstrengen werde. Ich bin nicht der einzige,
den die totale Geheimhaltung der Praktiken in den Eliteschulen
stört. Die Öffentlichkeit spricht von Gestapo-Methoden. Ich
garantiere Ihnen den größten Skandal seit Watergate.*

gez. Wolfram Drist

5

Als das Bild verblaßt war, spuckte der Projektor die Diskette aus.
Alex starrte weiterhin an die Wand, als liefe dort noch das
Geschehen ab, das er nie erlebt hatte.

So war das also.

Sie bauten jedem Schüler ein Gefüge nach Bedarf. Das Lehrfeld,
in dem sie gemeinsam zu existieren glaubten, war eine Fiktion.

Es gab keine Klasse. Jeder lebte für sich in einer papierenen, zerknüllbaren Welt, die seinen Fähigkeiten und Leistungen angepaßt war. In einer Traumwelt mit Traumlehrern und Traumkameraden, die gerade so einfältig gezeichnet waren, daß der Kandidat – und war er auch ein Pinsel – zum Gott erhoben wurde. Zum Ausgleich gab es noch für jeden den Übergott, den es zu besiegen galt. Ehrgeiz und Selbstbewußtsein wurden dosiert verabreicht. Für jeden die optimale Ausbildung; denn jeder bekam seine optimale Welt mit dem Löffel. Das Lehrfeld war nichts als ein Traum. Ein raffiniert gebauter Traum.

Trotz dieser Erkenntnis war Alex erleichtert. Sie bestärkte ihn ja in der Annahme, der Beste zu sein. Als wäre ein Schleier vor seinen Augen zerrissen, erinnerte er Bilder, Worte, Gesprächsfetzen, die ihm plötzlich enthüllten, daß alle seine Kollegen Hagen ähnelten. Sie hatten die gleiche Sprache, die gleichen Interessen, sie waren gleich intelligent und wußten ähnlich wenig. Sie waren Durchschnitt. (Spektralanalyse, visuelle Überprüfung am Bildschirm! Lachhaft.)

Auf der anderen Seite standen: Bildverarbeitung, Dreikörperproblem, Hamiltonsche Mechanik, Differentialgleichungen und Iterationsverfahren. Auf der anderen Seite stand: *ER*.

Ein Zaun war dazwischen, und er wußte ganz genau, wer von beiden im Käfig saß. Hatte es schon immer geahnt. Jetzt aber war es gewiß.

Alex kannte nun das Geheimnis. Sogar Hagen, sein Übergott, für den die Direktion sicher den Klügsten genommen hatte, der zur Verfügung stand, schrumpfte zum Untermenschen. Der konnte nicht einmal ein einfaches Programm schreiben. Auf welchem Niveau mußten dann erst die anderen stehen. Alex lächelte. Ich stecke euch alle ein! dachte er, und der Gedanke strömte wohlig durch seinen Körper.

Im Aufstehen zog er die Diskette aus dem Schlitz, ließ sie fallen und trat darauf. Trug – fort damit. Die reale Welt lag vor ihm. Hier und jetzt.

Er verließ die Kabine, passierte den Korridor mit den geschäftig dahinrollenden Servierboys und kehrte ins Séparée zurück.

Auf dem Weg malte er sich aus, wie er sie degradieren würde. Gewissermaßen im Vorübergehen würde er ihnen zeigen, was er von ihnen hielt. Dezent, versteht sich. Keine Blöße geben. Auch im Lehrfeld mußte er sich natürlich unauffällig benehmen. Die Lehrer würden sich bloß wundern, daß er auf die Leads nicht mehr ansprach. Aber wozu auch? Niemand sonst auf der Schule hatte seine Intelligenz und Wendigkeit. Wenn sie wüßten, wie lächerlich sie waren. Wie wenig sie ihm bedeuteten.

Das Séparée war leer. Trübes Licht, Nacht in den Ecken. Die Servostühle, vor kurzem noch die Bewegungen der Swinger verstärkend, krümmten und wanden sich in eigener, steter Bewegung. Sie tanzten einen stummen Reigen.

Alex schüttelte verständnislos den Kopf. Hatte er sich in der Tür geirrt? Erstaunlich, daß Servostühle auch ohne Benutzer aktiv sein konnten. Vielleicht eine Störung?

Bevor er das Séparée wieder verließ, betrachtete er noch einmal die im Kreis angeordneten Sessel. Was bedeutete ihr verzweifeltes Schlängeln und Flattern?

Nichts natürlich, beruhigte er sich. Aber vielleicht sollte er die Störung melden. Er versuchte noch die benachbarten Türen, um sicherzugehen, daß er sich nicht im Zimmer geirrt hatte. Sie waren verschlossen.

Am Weg zur Kasse sinnierte er wieder. Er würde sie wissen lassen, daß er das Spiel durchschaut hatte. Aber so, daß sie ihm nichts anhaben konnten. Weder der Lehrkörper noch die sogenannten Kollegen, die sich als Untermenschen entpuppt hatten – wofür er sie sowieso schon längst gehalten hatte. Es würde Spaß machen, ihnen das Gefühl der Unzulänglichkeit zu vermitteln. Bloß den Finger auf die Wunde legen, daß sie schmerzte. In der Klasse – haha! – würde er sie erst recht erledigen – die Programmierer, die den ganzen Quatsch steuerten. Ab heute gab es ja keinen Übergott mehr für ihn, aber das wußten die ja nicht. Selbst wenn er nichts tat, war er immer noch besser als alle anderen. Sie widerten ihn an.

An der Automatik-Kasse beglich Alex seine Konsumation, dann fragte er nach der Geschäftsführung.

»Wenden Sie sich an den Info-Stand. Der Weg ist international markiert«, kam es ohne Betonung aus der Maschine.

Alex folgte den schwarzen Markierungspfeilen. Sie leiteten ihn durch das Atrium, wo er gegen einen Strom eintretender Jugendlicher ankämpfte. Sie drängten mit starren Augen von der Straße herein, sprachen nicht – gleichwohl summte es geschäftig laut in dem hohen Saal, an dessen Decke Laserdiffusoren bunten Lichterglanz spendeten.

Der Info-Stand war in einer schattigen Ecke versteckt. Alex trat an den Tresen. Das Mädchen dahinter wandte ihm, in irgendwelchen Ordnern kramend, den Rücken zu. Er klopfte auf das Pult, und sie kam herüber.

»Elaine!« rief er erstaunt. Sie lächelte. Nach einigen wortlosen Sekunden der Überraschung erzählte er ihr die Geschichte von den Servostühlen, die für sich alleine schwangen und flatterten. Sie hörte ihm gar nicht zu, sondern blätterte weiter in ihren Ordnern. Als er seine Schilderung beendet hatte, klappte sie die Akten zu und strahlte ihn tatenfroh an. Dann nickte sie fragend in Richtung Ausgang. Als er zögerte, verließ sie kurzentschlossen den Stand, nahm Alex einfach bei der Hand und zog ihn mit sich fort auf die Straße. Baßerstaunt ließ er sich durch die Menge lotsen.

Ministerium für Ausbildung
und Öffentlichkeitsarbeit   *Zl. 25/82*

Bescheid

Gemäß § 4712, lit. c wird Ihnen h. a. die Erlaubnis erteilt, im Lehrfeld des Alexander Drist, geb. 25.07.67, einen einstufigen Transfer der Feld-Ebenen vorzunehmen.
Auf Ihre Geheimhaltungspflicht gem. § 235 wird verwiesen.

f. d. Minister:
(Unterschrift unleserlich)

Draußen war es still. Eine laue Frühlingsnacht lag über der Stadt und trug das Verlangen der Jugend in die Herzen. Auch in Alex'. Von der Seite schielte er nach Elaine, die ihn immer noch an der Hand hielt. Warme, trockene, beruhigende Hand. Rotes Haar umrahmte ihr Gesicht, das im Profil zart und zerbrechlich wirkte. O wie er sie begehrte!

Sie schien seine heimlichen Blicke nicht zu bemerken. Ab und zu guckte sie in eine Auslage, und ansonsten schien sie nur an dieser lauen, erfrischenden Frühlingsnacht interessiert, als sie da Hand in Hand, als wär's selbstverständlich, die Avenue entlangspazierten.

»Wann mußt du denn zu Hause sein?« versuchte Alex ein Gespräch zu starten, aber sie war offenbar lieber schweigsam, hob nur leicht die Schulter.

Alex versuchte das Orakel zu deuten, wobei seine Phantasie fast mit ihm durchging. Dann zwang er sich zur Ruhe und protokollierte im Geiste die Fakten: Sie war ihm beim Swingen nahe gekommen; sie hatte offenbar auf ihn gewartet und den Rest der Clique ziehen lassen; sie hatte seine Hand genommen (!); und sie wollte nicht so schnell nach Hause.

Nach dieser Bestandsaufnahme wußte er, was er zu tun hatte.

»Was surrt denn da so lästig?« wollte er wissen. Seit sie das Swingerlokal verlassen hatten, war dieses Surren wie von einem Hornissenschwarm in der Luft, an- und abschwellend, als käme die Quelle des Geräusches in unregelmäßigen Intervallen näher und entfernte sich wieder. Jetzt bot es eine willkommene Gelegenheit, die belebte Avenue zu verlassen.

Sie standen an einer Kreuzung mit einer schmalen, kaum beleuchteten Gasse. Alex spähte in das Dunkel. In Sichtweite begann eine Grünzone. Dort gab es sicher eine einsame Parkbank.

Alex verstärkte den Druck seiner Hand und zog Elaine in die Seitengasse. Sie ließ es geschehen. Er suchte nach einer unverbindlichen Bemerkung betreffs dieser seiner Aktion, sagte aber doch nichts, da sie ohnehin kein Freund großer Worte war. (Erst jetzt bemerkte er, daß sie während des Abends kein einziges Wort gesprochen hatte.)

Dann eben schweigsam. Er war flexibel, konnte sich anpassen. Und schließlich war die Initiative von ihr ausgegangen. Sie hatte wohl gefühlt, daß er etwas Besonderes war.

In der Grünzone war das Surren nicht mehr so laut und störend. Die wenigen Lampen sprenkelten die Baumschatten mit fahlen Lichtkringeln. Niemand begegnete ihnen. Hierher verirrten sich wohl nur Liebespaare.

Im Schatten eines mächtigen Nadelbaumes verhielt Alex. Elaine zögerte, ihm zugewandt. Ihre Augen waren Lichtsplitter im Dunkel.

Er wollte etwas sagen, aber seine Kehle war zu trocken. Was tut man in solchen Augenblicken? überlegte er.

Und dann überließ er das Denken seinen Händen. Zog sie an sich, spürte einen festen, fast knochigen Körper. Ihr Haar, diese lockere, wallende Rotmähne, an seiner Wange. Weiche, trockene Lippen an den seinen.

Die Welt gehörte ihm!

Elaine war ganz passiv. Das enttäuschte ihn ein wenig durch seine Erregung und sein Hochgefühl hindurch, und er küßte sie heftiger, so daß sie den Mund öffnen mußte. Tastete mit der Zunge nach ihren Zähnen, und weiter, weiter – komm doch, wo ist denn deine? –, drang in ihre trockene, gummiartige Mundhöhle vor, so tief er konnte, verzweifelt eine Reaktion fordernd, aber da war keine.

Auch keine Zunge.

Vor Schreck wurde er starr. Sie hatte keine Zunge. – Kein einziges Wort heute abend. – Knochiger Körper. – Das stete Surren.

Er spürte das Adrenalin in den Fingerspitzen, immer noch in inniger Umarmung. Da bewegte sie sich, offenbar durch sein plötzliches Erstarren veranlaßt, und es surrte wieder laut und deutlich. Er spürte sogar die Vibration ihres Brustkorbes.

In diesem Augenblick fiel ihm ein, wo er das Geräusch schon

gehört hatte. Er stieß sie weg, und sie standen wohl zwei Augenblicke erstarrt voreinander, bevor Alex das Schreckliche mühsam hervorquälte:

»Du bist eine – Bio-Puppe!«

Sie lächelte bloß, legte den Kopf ein wenig schief, was nach Bedauern aussah, und das brachte ihn so in Rage, daß er hilflos stammelnd (»Verdammtes – – Miststück – ich – ich schlag' dich – in Stücke. Dreckstück, du verdammtes.«) auf die Puppe losging. Sie aber wandte sich, fortwährend lächelnd, ab, bevor er sie erreichte, und lief in die Dunkelheit. Zuerst verklang das Surren des Servomotors, dann auch ihr Schritt.

Alex war allein. Nie hatte er gewußt, was das hieß, und er faßte es auch jetzt nicht ganz. Er wollte all die ekelhaften Fakten zu einem Gesamtbild fügen, aber sein Verstand stockte angesichts dieser Travestie des Lebens. Imaginierte Lehrfelder, nichtexistente Klassen, lebende Servostühle, küssende Bio-Puppen.

Ihm wurde übel, und er stolperte zum nächsten Baum und erbrach. Zum Kotzen, diese Welt aus Bio-Puppen, die surrend wie ein Wespenvolk die Städte bevölkerten. O Gott – was war da nicht in Ordnung?

Gott? Das war er selbst. Nicht nur im Lehrfeld, sondern auch in diesem Universum, das er, Gott, vielleicht in einem Anfall von Wahnsinn geschaffen hatte, um schließlich eine Frage zu stellen, die er nicht beantworten konnte.

Er brauchte einen Übergott.

»Hagen«, flüsterte er, »verdammt nochmal, was ist hier los?«

Die Tanne schwankte nachtdunkel im Wind, der stumm blieb.

Alex trank aus der Quelle seiner Einsamkeit. Gottsein schmerzte. Aber es war ein Faktum. Das erste und das größte.

Mühsam richtete er sich auf, um seine Puppenwelt zu inspizieren. Vielleicht fand er doch noch einen Menschen. Vielleicht war alles gar nicht wahr.

Da spürte er es in seiner Brust vibrieren, als der Servomotor anlief.

✳

Die Szene flackerte und schrumpfte zu einem pulsierenden Punkt. Benommen schaltete Alex die blinkende Pilotlampe aus und nestelte die Elektroden von seinen Schläfen. O Mann, war das eine Lektion gewesen!

Ganz gut konstruiert, diese Geschichte mit dem fiktiven Lehrfeld, in dem jeder seinen eigenen Gott spielte. Machtdünkel und Überheblichkeit waren die logische Folge. Und dann kam es zur Selbstverfremdung, wie soeben in der Psychologiestunde drastisch gezeigt worden war. Der Mensch war eben ein soziales Wesen. Brauchte die Gemeinschaft. Obwohl – der Gottheitstraum hatte auch etwas Verlockendes an sich. Schade drum. Aber besser ein Maß an Bescheidenheit in der Gemeinschaft, als ein Gott mit 100 Ego, so erkannte Alex klar (vielleicht zum ersten Mal in seinem Leben).

Alex versetzte das Klassenkom in den offline-Betrieb. Gedankenverloren verließ er die Lehrkoje und holte eine Erfrischung aus der Kühlbox. Ein bißchen Bewegung würde jetzt guttun. Ob Bill wohl Zeit hatte? Er brauchte dringend einen Freund.

Er videte seine Eltern an, die im Nebenraum plauderten. Seine Mutter war am Schirm.

»Hey, Ma. Ich geh' mit Bill zum Training. Bin abends wieder da.«

Seine Mutter nickte. »Wie war's in der Schule?« erkundigte sie sich.

»Ooch – Psychologie. Du weißt ja.« Damit wollte er auflegen.

»Wer – war denn heute der Beste?« fragte sie rasch. Es klang ängstlich, besorgt. So kannte er seine Mutter nicht.

Alex lächelte. »Darauf kommt es doch nicht an, Ma.«

Merkwürdigerweise erleichterte sie diese einfache, selbstverständliche Antwort.

Der Eingriff

»Und Sie, Schüler Non, wohin werden Sie reisen?« fragte der Lehrer, und Non antwortete: »Ich werde in das 20. Jahrhundert des Planeten 1121 reisen, Lehrer Nem.«

»Sie scheinen sich ja sehr für diese Zeit zu interessieren. Waren Sie nicht auch während Ihres letzten Studienaufenthalts in diesem Jahrhundert?«

»Ja, ich war im Jahre 1937 in den damaligen Vereinigten Staaten von Amerika. Und vorher war ich bereits in Italien. Im Jahre 1992.«

»Sie sind ein Systematiker, nicht wahr, Schüler Non?« Der Lehrer lächelte. »Wissen Sie schon, wo Sie sich diesmal aufhalten werden?«

»Ja«, sagte Non, »ich möchte nach Deutschland, ins Jahr 1981.«

»War es ein großes Land, in das Sie da reisen?« fragte der Lehrer.

»Nein«, antwortete Non. »Es war nicht besonders groß und auch nicht besonders wichtig. Außerdem gab es Deutschland damals zweimal. Nach einem großen Krieg hatte man das Land geteilt.«

»Sie haben sich offenkundig schon recht gut informiert, Schüler Non.« Der Lehrer lächelte wieder. »Haben Sie einen besonderen Grund, in dieses Jahr zu reisen? Gab es da ein besonders herausragendes Ereignis in diesem Land, von dem Sie ja selbst sagen, daß es nicht sonderlich wichtig war.«

»Ich unternehme diesmal eine obligatorische Reise. Ich wurde bereits von der Reiseabteilung des Schulbüros untersucht, und das Reisehaus hat den Ort und die Zeit bestimmt.«

»Ah so, ja«, lächelte der Lehrer, »eine obligatorische Reise. Ich verstehe.«

Der Lehrer machte eine Pause und sah Non nicht an. Er schien nachzudenken, und Non hatte das Gefühl, daß Lehrer Nem sich nicht sonderlich für die Reise, über die sie gerade sprachen, interessierte. Er fragte wohl nur, weil die Lehrer sich verpflichtet fühlten, mit den Schülern über solche Dinge zu sprechen.

»Nun«, sagte der Lehrer nach einer Weile, »es bleibt mir wohl nur, Ihnen viel Glück zu wünschen. Ich hoffe, daß Sie viele neue Erfahrungen machen. Vielleicht ergibt sich die Gelegenheit, nach Ihrer Rückkunft einmal über die Reise zu sprechen.«

»Ich werde Ihnen einen umfassenden Bericht geben, wenn ich zurück bin, Lehrer Nem.«

»Nicht gleich so offiziell, Schüler Non! Wir werden, wenn Sie wollen, bei einer Tasse Tee über Ihre Reiseerlebnisse sprechen. Und nun will ich Sie nicht länger aufhalten. Noch einmal: Gute Reise!«

Non verabschiedete sich von dem Lehrer und ging dann zum Reisehaus, das nicht weit von der Schule entfernt lag. Das Mädchen an der Tür erwartete ihn schon.

»Entschuldigen Sie, ich wurde aufgehalten. Ich habe einen Lehrer getroffen und mich mit ihm ein wenig unterhalten.«

»Sie kommen noch zur rechten Zeit«, antwortete das Mädchen. »Wenn Sie mir nur eben Ihre I-Karte geben, dann können Sie direkt weitergehen zum Reiseraum 3. Sie kennen den Weg?«

Non gab seine Identitätskarte ab und sagte, dies sei bereits seine dritte Reise und er werde den Weg finden.

Als er beim Reiseraum 3 ankam, öffneten sich die beiden Flügeltüren sofort. Das Mädchen hatte seine Identitätswerte schon eingegeben. Non setzte sich auf den schwarzen Sessel, der sich in der Mitte des Raumes befand, und wartete. Bereits nach kurzer Zeit meldete sich das System und gab die Routineanweisungen. Daß er im Augenblick der Abreise ganz still sitzen solle, hörte Non, und es sei wichtig, daß er bei einer eventuell auftretenden Störung sogleich seine Rückholung veranlasse.

»Noch eine Minute bis zum Beginn der Inertialverschiebung«, sagte die Automatenstimme. Vorne, in der Mitte des schwarzen Raumes, leuchtete ein blaues Quadrat auf, das in Sekundenabständen heller und dunkler wurde.

»Noch eine halbe Minute bis zum Beginn der Inertialverschiebung«, sagte die Stimme, und das blaue Quadrat verschwand; dafür war nun ein orangefarbenes Quadrat zu sehen.

»Noch zehn Sekunden bis zum Beginn der Inertialverschiebung.« An die Stelle des orangefarbenen Quadrats trat ein rotes. Während der letzten drei Sekunden vor der Inertialverschiebung wechselten die Hell-Dunkel-Phasen zehnmal in jeder Sekunde, und es war so nur ein schnelles Flackern wahrnehmbar. Als dieses Flackern begann, schloß Non die Augen und bemühte sich, ganz still zu sitzen.

Das Geräusch, das folgte, ähnelte dem von zerreißendem Papier. Als ob jemand ein großes Stück Papier hochhält und es mit einer langsamen Bewegung zerreißt – dachte Non. Das Geräusch wurde stärker und stärker, und nun war er selbst in diesem Geräusch aufgehoben.

Ruhe plötzlich, Stille, und Non wußte, daß er angekommen war. Er öffnete die Augen – es kam ihm jedenfalls so vor, als ob er *seine* Augen öffnete. Hatte er nicht noch vor wenigen Minuten mit diesen Augen den Lehrer Nem und das Mädchen im Reisehaus angesehen? Das rote, blinkende Quadrat? Nein, das alles hatten ihm jene Augen gezeigt, die in der Heimat zurückgeblieben waren. Jetzt, da er angekommen war, sah er mit den Augen seines Gastgebers. Er mußte sich noch ein wenig an diesen fremden Blick gewöhnen. Ein paar schnelle Augenbewegungen, um die er die Augen bat – ja, jetzt sah er schon recht gut.

Non wußte nichts über den Menschen, bei dem er eingekehrt war, und er ging deshalb sogleich daran, sich wichtige Informationen zu beschaffen. Name? Vorname und Nachname? Ja. Sprache, wie war die Sprache in diesem Land und in dieser Zeit beschaffen? Familie, Haus, Umgebung, Schule, Freunde? Wofür interessierte sich der, bei dem er wohnte?

Das Reisehaus wählte immer solche Menschen als Gastgeber aus, die ungefähr so alt waren wie der Reisende selbst. Und weil das Haus auch sonst darauf achtete, daß es physiologische und psychische Übereinstimmungen gab, war die Orientierung nicht schwer. Non hatte ja Zugang zum gesamten Wissensbestand eines Menschen, und wenn er wollte, konnte er ganz tief in das

Gedächtnis dieser Person vordringen. Ja, wenn er wollte, dann
konnte er zu den Gedächtnisinhalten vordringen, die dem normalen Tagesbewußtsein dieses jungen Mannes nicht mehr zugäng-
lich waren.

Non begann sich einzurichten: Er übernahm die Sprache seines
Gastgebers ohne jede Verzögerung, indem er sich mit einer
schnellen, zuckenden Bewegung über das Sprachzentrum hin
ausdehnte; dann informierte er sich über die Vergangenheit des
Jungen, bei dem er nun wohnte, und schließlich besah er ein
weites, dunkelrotes Feld, das sich, als er sich näherte, in lauter
dunstige Nebelfetzen auflöste. Non ging in das Nebelfeld hinein
– und wurde hin und her geschüttelt. Hitze und Kälte oder –
nein, so nannte man diese Nebel nicht. Non befragte die Sprache,
die er soeben gelernt hatte, und erfuhr, daß man das, was er hier
spürte, *Gefühle* nannte. – Angst, Freude, Haß, Zuneigung, Zorn.
Eine schreckliche Gegend! Non floh hinauf in die hellen, von den
Blicken der Augen durchleuchteten Gebiete seines neuen Geistes.
Dort ruhte er sich für eine Weile aus.

›Es ist merkwürdig‹, sagte Non zu sich selbst, ›an diese Gefühle
habe ich mich wieder nicht mehr erinnern können. Es ist wie bei
der zweiten Reise: Obwohl ich Gefühle schon während meiner
ersten Reise kennengelernt hatte, habe ich nichts mehr davon
gewußt. Und auch jetzt waren diese Nebel wieder ganz neu und
unbekannt. Es ist also offensichtlich so, daß man sich an Dinge,
die zu Hause gänzlich unbekannt sind, nicht mehr erinnern kann.
Man muß die Gefühle jedesmal neu kennenlernen.‹

Matthias Dillner, so hieß diese Person. Non lauschte den Klängen
des Bewußtseins, das um diesen Namen wie ein Luftwirbel
kreiste, ohne den Namen selbst zu berühren. Maaa-thiii-as Dilll-
ner. Und dann sagte Non jenen Satz, der von jedem Reisenden,
der seinen neuen Namen kennengelernt hatte, gesprochen werden mußte. Non sagte: ›Ich – bin – Matthias – Dillner!‹ Und mit
diesem Satz sank Non ganz tief in sein neues Ich hinab und löste
sich, langsam zuerst und dann immer schneller, in ihm auf.

✳

»Ich werde dich um zwölf abholen«, sagte Frau Lessing zu ihrer Tochter.

»Ach, laß doch! Matthias bringt mich schon nach Hause. Wir kommen nicht so spät.«

»So wie beim letzten Mal, nicht? Matthias bringt dich nach Hause, und am Ende seit ihr beide dann um zwei Uhr noch nicht da. Nein nein, ich hole dich um zwölf Uhr ab. Und *ich* komme pünktlich!«

Helga Lessing gab den Widerstand auf. Sie hatte eben eine treusorgende Mutter, die sich um ihre minderjährige Tochter kümmerte. Da war nichts zu machen. Die Fete bei Gritt begann um sieben, und um zwölf würde ihre Mutter dastehen und sagen: ›Helga, hier ist der Abholdienst!‹ Irgend so eine, nicht besonders lustige Bemerkung.

Helga ging ins Badezimmer, um sich zu schminken. Dann holte sie den Rock und die neue Bluse aus dem Schrank und zog sich an. Während sie sich ankleidete, dachte sie an Matthias und kam, als sie den Rock an der Seite zuhakte, zu dem Ergebnis, daß sie Matthias nicht richtig kannte. Er war ganz interessant. Nicht wie alle anderen; nein, nicht wie die anderen. Aber auch schwierig. Jemand, der einem die Laune verderben konnte, weil er, wenn es am schönsten war, plötzlich ganz still dasaß und sagte: ›Alles Idioten!‹

Helga ging um halb sieben aus dem Haus. Der Bus kam, sie stieg ein. Jetzt freute sie sich auf die Fete. Als sie bei Gritt ankam, war Matthias bereits da. Er begrüßte sie, und sie bemerkte, daß er wieder einmal schlecht gelaunt war. Oder nein, vermutlich war er nicht schlecht gelaunt; er wollte nur zeigen, daß es eigentlich unter seiner Würde war, zu solchen Zusammenkünften hinzugehen. Warum war er dann überhaupt gekommen? Er saß herum, starrte gelangweilt in die Gegend – wem wollte er imponieren, außer sich selbst?

Helga ärgerte sich. Glaubte Matthias eigentlich, daß er sich benehmen konnte, wie er wollte?

»Was ist denn schon wieder los?« fragte sie. »Wenn du keine Lust hast, irgendwo hinzugehen, dann kannst du doch gleich zu Hause bleiben. Es zwingt dich doch keiner zu kommen.« Matthias lächelte und schwieg. Helga ärgerte sich noch mehr. Matthias war einfach – sie wußte überhaupt nicht, warum sie noch mit ihm befreundet war. So ein blöder Wichtigtuer! Sie hätte heulen mögen. Dabei hatte sie sich so auf diesen Abend gefreut! Und nun saß dieser Typ da und redete nicht einmal mit ihr.

Helga wartete darauf, daß Matthias irgend etwas sagen würde, aber Matthias saß weiter nur da und starrte in sein Glas. Manchmal, wie aus Versehen, sah er sie kurz an. Dann lächelte er und sagte aber trotzdem keinen Ton.

Nachdem ungefähr fünf Minuten auf diese Weise vergangen waren, dachte Helga plötzlich: ›Nein! Nicht so. Nicht mit mir!‹ Sie stand auf und sagte: »Ich lasse dich jetzt mit deinem Schweigen allein.«

Sie ging zu einem anderen Tisch und begann sich mit den anderen zu unterhalten. Mit Absicht hatte sie sich so gesetzt, daß sie Matthias den Rücken zuwandte und nicht in Versuchung kam, ihn anzusehen. Matthias sollte bloß nicht glauben, daß sie alles mit sich machen ließ!

Die Menschen, bei denen die Reisenden einkehrten, bemerkten von der Ankunft ihrer Gäste für gewöhnlich gar nichts. Zwar kam es manchmal vor, daß ein Gastgeber beim Eintreffen des Reisenden vorübergehend von einem unbestimmbaren Gefühl des Bedrohtseins überfallen wurde, aber dieses Gefühl verschwand bald wieder. Das Archiv des Reisehauses verzeichnete insgesamt nur sechs Fälle, bei denen die Empfindlichkeit eines Gastgebers so groß gewesen war, daß er die Person, die sich da bei ihm einquartiert hatte, beständig bemerkte. Freilich war es auch in diesen sechs Fällen keineswegs so gewesen, daß diese Menschen gewußt hatten, was in ihnen vorging; davon, daß es jemanden gab, der ihren Körper als Aufenthaltsort gewählt hatte, hatten sie nichts geahnt. Immerhin aber hatte bei diesen Menschen jenes Gefühl der Angst angehalten, und das Reisehaus ging davon aus, daß es, wenn auch sehr selten, Menschen gab, deren Empfindlichkeit gegenüber einer Beherbergung von Reisenden so groß war, daß ihr Körper mit einer anhaltenden Abwehr reagierte.

Jeder Reisende wußte, was er in einem solchen Fall zu tun hatte: Der Kontakt zum Reisehaus war jederzeit leicht herzustellen, und derjenige, der erkannte, daß der Körper seines Gastgebers über längere Zeit eine Abwehrreaktion zeigte, mußte unter allen Umständen das Reisehaus rufen und seine schnelle Rückholung veranlassen.

An die Möglichkeit, vom Reisehaus die Rückholung zu verlangen, hatte Non freilich nicht gedacht. Bei Matthias Dillner war weder zum Zeitpunkt der Ankunft noch unmittelbar nach der Ankunft jenes Gefühl festzustellen gewesen, von dem das Reisehaus sprach, wenn es in den Vorbereitungskursen das Thema »Rückholung« behandelte. Nein, Matthias Dillner hatte, als er, Non, eingetroffen war, überhaupt nicht reagiert, und also war Non davon ausgegangen, daß er am Beginn eines normalen Aufenthaltes stand. Er hatte sich bei seinem Gastgeber umgesehen, hatte dessen Sprache gelernt und hatte sich, soweit dies notwendig war, mit der Vergangenheit von Matthias vertraut gemacht.

Hatte es im Gedächtnis von Matthias Dillner irgendeinen Hinweis darauf gegeben, daß dieser über besondere Fähigkeiten verfügte, die zur Entdeckung eines Reisenden führen konnten? Nein, es hatte keinerlei Hinweise auf solche Fähigkeiten gegeben. Non hatte also recht daran getan, daß er sich, nachdem die Vorbereitungen abgeschlossen waren, in das Ich seines Gastes versenkt hatte. Und Non hatte nicht erwartet, daß er während der drei Wochen seines Aufenthalts in dieser seiner Versenkung gestört werden würde.

Als Non eingetroffen war, hatte sich Matthias Dillner gerade auf dem Weg zu einem Klassentreffen befunden. Keine wichtige Sache, nein; nur Schüler, die sich vor den großen Ferien noch einmal zusammensetzen und den Abschluß des Schuljahres feiern wollten. Matthias hatte sich ein wenig abseits an einen Tisch gesetzt und eine Cola getrunken. Er hatte auf jemanden gewartet, und Non, der sich nach der Ankunft ein wenig umgesehen hatte, war nichts Besonderes aufgefallen.

Und dann, Nons Verwandlung war bereits vollkommen gewesen, dann hatte Non plötzlich ganz deutlich gehört, wie Matthias sagte: »Hallo, Non, wie gefällt es dir hier bei uns?«

Non, der während seiner Reise allen in diesem Zeitalter bekannten Gefühlen ausgesetzt war, war erschrocken und hatte einen Augenblick lang geglaubt, er habe sich getäuscht. Dann aber sagte Matthias: »Wir sollten uns ein wenig unterhalten, Non. Meinst du nicht auch? Ich möchte nämlich wissen, woher du kommst und wie es bei euch aussieht.«

Non schwieg und sagte dann in seiner Heimatsprache zu sich selbst: ›Das ist nicht möglich. Wenn so etwas möglich wäre, dann hätte das Reisehaus davon gewußt.‹

Währenddessen sprach Matthias weiter: »Ich finde es nur gerecht, wenn du mir sagst, wie es bei euch zugeht. Schließlich willst du ja auch erfahren, wie wir hier leben, und ich soll dir dabei helfen.«

›Ich müßte jetzt vermutlich sofort meine Rückholung veranlassen‹, dachte Non. Dann spürte er, daß Matthias lächelte.

»Warum willst du dich denn zurückholen lassen, Non? Was stört dich denn? Es geht dir doch gut bei mir, oder?«

Non schwieg noch immer. Wie kam es, daß Matthias das, was er nur zu sich selbst sagte, verstand? Und außerdem: Er hatte nicht deutsch gesprochen, und trotzdem hatte Matthias ihn ganz offensichtlich verstanden. Das war alles mehr als ungewöhnlich. Er konnte da nicht einmal sicher sein, ob es richtig war, wenn er sich jetzt zurückholen ließ. Vielleicht war es besser, wenn er sich auf das Gespräch einließ. Ja, vielleicht war das eine einmalige Chance, und er war geradezu verpflichtet –

»Na also«, sagte Matthias. »Jetzt siehst du die Sache richtig. Das ist wirklich eine einmalige Gelegenheit für uns beide.«

»Ich bin mir nicht sicher –« Non zögerte. »Ich – ich weiß nicht, ob es erlaubt ist, mit dir zu sprechen«, sagte er dann.

»Also hör mal, Non! Warum sollte es verboten sein, daß wir uns unterhalten?«

»Wir dürfen unsere Gastgeber nicht stören. Wenn jemand durch unsere Anwesenheit belästigt wird, müssen wir sofort die Rückholung veranlassen.«

»Jaja, das ist ja auch sehr vernünftig. Aber ich fühle mich nicht belästigt. Ich möchte mich nur mit dir unterhalten. Und wenn ich mich nicht belästigt fühle, dann mußt du dich doch nicht zurückholen lassen; das ist doch klar.«

»Ja.« Non zögerte wieder und sagte dann: »So habe ich mir das auch gedacht. Aber es gibt für einen solchen Fall keine Anweisungen. Bis jetzt ist so etwas noch nicht vorgekommen, denke ich. Sonst hätte das Reisehaus bestimmt gesagt, wie man sich zu verhalten hat, wenn man entdeckt wird.«

»Mein Gott, laß die nichtvorhandenen Anweisungen! Ich benehme mich ja im Augenblick auch nicht gerade so, wie ich mich benehmen sollte. Helga ist schon ganz wütend, vermute ich.«

Matthias sah Helga an, und also sah auch Non zu Helga Lessing hin.

»Weißt du, ich kann nicht mit ihr sprechen, wenn ich mich mit dir unterhalte. Dazu reicht meine Konzentration nicht aus. Aber ich kann ihr auch nicht sagen, daß ich gerade dabei bin, mit einem Besucher, der sich in meinen Kopf eingenistet hat, zu reden. Helga hält mich sowieso schon für einen Spinner. Wenn ich ihr so was sage, ist es endgültig aus. Du siehst, daß ich auch meine Schwierigkeiten habe.«

In diesem Augenblick stand Helga Lessing auf, und Non hörte, wie sie sagte: »Ich lasse dich jetzt mit deinem Schweigen allein.«

»Oh, jetzt ist sie sehr böse auf dich, nicht wahr?«

»Ja, vermutlich«, sagte Matthias. »Aber sie wird's überstehen.« Dann, nach einigen Augenblicken, fuhr er fort: »Du bist mir im Augenblick jedenfalls wichtiger als Helga. Wann hat man schon einmal Gelegenheit, mit einem Besucher von einem anderen Stern zu sprechen. Du kommst doch von einem anderen Stern, oder?«

»Nein«, antwortete Non. »Ich komme von einer Erde.«

»Ach!« sagte Matthias, und Non spürte, wie Matthias nachdachte. Er fragte sich, wie Non, wenn er von der Erde kam, in seinen Kopf eingedrungen war.

»Lebst du denn gegenwärtig irgendwo auf der Erde?« fragte Matthias.

»Das ist eine schwierige Frage«, antwortete Non. »Ich komme von der Erde, aber ich lebe nicht hier auf der Erde.«

»Du kommst also aus einer anderen Zeit?« wollte Matthias wissen. »Du kommst aus der Zukunft, nicht?«

»Nein, so kann man eigentlich auch nicht sagen.« Non zögerte und suchte nach einer Erklärung. »Kannst du nicht in mein Gedächtnis und in meine Vorstellungen eindringen?« fragte er dann. »Es ist nicht einfach zu erklären, woher ich komme, aber ich könnte es dir, wenn du dich in meine Vorstellungen hineinbegibst, direkt zeigen.«

»Tut mir leid«, sagte Matthias, »ich kann zwar hören, wenn du mit dir selber sprichst, und da begreife ich sogar das, was du in dieser fremden Sprache sagst; aber dein Gedächtnis und deine Vorstellungen sehe ich nicht.«

»Das ist schade. Es ist wirklich sehr schwer zu erklären, woher ich komme. Ich könnte dir natürlich sagen, wie es bei uns aussieht. Wie wir leben. Aber du weißt dann noch nicht, woher ich komme.«

»Was ist denn an dieser Frage so schwierig? Entweder du kommst von einer anderen Welt oder aus einer anderen Zeit. Oder du kommst von einem fremden Planeten *und* aus einer anderen Zeit.«

»Ja, ich verstehe«, sagte Non. »Für euch gibt es nur diese drei Möglichkeiten. Aber für uns, für uns ist es nicht so. Wir haben gelernt, den Raum und die Zeit anders zu sehen.«

»Kannst du mir denn nicht sagen, was für euch anders ist als für uns?«

Non horchte in sich hinein und löste sich ein Stück weit aus der Person seines Gastgebers. Er sah seine Heimat. Er sah eine weite Grasebene, in der flache, weiße Häuser standen. Die Menschen, die alle schwarze Kleider trugen. Jetzt wußte er wieder, woher er kam. Ja, er kam von weit her. Er kam von der Erde. »Sieh einmal da hinauf«, sagte er zu Matthias.

Inzwischen war es dunkel geworden. Eine klare, sommerliche Nacht. Matthias sah zum Himmel hinauf. Er sah die Sterne.

»Ja. Und nun schau ein wenig nach rechts. Noch ein wenig. Und jetzt noch ein bißchen tiefer zum Horizont hin.«

Non schwieg, und Matthias sah einen kleinen, flimmernden Punkt. Ein unscheinbarer, kleiner Stern, der in seiner Helligkeit weit hinter den helleren Lichtpunkten ringsum zurückblieb.

»Von dorther komme ich«, sagte Non.

»Dort ist die Erde.«

»Das verstehe ich nun wirklich nicht«, sagte Matthias und starrte den kleinen Punkt an. »Die Erde – wir befinden uns doch auf der Erde! Wieso soll das die Erde sein?«

»Natürlich: Das, was du da siehst, ist nicht die Erde. Das ist die Sonne. Aber es ist nicht irgendeine Sonne, sondern die Sonne, die auf die Erde herabscheint. Und um diese Sonne kreisen Planeten, und die Erde ist einer von diesen Planeten. Es gibt dort die Kontinente und Meere, die Gebirge und Flüsse. Alles.«

»Und wir hier? Gibt es denn die Erde zweimal?«

»Nein«, sagte Non. »Es gibt die Erde viele tausend Male.«

Non spürte, als er sich für kurze Zeit tiefer in die Person von Matthias hineinfühlte, daß dieser ruhig nachdachte. Non wunderte sich, denn er hatte erwartet, daß Matthias entweder voller Erregung diesen sonderbaren Gedanken zurückweisen würde oder aber doch zumindest mit innerer Anstrengung versuchen würde zu verstehen, was mit diesem Satz gemeint sein könnte. ›Es gibt die Erde nicht nur einmal.‹ Das war ja etwas, was für die Menschen dieses Zeitalters nicht verständlich war. Aber Matthias war weder sonderlich erregt, noch dachte er angestrengt nach. Vielmehr – ja, er schien zu lachen!

»Warum lachst du?« fragte Non.

»Ach Gott, ich stelle mir nur vor, daß diese ganze merkwürdige Weltgeschichte noch tausendmal abrollt.«

»Nein, nicht *diese* Weltgeschichte. Die verschiedenen Geschichten der Menschen. Die verschiedenen Entwicklungsmöglichkeiten. Und wir besuchen diese Planeten und studieren die Lebensweisen, die sich herausgebildet haben.«

»Und ihr selbst? Was ist mit eurer eigenen Lebensweise?« fragte Matthias.

»Wir haben keine Geschichte. Wir verändern uns nicht. Der Planet Erde, auf dem ich lebe, existiert in vollkommenem Frieden. Wir kennen keine überschäumenden Gefühle, die die Vernunft bedrohen. Haß ist bei uns ebenso unbekannt wie die Liebe. Zuneigung, so würde man in deiner Sprache das bezeichnen, was wir empfinden, wenn wir anderen Menschen begegnen.«

»Und diese anderen Planeten, die richtet ihr ein, um zu sehen, wie es ist, wenn es solche ›überschäumenden Gefühle‹ gibt?«

»Ja«, sagte Non, »ganz richtig. Es ist, gemessen am Kalender meiner Heimat, schon sehr lange her: Damals haben wir diese vielen Planeten gesucht und haben sie nach dem Vorbild unserer Heimat eingerichtet. Wir haben Kontinente gebildet, Berge, Seen, Flüsse, Wälder.«

»Das ist doch unmöglich«, wandte Matthias ein. »Ihr hättet ja Millionen Jahre gebraucht, um einen Planeten so zu verändern.«

Non war stolz auf seine Heimat, als er sagte: »Unsere Art, die Dinge zu verändern, hat mit der euren nichts zu tun. Wir setzen keine – Bagger ein, wenn wir den Lauf eines Flusses verändern. Nein, es war für uns nicht schwer, das Äußere der Planeten umzugestalten. Wir haben die Mittel, um so etwas in kürzester Zeit zu schaffen.«

»Habt ihr überhaupt keine Maschinen?« wollte Matthias wissen.

»Das ist eine schwierige Frage«, antwortete Non. »Diejenigen Geräte, die bei uns schnell und mit großer Leichtigkeit die äußeren Dinge verändern, sind mit euren Maschinen nicht zu vergleichen. Unsere Geräte sind lebendige Wesen, die uns helfen, und wir sind gewohnt, auf den Rat der Geräte zu achten. Nehmen wir das Reisehaus: Es hat dem Schulbüro mitgeteilt, daß ich zu dieser Erde und in dieses Jahr reisen soll. Und das habe ich dann natürlich auch getan. Das war für mich selbstverständlich, denn das Reisehaus weiß, welche Reise für mich am wichtigsten ist.«

»Eure Geräte, gehen die nie kaputt? Müßt ihr sie nie reparieren?«

Non schwieg für einige Zeit. Obwohl er wußte, was Matthias ihn da gefragt hatte, war es für ihn nicht einfach, diese Frage auf die heimatlichen Verhältnisse zu übertragen. Endlich sagte er: »Ich kann den ersten Teil deiner Frage nicht beantworten. Ich weiß nämlich nicht, ob die Geräte kaputtgehen. Reparieren müssen wir die Geräte jedenfalls nicht. Sie sind immer in Ordnung. Sie bauen unsere Häuser, fertigen unsere Kleider an und schaffen unsere Nahrung herbei.«

»Das ist ja seltsam bei euch«, sagte Matthias. »Ich glaube fast, daß diese Geräte euch vorschreiben, was ihr zu tun habt, und ihr tut alles, was sie von euch verlangen.«

»Darüber habe ich noch nicht nachgedacht«, antwortete Non. »Aber die Geräte helfen uns ja, und wir wissen, daß es gut für uns ist, wenn wir ihren Vorschlägen folgen.«

»Und es kommt nicht vor, daß jemand einen Vorschlag nicht gut findet?«

»Nein«, sagte Non verwundert, »so etwas kommt niemals vor. Die Geräte sagen zuverlässig, was am besten für den einzelnen und für die Gesellschaft ist. Und wenn wir während unserer Schulzeit auf Reisen gehen, dann sehen wir stets, daß es für die Menschen nicht gut ist, wenn es keine Geräte gibt, die sagen, was zu tun ist. Es kommt dann unfehlbar zu Streitigkeiten unter den Menschen. Die einen nutzen die anderen aus, es gibt reiche und arme, und die bösen sind immer stärker als die guten.«

Matthias hatte fragen wollen, ob es auf jener seltsamen Erde, von der Non erzählt hatte, keine guten und schlechten Menschen gebe, als er bemerkte, daß Non sich von ihm wegwandte. »Was ist los, Non?« fragte er.

»Ein Ruf«, sagte Non. »Das Reisehaus hat mich gerufen. Es fordert mich auf zurückzukehren.«

»Was, jetzt schon? Du wolltest doch drei Wochen bleiben.«

»Ich muß zurück. Aber – ich werde wiederkommen. Das Reisehaus sagt, daß ich zurückkehren kann. Nur eine Besprechung. Ja, eine wichtige Besprechung, jetzt, auf der Stelle. Ich kehre also zurück, aber ich komme wieder.«

»Ja, komm bald wieder«, sagte Matthias. »Du mußt mir noch mehr erzählen, hörst du!«

»Wenn ich wiederkomme, werden wir uns ausführlich unterhalten. Auch ich habe ein großes Interesse daran.«

✳

Helga hatte sich gelangweilt. Eine halbe Stunde lang hatten die anderen nur über die Schule, über Lehrer und über Noten geredet. Sie war nahe daran gewesen aufzustehen und zu Matthias zurückzugehen, aber dann hatte sie sich gesagt, daß es bei Matthias auch nicht angenehmer gewesen war. Das ewig gleiche, dumme Zeug hier und Matthias' Schweigen, am Ende machte das keinen Unterschied.

Und dann war Matthias gekommen und hatte, ganz als ob gar nichts gewesen wäre, gefragt: »Wollen wir nicht tanzen?«

Sie war noch immer wütend gewesen und hatte sich trotzdem gefreut, als er neben ihr aufgetaucht war und sie gefragt hatte. Sie waren dann hinaus auf die Terrasse gegangen. Hier hatte Gritt gelbe Lampions aufgehängt und die Boxen der Stereoanlage aufgestellt. Einige waren im Takt der Musik wild hin und her gesprungen und hatten gelacht. (However far we travel, wherever we may roam . . .) Matthias hatte sich zu bewegen begonnen, zuerst verhalten, dann ausgelassener, und dann hatte er sie angeschaut und gelacht, und sie hatte seine Augen gesehen, die ihr irgendwie verändert vorgekommen waren. Nach einiger Zeit war die Musik dann ruhiger geworden (However distant don't keep us apart . . .), und er hatte die Arme um ihre Schultern gelegt. Und sie war noch immer wütend gewesen – nein, wütend schon nicht mehr, aber immer noch ärgerlich, und dann hatte sie ihn doch, obwohl sie sich noch über sein Verhalten geärgert hatte, auf die Wange geküßt. Matthias hatte gelacht und gefragt, ob sie ihm noch böse sei. Nein, sie sei ihm schon fast gar nicht mehr böse, hatte sie geantwortet.

Dann hatten sie aufgehört zu tanzen und waren hierher gegangen, zu diesem Tisch am Rand der Terrasse, und hier hatten sie sich dann hingesetzt. Sie saßen jetzt hier und sprachen nicht, aber nun war es ihr recht; jetzt wollte auch sie nicht reden.

»Schau mal«, sagte Matthias dann nach einiger Zeit. Er deutete zum Himmel: »Siehst du den Stern da?«

»Welchen? Den hellen, der so flackert?« fragte sie.

»Nein, gleich rechts neben dem, diesen ganz kleinen.«

»Ja, ich glaub', ich weiß, welchen du meinst.«

»Möchtest du dort leben?« fragte Matthias.

»Nein«, antwortete Helga, »ich bleibe lieber hier auf der Erde.«

Als Non den Reiseraum verließ, bat ihn die Automatenstimme in eines der im Reisehaus befindlichen Versammlungszimmer. Non folgte der Anweisung der Stimme, ging zu dem Zimmer und fand dort, als er eintrat, fünf Personen versammelt. Lehrer Nem, der sich unter den Anwesenden befand, schien dazu ausersehen, als erster das Wort an ihn zu richten.

»Wir haben Sie vorzeitig von der Reise zurückgerufen, Schüler Non«, sagte der Lehrer. »Ich nehme an, daß Sie wissen, warum wir das tun mußten.«

Non schwieg, und der Lehrer fuhr fort: »Das Reisehaus hat über Sie Klage geführt. Es hat uns mitgeteilt, daß Sie mit Ihrem Gastgeber Kontakt aufgenommen haben.«

So sei es nicht gewesen; vielmehr habe der Gastgeber, aufgrund welcher Fähigkeiten wisse er, Non, nicht zu sagen, ihn angesprochen. Er habe sich auch zunächst stillverhalten und habe überlegt, was in einem solchen Falle wohl zu tun sei. Er sei zu dem Ergebnis gekommen, daß das außerordentliche Ereignis – er habe während seiner gesamten Schulzeit nie davon gehört, daß ein Reisender von seinem Gastgeber in dieser Weise entdeckt worden sei – ein Gespräch mit diesem Gastgeber rechtfertige. Non schwieg, nachdem er dies angemerkt hatte, weil er mehr nicht zu sagen wußte.

Die fünf Anwesenden machten Non hierauf klar, daß er, wenn er den Sinn und das Wesen der Reisen verstanden hätte, zu einem solchen Schluß niemals hätte kommen können. Obwohl niemand ihm direkt einen Vorwurf machte, wußte Non am Ende doch, daß das, was er getan hatte, den scharfen Tadel nicht allein der Schule begründet hatte. Die vier Personen, die neben dem Lehrer anwesend waren, waren diesem als wichtige Angestellte des Reisehauses vorgestellt worden, und dann, am Schluß, als alle zum Ausdruck gebracht hatten, daß dieser unerhörte Vorgang natürlich alleine von ihm, dem Schüler Non, zu verantworten sei, meldete sich das Reisehaus selbst zu Wort.

»Die Herren haben bereits darauf hingewiesen, daß Sie, Non, die alleinige Verantwortung für diesen unerhörten Vorfall tragen. Sie werden es deshalb sein, der die Folgen soweit wie nur irgend möglich wieder beseitigt.«

Das Reisehaus sprach ruhig und sachlich, aber Non wußte, daß diese Ruhe nichts bedeutete. Weder das Reisehaus noch die Männer, die ihn erwartet hatten, waren imstande, wirklich zornig zu sein. Auf jener anderen Erde, von der er soeben zurückgekommen war, wären alle sehr, sehr wütend gewesen.

»Die vier Herren werden Ihnen auseinandersetzen, was Ihre Aufgabe sein wird, wenn Sie zu Ihrem Gastgeber zurückkehren«, sagte das Reisehaus noch. »Bitte befolgen Sie die Anweisungen, die sie Ihnen geben werden, auf das genaueste.«

Helgas Mutter tauchte auf, blickte sich kurz um und sagte, als sie Helga sah: »Mein liebes Kind, ich denke mir, daß es an der Zeit ist.« Dann erst begrüßte sie Matthias und fragte ihn, ob sie ihn zu Hause vorbeibringen solle.

»Nein, vielen Dank«, sagte Matthias, »ich bin mit dem Mofa hier.«

»Ja, dann lassen Sie mich einmal so grausam sein. – Ich werde Ihnen meine Tochter entführen, Matthias.«

Helga ärgerte sich darüber, daß ihre Mutter wieder so aufgesetzt freundlich tat, aber Matthias schien das nicht zu stören. Er lachte und sagte, mit einem großen Wagen könne er natürlich nicht konkurrieren, und er verstünde schon, wenn Helga es vorzöge, sich von jemand, der besser ausgestattet sei als er, nach Hause bringen zu lassen.

Dann küßte Matthias Helga noch auf die Wange, und Helga sagte: »Flieg nicht zu den Sternen, wenn du allein bist, hörst du!«

»Wie Sie wissen, haben wir bisher noch niemals in die Entwicklung der von uns geschaffenen Planeten eingegriffen«, sagte der Lehrer. »Nun aber werden wir dieses uns so wertvolle Prinzip verletzen müssen, um Ihren Fehler wiedergutzumachen, Schüler Non. Sie werden verstehen, daß dieser Eingriff mit aller Sorgfalt vorbereitet werden muß und daß wir bemüht sein müssen, die Folgen unserer Einmischung so gering wie nur möglich zu halten. Deshalb ist es notwendig, daß wir auf solche Dinge zurückgreifen, die auf jener Erde zu der von Ihnen gewählten Zeit häufiger vorkommen und deshalb keinerlei Aufsehen erregen werden.«

Non saß da und fühlte sich müde, und dann sagte er, daß er nun wisse, daß er einen Fehler gemacht habe, und er wolle auch alles tun, was von ihm verlangt werde.

Matthias hatte nicht vor, noch lange auf Gritts Fete zu bleiben. Er schenkte sich noch ein Glas Cola ein; dann setzte er sich und suchte nach dem Stern, den Non ihm gezeigt hatte. Es mußten Wolken am Himmel sein, denn dort, wo sich der große, leuchtende Stern mit seinem winzigen Nachbarn befunden hatte, war nun nur noch der dunkle Himmel zu sehen.

Während Matthias noch nach dem Stern suchte, verspürte ein Mann irgendwo in der Stadt plötzlich den Wunsch, seine Wohnung zu verlassen. Eigentlich hatte dieser Mann während des ganzen Abends nicht vorgehabt, so spät noch in die Innenstadt zu fahren, und er wußte für den Augenblick auch nicht, was er dort tun sollte. Dann sagte er sich, daß er eben einfach auf den Gedanken gekommen sei, in einer Bar in der Nähe des Bahnhofs noch etwas zu trinken. In dieser Bar war er schon lange nicht mehr gewesen . . .

Und also nahm der Mann den Wagenschlüssel, ging zur Garage und fuhr wenig später los.

✳

»Hallo, Matthias!« sagte Non.

»Hallo, Non«, antwortete Matthias, »wieder zurück? Was wollten denn deine Lehrer von dir. Es waren doch Lehrer, die dich zurückgerufen haben, oder?«

»Nein«, sagte Non, »nein, es war das Reisehaus selbst. Es war so überrascht darüber, daß du mich entdecken konntest, daß es diese merkwürdige Sache mit mir besprechen wollte.«

»Und? Was ist dabei herausgekommen?«

»Na ja, eigentlich nicht viel. Ich soll nur herausfinden, weshalb du in der Lage warst, mich zu hören, als ich zu dir kam. Vor allem aber möchte das Reisehaus wissen, wieso du überhaupt nicht erschrocken bist, als du plötzlich gemerkt hast, daß ich da bin.«

»Warum ich dich hören konnte, weiß ich selber nicht. Das war einfach so ein Gefühl, das ich schlecht beschreiben kann, und dann warst du plötzlich da.«

»Und warum bist du nicht erschrocken?«

Matthias lachte und dachte gleichzeitig, daß es für jemanden, der ihn so fahren sah, merkwürdig sein mußte, einen Mofafahrer zu beobachten, der ohne jeden erkennbaren Grund lachte. Aber es war ja niemand zu sehen. Dann sagte er zu Non: »Ich bin deshalb nicht erschrocken, weil es, wenn ich mit dir rede, fast ganz genauso ist, als ob ich mit mir selbst spreche. Der Unterschied ist ganz gering. Aber natürlich merke ich, daß ich nicht mit mir selbst spreche, und wenn *du* eine Frage stellst, ist mir klar, daß ich mir diese Frage nicht selbst ausgedacht habe. Aber trotzdem:

So groß, als daß ich erschrecken müßte, ist der Unterschied nicht.«

Sie unterhielten sich noch eine Weile. Non wollte, daß Matthias ihm doch einmal das Gefühl beschriebe, das entstand, wenn sie sich unterhielten. Matthias versuchte es, aber das, was er sagte, war nicht so recht verständlich.

Dann, mitten in dieser Unterhaltung, kam der Wagen. Für einen Augenblick glaubte Matthias, noch ausweichen zu können, aber dann erfaßte ihn das Auto, das aus einer Seitenstraße gekommen war, und schleuderte ihn auf die Straße.

Der Fahrer, jener Mann, der vorgehabt hatte, eine Bar zu besuchen, bremste und stieg aus. Er wußte, daß er die Vorfahrt nicht beachtet hatte, und einen Augenblick lang überlegte er, ob er nicht weiterfahren sollte. Aber dann lief er zu dem am Boden liegenden Mofafahrer hin und beugte sich über ihn.

Helga erfuhr von dem Unfall am nächsten Morgen durch einen Anruf von Matthias' Mutter. Matthias war bewußtlos in ein Krankenhaus eingeliefert worden. Er hatte den rechten Arm gebrochen. Außerdem hatte er, so hatten die Ärzte gesagt, eine sehr schwere Gehirnerschütterung. Lebensgefahr bestünde freilich nicht.

Ob sie Matthias denn besuchen könne, fragte Helga. Matthias' Mutter sagte ihr, daß die Ärzte geraten hätten, ihn zwei Tage lang nicht zu stören.

Als Helga am dritten Tag nach dem Unfall Matthias besuchte, durfte Matthias noch immer nicht zu lange spechen, und Helga blieb deshalb auch nur eine Viertelstunde. Matthias erzählte ihr, daß er sich überhaupt nicht mehr erinnern könne, was er an dem Abend vor dem Unfall gemacht habe. Seine Eltern hätten ihm erzählt, daß er bei Gritt gewesen sei.

Matthias wandte den Kopf nicht: »Der Arzt hat mir gesagt, daß solche Gedächtnislücken bei schweren Gehirnerschütterungen häufiger vorkommen. Das ist nicht weiter gefährlich.«

Herbert Somplatzki

Unter der Doppelsonne

Sie blickte in den Spiegel.

In zweifarbig abgestuften Bögen schwangen sich die Lidschatten über den Wölbungen der Augen.

Dezent aber wirkungsvoll, dachte sie und drehte den Kopf ein wenig zur linken Seite, um den kunstvoll geschwungenen Verlauf der Braue bis hin zum nadelfeinen Ende auf der Schläfe zu verfolgen.

Zufrieden drehte sie den Kopf nach rechts und prüfte die andere Seite. Gut, dachte sie und neigte den Kopf ein wenig nach unten, um aus dieser Haltung heraus ihren Anblick im Spiegel wahrzunehmen. Sie sah ihre Wimpern jetzt in ihrer ganzen, dunkelglänzenden Länge. Aber trotz der scheinbaren Dichte boten sie ihren Blicken kein Hindernis, gestatteten sie den Augen in seltener Transparenz, ungehindert zu beobachten.

Sie war zufrieden.

Sie hob den Kopf.

Sanft glitten die Kuppen ihrer Finger über die Hügel ihrer Backenknochen und rundeten das Augenumfeld bis zu den Schläfen. Sie blieben dort einen Moment liegen, bis sie die Augenbrauen durch das Kräuseln der Nasenwurzel ein wenig nach unten zog.

Nun lächelte sie.

Und dieses Lächeln senkte zwei winzige Grübchen in ihre Wangen. Doch schon im nächsten Moment waren sie verschwunden, als der Gesichtsausdruck wieder in die gewohnte Ernsthaftigkeit hineinglitt.

Entschlossen griff ihre rechte Hand in einen der zahlreichen, kleinen Schminktöpfe. Sie begann die getönte Paste mit sicheren Bewegungen auf beide Seiten des Gesichts aufzutragen; rieb sie in kleinen Kreisen in die Haut, unterhalb der Backenknochen.

Sie zog die Finger von der Gesichtshaut und schaute prüfend in den Spiegel. Das Gesicht schien verwandelt. Entschlossen und fest, in asketischer Harmonie wie aus einem Marmorblock gemeißelt, so blickte es ihr entgegen. Sie nahm diesen Eindruck ganz ruhig in sich auf – ließ ihn wirken.

Noch einmal blickte sie ganz genau von einer Einzelheit des Gesichtes zur anderen – zog es dann so weit vom Spiegel zurück, bis ihr ganzer Kopf sichtbar wurde. Sie verharrte einige Augenblicke, um sich das Gesamtbild des Kopfes in ihr Gedächtnis einzuprägen. Dann schloß sie die Augen und veränderte ihren Gesichtsausdruck. Ihr Angriffsgesicht.

Sie öffnete die Augen wieder und verglich das Gesicht ihrer Vorstellung mit dem ihr nun sichtbaren im Spiegel.

Sie war zufrieden.

Nun kam der schwierigste Teil der Vorbereitung.

Sehr eingehend betrachtete sie die lange Reihe der Zähne.

In durchsichtigen Kapseln lagerten sie vor ihr auf dem Bord. Unterschiedlich in Form und Funktion.

Sie griff einige heraus.

Fuhr prüfend mit den Fingerkuppen über Schneidekanten.

Stellte wieder zurück.

Griff zu neuen.

Prüfte Größe und Form.

Sie entschied sich schließlich für zwei halblange mit doppelseitigen Widerhaken. Sie nahm den Schraubenschlüssel in die rechte Hand und drehte langsam die Füllungen aus dem Oberkiefer. Vorsichtig legte sie sie in die Schatulle und sprühte sorgfältig das Desinfektionsmittel in die Zahnhöhlen.

Nun ergriff sie einen feinen Pinsel und entfernte sorgsam jedes Staubkörnchen vom Gewinde der beiden Zähne. Nachdem sie einen Tropfen Öl auf das Gewinde aufgetragen hatte, begann sie den linken Zahn einzuschrauben. Vorsichtig und langsam.

Seitdem bei Lisa die Magnethaftung für einen winzigen Augenblick ausgesetzt hatte – ihr war der halbe Unterkiefer herausgerissen worden, sie würde nie mehr kämpfen können –, bediente sie sich wieder der altmodischen Schrauben.

Zwar behaupteten die Expertinnen, Lisas Fall sei einzigartig und praktisch unwiederholbar, sie hatten es auch eingehend begründet und in zahlreichen Versuchen bewiesen, aber sie konnte sich nicht vollständig von einem gewissen Mißtrauen befreien. Und obwohl sie die technische Perfektion der Magnethaftung einsah, obwohl ihr das Ganze als rationaler Vorgang völlig einsichtig schien, regte sich irgendwo in ihr so etwas wie ein winziger Rest von Aberglauben – und bestimmte letztendlich ihr Handeln.

Für einen Moment erschien der blutend verzerrte Mund von Lisa, riesengroß und bildschirmfüllend, wieder in ihrer Erinnerung. Und im gleichen Augenblick schrien ihre Gedanken: Was wird aus den Kindern, wenn ich nicht mehr kämpfen kann!?!

Für eine kurze Zeitspanne versank sie so in die Betrachtung ihres narbenübersäten linken Unterarmes, daß sie beinahe das Gewinde überzogen hätte!

Erschrocken legte sie den Schraubenschlüssel auf den Tisch und dachte: Ich werde alt und sentimental!

Sie hatte den zweiten Zahn festgeschraubt und gesichert.

Sorgfältig packte sie die unbenutzten Zähne und das Werkzeug fort und verschloß den Metallschrank.

Nun stand sie auf und betrachtete ihren Körper im Spiegel.

Sie begann sich zu bewegen.

Ganz langsam und sehr genau begann sie ihre Muskeln auf ihre Funktionen hin zu überprüfen. Begann mit dem Aufwärmprogramm zur Vorbereitung des Kampfes.

Ihre Großmutter wurde noch in der Arche geboren. Bei der Landung war sie ungefähr acht oder neun Jahre alt. Sie hatte ihr viel aus jener Zeit erzählt, und ihre farbigen Schilderungen hatten sich tief in ihre Erinnerung gegraben.

Die Arche war sehr lange unterwegs gewesen. Generationen lang war sie durch den Raum geflogen, ehe sie hier landete. Und als sie einmal mit den Kindern das Archemuseum besuchte und die alten Bilder der Reisenden sah, da war es ihr, als ob sie Großmutters Stimme wieder hörte. Diese Stimme, die ihr die vielen alten Geschichten erzählt hatte.

Als die Großmutter geboren wurde, da waren die Männchen

schon gezähmt gewesen. Schon seit drei oder vier Generationen. Trotzdem konnte es geschehen, daß eine Männchenhorde ihre Käfige ohne Erlaubnis verließ, erzählte Großmutter, und einen Ruheteil der Arche ziemlich verwüstete, ehe man sie wieder einfangen konnte. Dieses Ereignis, dessen Augenzeuge sie gewesen war, hatte sich so tief in sie eingeprägt, daß sie jedem Männchen gegenüber immer mißtrauisch blieb. Sie hielt sie ihr Leben lang auf Distanz. Sogar die Zeugung ihrer Tochter ließ sie künstlich vornehmen.

Es war sicherlich auf Großmutters Einfluß zurückzuführen, daß sie sich für den Beruf einer Kämpferin entschieden hatte. Und zwar schon sehr früh. Die Scheu vor Männchen hatte sie allerdings von Großmutter nicht übernommen. Eher schon das Gegenteil! Und es wäre ihr beispielsweise nicht im Traum eingefallen, einen so bedeutsamen und auch so angenehmen Vorgang, wie den einer Zeugung, nur den sterilen Manipulationen einer Medizinerin zu überlassen!

Sie lächelte, als sie einen Scheinangriff auf ihr Spiegelbild machte. Sie sah auf die katzenhaft weichen Bewegungen ihres muskulösen Körpers und spürte hinter jeder Regung die gesammelte Kraft, die sie so sicher machte.

Sie hatte zwei Kinder und ein Männchen geboren. Dazu hatte sie ihren Beruf nur zu den vorgeschriebenen Mindest-Schutzfristen unterbrochen. Ansonsten war sie immer im Geschäft geblieben, denn besonders in diesem Beruf durfte man nicht allzulange vom Bildschirm verschwunden sein, wollte man in der ersten Reihe weiterkämpfen. Und das wollte sie, so lange es eben noch möglich war! Sie hatte sich vorgenommen, ihren Kindern möglichst gute Lebenschancen vorzugeben.

Schon sehr früh waren beide in die Lehre der Kamarenan-Jägerinnen des Zwischendschungels gegeben worden. Eine langwierige und kostspielige Ausbildung, in ihrer Härte fast einer Kämpferin ähnlich, wenn auch nicht ganz so gefährlich. Sie wollte für ihre Kinder soweit wie möglich vorgesorgt haben, falls ihr mal was zustoßen sollte. Und je älter sie waren, desto eher konnten sie sich dann selber helfen.

Sie selbst war nur ein- oder zweimal im Zwischendschungel gewesen. Die Jägerinnen sahen es nicht gerne, wenn ihre Schülerinnen aus dem Ausbildungsrhythmus gebracht wurden. Die Jagd auf die äußerst seltenen Kamarenane war ohnehin schon kompliziert genug. Und man konnte es sich einfach nicht erlauben, die sowieso riesig empfindlichen Panzer aus Edelmetall, die diese Tiere trugen, auch noch durch Ungeschick zu beschädigen! Sie konnte die Jägerinnen ja verstehen, obwohl es sie schmerzte, die Kinder nur sehr selten zu sehen. Es ist doch alles nur zu ihrem Besten, dachte sie – und versuchte sich damit zu trösten. Wenn es ihr Kampfplan erlaubte, fuhr sie zu einem Männchenreservat, um sich dort entspannen zu lassen. Sie hatte die Erfahrung gemacht, daß sie danach viel ausgeglichener und konzentrierter in die Kämpfe ging. Einige der Kämpferinnen meinten, das würde sie schwächen und ihrer Form schaden. Und sie lehnten so etwas grundsätzlich ab.

Sie schlug eine Finte und lächelte in den Spiegel.

Wenn sie doch nur sehen würden, mit welch verkniffenen Gesichtern sie vor Beginn wichtigster Kämpfe herumliefen. So als würden sie im Dunkeln kämpfen und als wüßten sie nicht, was sie ihrem Publikum an den Bildschirmen schuldig wären!

Sie machte einen kleinen Ausfallschritt nach links, täuschte mit der rechten Schulter einen Schlagansatz vor und drehte sich auf dem linken Fuß in die entgegengesetzte Richtung um ihre Körperachse, schnellte im Drehen den rechten Fuß nach oben und traf mit seiner Ferse eine imaginäre Kämpferin an der Schläfe. Sofort stand sie wieder in der Ausgangsstellung und setzte zu einer neuen Bewegung an.

Damals, auf dem alten Planeten, da sollen die Männchen die Stärkeren gewesen sein. Und auch sonst wären sie sehr aggressiv gewesen. Ihnen sei es zu verdanken, daß sie den alten Planeten verlassen mußten, um mit der Arche nach einer neuen Heimat zu suchen. Der alte Planet soll nicht einmal so übel gewesen sein, wenn man den Aufzeichnungen glaubt.

Meere und viel Grün auf dem Land. Einen blauen Himmel hatte sie auf Bildern gesehen! Unvorstellbar!

Sie dachte an den gelblichen Nebel über den Dschungeln, in dem manchmal die beiden Rostflecken der Doppelsonne mehr zu ahnen als zu sehen waren. Blauer Himmel! dachte sie, und die Männchen sollen stärker gewesen sein als wir!?

Sie machte zwei schnelle Schrittfolgen und sprang einen Salto rückwärts, ließ sich blitzschnell zu Boden fallen und schlug mit der rechten Fußsohle senkrecht nach oben gegen ein vorgestelltes Gesicht. Schon stand sie wieder in der Ausgangsstellung.

Die Männchen sollen stärker gewesen sein als wir, dachte sie – und führte eine Schlagkombination durch, unwahrscheinlich schnell und ohne Ansatz – stärker als wir?

Sie stellte sich die Einwohner des Reservates vor. Und da mußte sie beinah lachen.

Trotzdem mußten sie auf der Hut bleiben, denn was mit dem alten Planeten geschehen war, durfte sich hier nicht wiederholen! Auch aus diesem Grunde war sie Kämpferin geworden.

Ganz plötzlich machte sie ein paar unglaublich schnelle Angriffsbewegungen. Sie federte aus dem Stand um ihre Körperachse, sprang mit einem gewaltigen Satz gegen den Kunstfleischblock und schlug mit aller Kraft ihre Zähne hinein. Sie riß ein riesiges Stück Fleisch heraus und spürte, wie fest die beiden Kampfzähne im Kiefer verankert waren.

Zufrieden streifte sie die Krallenhandschuhe über, schaute auf den Monitor über dem Ausgang und erwartete ihr Zeichen.

JÖRG WEIGAND

Träumen ist Leben

> Die größte Offenbarung
> ist die Stille.
>
> Lao Tse

I

Ein sanftes, ockerfarbenes Licht erfüllte die Sichtkuppel, in der sich die vergnügungssüchtige Schar drängte. Captain Hamilton hatte gerade erst die Sichtblenden beiseite fahren lassen, so daß wir nun den vollen Blick auf eines der größten Wunder unseres Sonnensystems, die Ringe des Saturns, genießen konnten. Das nun schon seit Tagen fast ununterbrochen andauernde Geschwätz unserer zahlenden Passagiere verstummte bei diesem grandiosen Anblick abrupt.

Die Stille war fast beängstigend, doch ich genoß sie, war ich doch als Reisebegleiter dem redseligen Nichtssagen der Touristengruppe mehr ausgesetzt als der Captain, der sich immer wieder auf die »Brücke« zurückziehen konnte, einem Ort mit nicht viel mehr als Symbolkraft, denn in Wahrheit wurde unser Schiff, die *Tramp III*, nach progammiertem Schema vollautomatisch gesteuert. Und nur in äußersten Notfällen griff der Captain in das vorgegebene Programm ein und schaltete auf Handbetrieb um.

Schrill fetzte in diese Stille Rotalarm; das Auf und Ab der heulenden Sirene traf uns alle wie ein Blitzschlag.

Captain Hamilton, der sich in der Regel abseits der Gruppe hielt, wenn es nicht anders erforderlich war, befand sich mit zwei Schritten an der Notkonsole, die aus Sicherheitsgründen auch hier, in der Sichtkuppel, installiert war. Mit wenigen Handgriffen aktivierte er die Rundummonitore, die sich schlagartig erhellten.

»Da!«

Das Zoom der Außenhaut-Kamera sprang an das entdeckte Objekt, das sich in allzugroßer Nähe bei unserem Schiff befand, heran. Zerschlagenes, ausgebeultes Metall wurde sichtbar, von ungezählten Meteoritentreffern gesprenkelter Hartstahl.

Ich erkannte es sofort. Es handelte sich um eine jener größeren Luxusjachten, wie sie in den letzten Jahren nicht mehr gebaut werden – sie sind unerschwinglich geworden, niemand kann sie mehr bezahlen. Diese hier, der Name war wohl von den zahlreichen Einschlägen weggestanzt worden, mußte – ihrem Aussehen nach zu schließen – schon lange Jahre den Unbilden des Alls ausgesetzt sein. Aber so sehr ich mir das Gehirn zermarterte, es wollte mir keine Jacht einfallen, die seit Jahren vermißt wurde.

Angesichts des fremden Schiffes löste sich auch die andächtige Starre, in die unsere Touristen gegenüber dem atemberaubend prächtigen Saturnpanorama gefallen waren. Maryvonne Saladier, dritte Frau des stinkreichen Senffabrikanten gleichen Namens und berüchtigte Klatschbase der irdischen sogenannten gesellschaftlichen Kreise, konnte nicht mehr an sich halten:

»So ein unverschämter Kerl«, plapperte sie los. »Kann der nicht aufpassen, daß er uns nicht in die Quere kommt?«

»Das meine ich auch«, bekräftigte unser Herr mit den grauen Schläfen, Dr. Nathaniel Hackbarth, ein verwitweter hoher Ministerialbeamter, der sich selbst zu Maryvonnes ständigem Begleiter auf dieser Reise ernannt hatte.

»Einfach skandalös, wie sich dieser Mensch in unsere Fahrtroute drängt!«

Womit der ehrenwerte Herr Dr. Hackbarth wieder einmal bewies, daß er – von seinen ministeriellen Akten, die in meinen Augen nur begrenzten Wert besaßen, einmal abgesehen – von nichts eine Ahnung hatte; das aber kräftig.

Denn feste, sozusagen beschilderte Routen innerhalb unseres Sonnensystems gibt es nicht, kann es gar nicht geben, da sich die Himmelskörper ständig in Bewegung befinden und jede Reise neue Berechnungen verlangt.

Aber es gibt halt einfach immer und überall Menschen, die mit ihrem vermeintlichen Wissen protzen müssen.

»Ich vermute, daß wir ein havariertes Schiff vor uns haben«, mischte ich mich ein, um unnötigen Diskussionen über die Natur des Objekts zuvorzukommen.

»Wie interessant«, flötete Maryvonne. »Vielleicht können wir das Wrack besichtigen?«

»Oh, ja!«

Die Zustimmung kam von allen Seiten, auch von den restlichen drei Passagieren, die den Mund seit Öffnung der Sichtblenden und dem damit verbundenen überwältigenden Anblick des Saturn, noch nicht aufgemacht hatten.

Es handelte sich zum einen um das Ehepaar Bauer; er ein wohl gerade in Pension gegangener Angestellter mit Wohlstandsspeck um die Hüften, sie vermutlich ihr Leben lang Hausfrau, ebenso pummelig. Vermutlich hatten beide nur ab und an – auf Urlaubsreisen – ein wenig von der Welt gesehen und nun benutzten sie wohl einen Teil ihres Ersparten dazu, sich außerhalb des Heimatplaneten umzusehen.

Und schließlich gab es da noch den neunzehnjährigen Bertram, Sohn irgendeines Multimillionärs namens Smith. Der Junge hatte gerade sein Abitur gebaut, und zum Dank war er mit uns auf die große Rundreise durch das Sonnensystem geschickt worden. Eine tolle Art von Belohnung, finde ich.

Bertram war kein dummer Kerl, er besaß jenes Quentchen technischen Verstandes, das einen gewisse Zusammenhänge erkennen läßt. Jetzt meldete er sich zu Wort:

»Es sieht aber nicht so aus, als sei die Schiffshaut beschädigt, oder?«

Mit dem Einwand hatte er schon recht, doch konnte ich als Reiseleiter das natürlich nicht auf mir sitzenlassen.

»Es gibt viele Möglichkeiten, wie ein Schiff havarieren kann«, sagte ich, vielleicht etwas schärfer im Ton als notwendig. »Da bricht ein Feuer im Innern aus, oder es gibt einen Maschinenschaden. Da kann man nicht immer nur nach dem äußeren Anblick gehen.«

»Aber, Mr. Taterhill, ich glaube . . .«

Jetzt reichte es mir wirklich:

»Es geht nicht um Glauben, sondern . . .«

»Wir werden es ja sehen«, unterbrach mich Captain Hamilton, wohl um einem Streit zuvorzukommen; ich war aber jetzt auch auf Hundert.

»Ziehen Sie alle Ihre Raumanzüge an, wir gehen in wenigen Minuten an Bord des fremden Schiffes.«

II

Wir hatten uns durch die Phalanx der äußeren Monde an das Ringsystem des Saturn herangetastet, eine schwierige navigatorische Aufgabe, die aber durch den Steuercomputer geradezu spielerisch bewältigt wurde. In früheren Zeiten, als die Menschheit sozusagen noch mit Handbetrieb durch das Sonnensystem tuckerte, wäre dies schweißtreibende Arbeit gewesen, denn der Saturnbereich besteht nicht nur aus jenen dreiundzwanzig Trabanten, wie sie als Monde offiziell in jedem Führer des solaren Ausflugsgebiets verzeichnet sind; eine Vielzahl kosmischer Trümmer torkelt oder schießt um den Ringplaneten herum, so daß permanent Alarmstufe Gelb auf allen Schiffen herrscht, die sich hierher wagen.

Meist handelt es sich – wie bei uns – um Tourismusschiffe, von vermögenden Leuten gechartert, die einmal etwas anderes, als nur die Wunder der guten alten Erde sehen wollen. Für solche sensationssüchtigen Menschen ist der Rotalarm, der wegen zu großer Annäherung eines interplanetaren Brockens häufig ausgelöst wird, bald auch nur noch langweilige Routine. Dabei kann selbst die beste Automatik in manchen Situationen nicht mehr rechtzeitig reagieren; dann wird es auch mal gefährlich.

Zum Glück ist unser Schiff über seine ganze Länge mit Schotts versehen, so daß ein leckgeschlagener Raum sofort vom übrigen Teil abgedichtet werden kann. Doch ich erinnere mich, daß bei einem unserer Schwesterschiffe – es handelte sich um die »Star

King« – jede Hilfe zu spät kam, nachdem ein überdimensionaler Brocken sie getroffen hatte. Unglücklicherweise schlug es gerade in jenem Raum ein, wo sich alle versammelt hatten – der explosionsartige Austritt der Luft ließ keinem einzigen, weder von der Besatzung noch von den Passagieren, eine Chance.

Doch im allgemeinen herrscht auf den Besichtigungstouren die Routine vor; als Reiseleiter hat man manches Mal Mühe, die aufkommende Langeweile unter den Passagieren zu bekämpfen, besonders auf den »Durststrecken« zwischen den einzelnen Planeten.

Die Begegnung mit einem havarierten Schiff war ein ausgesprochener Glücksfall. Kein Wunder, daß Captain Hamilton Maryvonnes Anregung bereitwillig aufgriff.

III

»Hier ist niemand.«

Maryvonne blickte sich beifallheischend um, doch alle waren viel zu sehr damit beschäftigt, sich in der Zentrale der Yacht umzusehen. So bekam sie nur Zustimmung von Dr. Hackbarth, der sich aber auch mit einem gegrunzten »Hm« begnügte.

Gleich nach Betreten des fremden Schiffes hatte Hamilton eine kurze, doch gründliche Prüfung der Innenluft vorgenommen. Als er das Resultat »atembar« verkündete, klappten wir alle erleichtert die Helme zurück. Denn bei geschlossenen Helmen war die Verständigung etwas mühsam. Trotz hundert Jahren Raumfahrt war bisher kein kluger menschlicher Kopf in der Lage gewesen, ein wirklich einwandfrei und in allen Lagen funktionierendes Helmfunkgerät zu konstruieren.

Zu meiner allergrößten Überraschung schmeckte die Luft aromatisch frisch. Ich bemerkte, daß dies auch dem Captain auffiel, denn er sah sich nach den ersten Atemzügen vorsichtig um.

Ich konnte mir die Anmerkung nicht verkneifen:

»Der Atemluft nach, muß das Schiff erst kürzlich havariert sein, es fehlt der dumpfe Geschmack.«

Hamilton nickte, die touristischen Mitläufer blickten überrascht auf. Sie hatten natürlich nichts bemerkt, auch wenn unser junger Bertram bestätigte, ja, er habe das auch geschmeckt.

Wir tasteten uns durch den Hauptgang vor, ließen die Vorratsräume links liegen und befanden uns schnell in der Schaltzentrale.

Nirgends war die Spur eines Menschen zu entdecken. Alles war tiptop in Ordnung. Die Eigner der Yacht mußten das Schiff in einem Anfall geistiger Umnachtung verlassen haben. Denn es war offenkundig voll funktionsfähig.

In diese Überlegungen, ich fand das wirklich alles etwas rätselhaft, platzte die kluge Bemerkung Maryvonnes. Und während noch unser Herr mit den grauen Schläfen ihr mit »Hm« antwortete, bemerkte ich aus den Augenwinkeln eine Bewegung.

Bertram! Natürlich war es wieder der junge Schnösel, der sich da an die Konsole schlich.

»Weg da!«

Also hatte Captain Hamilton den Alleingang unseres Jüngsten auch bemerkt.

Bertram zuckte zusammen, blickte sich nach uns um.

»Aber . . . Ich wollte doch nur einmal ausprobieren, ob an den Maschinen noch alles in Ordnung ist.«

»Und uns mitten in das Ringsystem des Saturn hineinkatapultieren!« spottete ich.

»Lassen Sie doch den Jungen«, nahm ihn jetzt auch noch Maryvonne in Schutz. Ihr gefiel es wohl, wie Bertram sie permanent anschmachtete. »Ich möchte auch gerne wissen, ob hier noch alles funktioniert.«

»Wer kein Fachmann ist, läßt die Finger von den Geräten«, befahl Hamilton. Und damit war alles gesagt, denn im Raum hat stets der Captain das oberste Sagen. Zwar konnte ich auch ein Schiff führen, doch besaß ich nur das Patent als Hilfssteuermann. Unser Fachmann war eben Hamilton.

»Lassen wir doch Captain Hamilton seine Untersuchungen anstellen«, ließ sich nun auch Mr. Bauer vernehmen, und seine Frau nickte zustimmend. Beide hatten sich, seit das fremde Schiff auf unseren Sichtschirmen aufgetaucht war, erfreulicherweise sehr zurückgehalten. Mancher läßt sich eben, im Gegensatz zu den oberflächlichen Typen, tiefer beeindrucken.

Für Hamilton war es in der Tat eine Kleinigkeit zu überprüfen, wie es um die Maschinen stand. Er mußte nur . . .

LASSEN SIE DIE FINGER VON DEN KNÖPFEN!

Ich schrak zusammen, als habe ein Blitz direkt neben mir im Boden eingeschlagen.

Die Stimme kam von irgendwoher, aus dem Nichts, doch sie füllte den ganzen Raum um uns her, hüllte uns ein, wie eine riesige Welle, die über unseren Köpfen zerbrach.

Captain Hamilton, der gerade mit Knopfdruck den Konverter hatte aktivieren wollen, verharrte in der Bewegung. Fragend sah er sich um, doch er erblickte nur uns.

Maryvonne suchte Schutz bei ihrem höheren Beamten, der aber selbst reichlich verstört aussah. Mrs. Bauer begann zu schluchzen, ihr Mann ballte die Fäuste. Nur Bertram, unseren Sonnenschein, konnte das offensichtlich überhaupt nicht beeindrucken.

»Was soll das?« schrie er in die nun folgende Stille, die nur durch Mrs. Bauers leises Schluchzen unterbrochen wurde.

»He! Ist da wer?«

Keine Reaktion. Es war, als hätten wir uns die Stimme aus dem Nichts nur eingebildet.

»Captain, versuchen Sie es doch noch einmal!« schlug ich vor, denn es war natürlich wichtig zu erfahren, was hier eigentlich vorging.

»Wenn Sie meinen, Taterhill.« Der Captain war immer noch erschüttert, das sah man ihm an.

Er wandte sich wieder der Konsole zu. Die Initialzündung der Konverters erfolgte durch Druck auf den roten Knopf. Gleich würden wir Bescheid wissen.

VERLASSEN SIE AUGENBLICKLICH DAS SCHIFF!

Diesmal ging das Erschrecken nicht so tief. Mrs. Bauer hörte sogar mit dem Schluchzen auf und blickte sich neugierig um. In der Tat: Die Stimme kam von überall her und war nicht zu lokalisieren.

»Wer sind Sie?« fragte Captain Hamilton in den freien Raum hinein, an wen hätte er seine Frage auch sonst richten sollen . . .
SIE HABEN KEIN RECHT, AUF DIESEM SCHIFF ZU SEIN.
Es wurde immer besser! Da kümmerten wir uns um ein offensichtlich verunglücktes Schiff im Saturnsystem, und mußten uns dafür von einer Geisterstimme beschimpfen lassen.
»Da!«
Bertrams Stimme klang dünn. Er hatte sich, unbemerkt von uns und von der geheimnisvollen Stimme, von der Gruppe entfernt. In der Seitenwand klaffte ein Spalt. Eine Tür. Dorthinein war Bertram verschwunden.
»Ich habe es gefunden!«
Das war wieder Bertram. Hamilton war zuerst an der neu geöffneten Tür, wir drängten alle hinterher.

IV

Das Leben bestand aus Sinneseindrücken der verschiedensten Art. Die ausgeschickten automatischen Späher sammelten Bilder und Geräusche und schickten sie lichtschnell an den Empfänger. Der Blick verfing sich in den Schründen des Titan, schroffen Abgründen, in denen nur selten ein Magmasee kochte. Vielfältig war die Schau auf diese sterile Landschaft, doch allein das Blasenwerfen der Magma konnte für Abwechslung sorgen, denn keine der aufgeworfenen Blasen platzte so wie die anderen. Ein Langzeitgedächtnis konnte daraus Vergleiche ziehen, Gesetzmäßigkeiten abzuleiten versuchen.
Oder der Späher zog über die dünnen Eisfelder von Dione, einem weiteren Mond des Saturn. Das Licht des fernen Zentralgestirns und der Widerschein durch die cremefarbene Spiegelung des Saturn brachen sich in den Facetten der Eiskristalle. Eine Symphonie der Farben im Kleinen. Doch da der Späher auch Kleinstes beliebig vergrößern konnte, spielten die Größenverhältnisse für den Betrachter keine Rolle.
Und welche Ruhe, eine fast greifbare Ruhe, konnte von Rhea

übermittelt werden, wenn der Späher im sanften Gleitflug über die gewellte Oberfläche huschte. Am eindrucksvollsten war das Bild, wenn der Ringplanet im Profil, also von der Seite her, über Rhea hing, ein riesiger Ball, dessen braun-schwarze Rotationsstreifen für ein raffiniertes Tapetenmuster sorgten. Der Ring, das gesamte System der breiten Haupt- und der schmalen Zwischenringe, teilte als schmaler Strich die Riesenkugel in zwei Hälften. Und wenn sich manchmal der Kleinmond Dione dazwischenschob, wie aufgefädelt auf dem schmalen Strich der Ringe, dann konnte sich der Betrachter daran nicht satt sehen.

Oder die Geräusche, die Töne.

Geräusche? Töne?

Nein, es war mehr. Es war ein Singen, ein Flöten, ein überirdisches Rauschen, das alles erfüllte, das Denken ausschaltete. Hier galt nur das Gefühl.

Oft schickte er den Späher mitten zwischen die Ringe, in das Gewirr der Steinbrocken, die Felstrümmer und Eisstücke, nur um auf das Geklirr zu lauschen, das beim Zusammenstoß der einzelnen Teile entstand.

Oh, ja, er erinnerte sich wohl noch an die Schulweisheit, daß es im luftleeren Raum – im Vakuum – keine Geräusche gab, doch hier stimmte das alles nicht. Möglicherweise reichten die äußeren Ausläufer der Saturnatmosphäre weiter in das All hinauf als angenommen. Oder vielleicht spielten ihm auch seine Sinne einen Streich . . . Doch konnten die überempfindlichen Mikros der automatischen Späher sich irren?

Es war ein Singen im ganzen Ringsystem, ein Jubilieren, das die Schöpfung feierte; ein Singen, das alles erfüllte und bis zur fernen Spirale der Andromeda reichte, die da manchmal als Winzling über Abgründe hinweg auf einem Bildausschnitt erschien.

Zu wahren Orgien der Sinneseindrücke aber kam es, als er schließlich wagte, einen Späher in die lockere Oberfläche des Planeten selbst eintauchen zu lassen. Zuerst ging wohl eine der Sonden verloren; zu hart war, bei aller Vorsicht, der Aufprall auf die harte Wasserstoffschale des Planetenkerns.

Doch schon der zweiten Sonde gelang es, in diesen Mantel aus gefrorenem Gas vorzudringen. Damals, als er das erste Mal dies erlebte, drohte er unter der Wucht der geballten Harmonien zu ertrinken. Nur mit Mühe konnte er sich davon befreien. Doch seitdem war er danach süchtig, tauchte immer wieder ein in diese Droge, die das innere Geschiebe des Planeten hervorbrachte.

Und dann, erst dann, vermochte er alles zu vergessen, was mit seinem früheren Leben zusammenhing.

V

Wir standen vor einem monströsen Gebilde, einem Gewirr von Geräten und Leitungen. Mittendrin stand ein durchsichtiger Tank, Kunststoff wohl, in dem, wahrscheinlich in einer Nährflüssigkeit, ein Gehirn schwamm.

Ein menschliches Gehirn, ganz ohne Zweifel.

Es schwamm nicht völlig frei in der Flüssigkeit, sondern war über mehrere Kabel mit dem Außen verbunden.

Maryvonne, die direkt hinter Hamilton, aber vor mir, in den Raum gestürmt war, stieß einen kleinen Schrei aus. Die Bauers hielten sich im Hintergrund.

Nur unser Dr. Hackbarth hatte wieder etwas zu verkünden.

»Das ist längst tot«, behauptete er. »Es ist erwiesen, daß diese Art des Weiterlebens nicht möglich ist.«

Da fiel mir etwas ein:

»Aber hat nicht damals dieser Professor, Physiker war er . . . Wie hieß er doch . . . ?«

»Professor Ezechiel Bartensteiner, Physiker und Biochemiker, Nobelpreisträger, Erfinder des neuen Biosystems auf der Erde.«

Zu meinem Erstaunen war das Mrs. Bauer, die diese Informationen von sich gab. Und leise fügte sie hinzu: »Und mein Lehrer an der Universität.«

Sieh an, unser Heimchen am Herd entpuppte sich. Ich glaube, die anderen hatten gar nicht mitbekommen, was Mrs. Bauer da vor sich hin gesagt hatte.

JA, ICH BIN EZECHIEL BARTENSTEINER.

Captain Hamilton blieb vor Erstaunen der Mund offenstehen.

»Wie . . . Was . . . *Der* Bartensteiner?«

ES GIBT NUR EINEN EZECHIEL BARTENSTEINER!

»Aber Professor Bartensteiner ist doch seit langem tot«, warf Dr. Hackbarth ein; endlich konnte er Lexikonwissen weitergeben.

Doch, zu seinem Pech, stimmte selbst das nicht.

NEIN, ICH LEBE, UND ICH WERDE WEITERLEBEN.

»Ich glaube, Professor Bartensteiner gilt als verschollen.« Rechtzeitig war mir ein Zeitungsartikel eingefallen, den ich vor kurzer Zeit über den größten Erfinder, den bedeutendsten Vertreter angewandter Biochemie, gelesen hatte.

Er hatte ein neues Biosystem entwickelt, das es ermöglichte, durch einen vergleichsweise simplen Trick – Anwendung natürlicher Prinzipien in geballter Kombination – der Umweltverseuchung Herr zu werden und zugleich die Nahrungsmittelproduktion so anzukurbeln, daß es seitdem keinen Hunger mehr auf dem Planeten Erde gab. Verständlich, daß in der gesamten Geschichte der Menschheit noch nie ein Mensch so gefeiert wurde, wie Bartensteiner. Doch mitten während der Feierlichkeiten, bei denen ihm als erstem Menschen überhaupt das Ehrenbürgerrecht der gesamten Erde – also aller Staaten dieses Planeten – verliehen werden sollte, verschwand der Gefeierte.

Und nun hatten wir ihn hier gefunden.

LEBEN, WIE IHR ES KENNT, IST KEIN LEBEN, sagte die Stimme aus dem Nichts, die Professor Ezechiel Bartensteiner gehörte.

DAMALS, ALS ALLE WELT MIR ZUJUBELTE, ERKANNTE ICH DIE LEERE UM MICH HERUM. WAS SOLLTEN DIE EHRUNGEN, DER JUBEL, DIE FEIERN – DIE MENSCHEN HATTEN IHR UNGLÜCK SELBST VERSCHULDET, NUN HATTE ICH IHNEN EINEN AUSWEG GEWIESEN. DOCH VERDIENTEN SIE DIESE HILFE, WAR DAS NICHT VIELMEHR ANREIZ, NOCH MEHR ZU RISKIEREN, NOCH MEHR ZU ZERSTÖREN IN DER ERWARTUNG, IRGEND JEMAND WÜRDE WIEDER ALS RETTER AUFTAUCHEN?

»Er hat ja so recht«, flüsterte Mrs. Bauer, immer noch an ihren Mann geklammert, der ihr leicht übers Haar strich und ihr ab und an etwas zuflüsterte.

»Wären die Menschen vernünftig geworden, dann gäbe es heute das Paradies auf Erden. Doch der Raubbau an der Natur geht weiter, anders als damals – und vielleicht gibt es bald keine Rettung mehr.«

Es schüttelte mich innerlich, als ich diese Worte hörte, denn auch ich war immer davon ausgegangen, es würde immer wieder einen Ausweg geben, eine Lösung kniffliger Probleme.

DIESES SCHIFF ERMÖGLICHT MIR, SO ZU LEBEN, WIE ICH WILL. DIE GRUNDSÄTZLICHEN BAUSTEINE MEINER NAHRUNG HOLE ICH MIR AUS DEN KOSMISCHEN TRÜMMERN UM MICH HERUM, MEINER KÖRPERLICHEN NAHRUNG, WOHLVERSTANDEN. UND FÜR DAS GEISTI-GE SORGEN DIE TRÄUME DES SATURN.

»Aber so kann man doch nicht leben«, stammelte Bertram, dem mit einem Mal aufging, was die Stimme da sagte. »Nichts mehr: keine Tiere, keine Blumen, keine Menschen. Kein gutes Essen, kein edler Wein, kein hübsches Mädchen, keine Musik.«

TRÄUMEN KANN MAN IMMER. EIN TRAUM WIRD NIE LANGWEILIG. UND BÖSE TRÄUME GIBT ES HIER DRAUS-SEN NICHT, DENN HIER GIBT ES KEINE MENSCHEN. UND ALLES ANDERE BRAUCHE ICH NICHT. NAHRUNG GIBT ES GENÜGEND. UND DAS SINGEN DER SATURNRINGE SORGT FÜR HARMONIE. MEHR BRAUCHE ICH NICHT.

Captain Hamilton hatte sich bis dahin, was sonst gar nicht seine Art war, zurückgehalten. Doch nun platzte er heraus:

»Und was ist, wenn dieses Schiff von einem Meteoriten, einem jener Brocken aus den Ringen, getroffen wird?«

TRAUM UND TOD ÄHNELN SICH, erwiderte die Stimme. DER TOD IST DIE ERFÜLLUNG ALLEN TRÄUMENS. DOCH BIS DIESES EREIGNIS EINTRIFFT, WERDE UND WILL ICH MIT MEINEN TRÄUMEN UND IN MEINEN TRÄUMEN LE-BEN.

ICH BITTE EUCH, VERLASST DAS SCHIFF.

»Aber«, Bertram wollte noch einen Einwand vorbringen, doch eine energische Handbewegung Captain Hamiltons brachte ihn zum Schweigen. Wir zogen uns zurück.

Auf dem Mittelgang meinte Maryvonne auf einmal:

»Komisch, daß jemand auf der Höhe seines Ruhms und seiner Beliebtheit alles wegwirft und freiwillig zu einem Gehirn in einem durchsichtigen Kasten wird. Der Mann muß nicht ganz normal sein.«

Und Dr. Nathaniel Hackbarth stimmte ihr mit einem Kopfnicken zu.

Doch da widersprach eine Stimme, es war Mrs. Bauer:

»Er hat seine Erfüllung gefunden, hätte er darauf verzichten sollen? Ich glaube, er hat recht daran getan.«

Und mit leuchtenden Augen hakte sie sich bei ihrem Mann unter.

Die Autoren

KARL MICHAEL ARMER, geboren 1950. Studium der Betriebswirtschaft, Psychologie und Soziologie; Dipl.-Kaufmann. Arbeitete mehrere Jahre in internationalen Werbeagenturen, jetzt als freier Werbetexter in München. Veröffentlicht seit 1977 Science Fiction.

MARCEL BIEGER, Jahrgang 1954. Studiert Germanistik und Geschichte, seit drei Jahren übersetzt er daneben auch Science Fiction aus dem Amerikanischen und Englischen, schreibt Rezensionen und vereinzelt Kurzgeschichten.

ANDREAS BRANDHORST, geboren 1956, Industriekaufmann. Jetzt Berufsschriftsteller, der seit 1978 Science Fiction veröffentlicht. Koautor der SF-Serie »Die Terranauten«, einer Alternativserie zu »Perry Rhodan«, die Anfang 1982 eingestellt wurde.

REINMAR CUNIS, Jahrgang 1933, gelernter Bankkaufmann. Studium der Soziologie, Psychologie und Wirtschaftswissenschaften; Promotion über Modelle einer zukünftigen demokratischen Wehrverfassung. Heute Projektgruppenleiter beim Fernsehspiel des Norddeutschen Rundfunks. Schrieb zahlreiche Hörspiele und Fernsehspiele, Kurzgeschichten und bisher drei SF-Romane: »Livesendung« (1978), »Zeitsturm« (1979), »Der Mols-Zwischenfall« (1981).

RONALD M. HAHN, geboren 1948, gelernter Schriftsetzer. Berufsautor und Übersetzer von Science Fiction. Zusammen mit Hans Joachim Alpers Verfasser zweier Serien von Jugendbüchern. Herausgeber mehrerer SF-Anthologien.

ULRICH HARBECKE, Jahrgang 1943. Studium der Theaterwissenschaft, Musik und Kunstgeschichte, Dr. phil. Zeitweilig Gastdozent für Journalismus an der Universität Tunis. Redakteur für Politik und Geschichte beim Westdeutschen Rundfunk (Fernsehen). Veröffentlicht seit 1979 Science Fiction, darunter den Roman »Invasion« (1979).

DIETER HASSELBLATT, geboren 1926. Studierte u. a. Volkskunde, Geschichte, Vergleichende Religionswissenschaft, Musikwissenschaft und Philosophie, Dr. phil. Abteilungsleiter Hörspiel beim Bayerischen Rundfunk. Mitglied des PEN. Schrieb neben einer großen Zahl von Hörspielen und dem Buch über SF »Grüne Männchen vom Mars. Science Fiction für

Leser und Macher« (1974) zwei Romane »Aufbruch zur letzten Aventüre« (1963) und »Figurenopfer« (1980) sowie zahlreiche SF-Erzählungen.

THOMAS LE BLANC, Jahrgang 1951. Studierte Mathematik, Physik und Pädagogik. Lehrer an einem hessischen Gymnasium. Ständige Mitarbeit über SF und verwandte Gebiete für Tageszeitungen und den Hörfunk. Herausgeber mehrerer SF-Anthologien, darunter der »Sternenanthologien«-Reihe, von der bisher »Antares« (1980), »Beteigeuze« (1981), »Canopus« (1981) und »Deneb« (1982) erschienen sind. Seine SF-Stories erschienen bisher in Tageszeitungen und Anthologien.

HENDRIK P. LINCKENS, eigentlich Paul H. Linckens, geboren 1940. Lehrer, hält auch Vorlesungen über Schulpädagogik an der Pädagogischen Hochschule Rheinland, Abteilung Aachen. Zahlreiche SF-Erzählungen, daneben ein SF-Roman »Die Sucher« (1975) und das Sachbuch »Raketenphysik im Unterricht«.

PETER SCHATTSCHNEIDER, Jahrgang 1950, Dipl.-Ing. nach dem Studium der Technischen Physik, anschließend Promotion. Heute ist er in der Satellitenbildauswertung tätig. Er veröffentlichte zahlreiche SF-Erzählungen; ein Sammelband seiner Stories ist in Vorbereitung.

HERBERT SOMPLATZKI, geboren 1934. Arbeitete elf Jahre lang im Ruhrbergbau, anschließend Studium der Sport- und Erziehungswissenschaften; Dipl.-Sportlehrer und Dipl.-Pädagoge. Heute freier Schriftsteller. Mehrere Romane wie »Muskelschrott«, »Schocksekunde« und »Nimm ein Fahrrad und hau ab«; außerdem Satiren, Kurzgeschichten, Hörspiele und Filme.

JÖRG WEIGAND, Jahrgang 1940. Studierte Sinologie, Japanologie und Politische Wissenschaft, Dr. phil. Seit 1973 Redakteur im Studio Bonn des Zweiten Deutschen Fernsehens. Veröffentlichte drei Bücher zur Kultur- und Geistesgeschichte Chinas; daneben zahlreiche Artikel über SF und Trivialliteratur, sowie SF-Erzählungen in Zeitschriften und Anthologien. Herausgabe mehrerer SF-Anthologien, darunter »Die Stimme des Wolfs« (1976), »Sie sind Träume« (1980), »Die andere Seite der Zukunft« (1980) und »Vorgriff auf morgen« (1981). Eine Sammlung mit eigenen SF-Erzählungen ist in Vorbereitung.

WERNER ZILLIG, geboren 1949. Studium der Germanistik, Geschichte und Sozialwissenschaften, Dr. phil. Wissenschaftlicher Assistent an der Universität Münster. Veröffentlichte Einzelerzählungen in Anthologien und einen Band SF-Stories »Der Regentänzer« (1980).

...zum Überwintern

Friedrich Kabermann
MOIRA – Die Reise zum Nullpunkt der Welt –
Traum, Wirklichkeit, Science Fiction, Märchen,
Abenteuergeschichte und Agentenstcry sind
hier zu einer „phantastischen" Erzählung
verwoben.
Die Terranier wollen die Erde einfrieren, die
Menschheit kaltstellen, und so die Weltherr-
schaft erringen. Stefan, den sie entführt und
umgepolt haben, kämpft als General Winter auf
ihrer Seite im großen Sternenkrieg.
Da greift »MOIRA« ein ...
272 Seiten. 16 ganzseitige Illustrationen.
Gebunden. – Für Jugendliche und Erwachsene

Arena

...zum Orientieren

René Oth
Gedachte Welten
Science Fiction – das sind Stories von galak-
tischen Imperien und versunkenen Phantasie-
reichen, von fremden Wesen, Robotern und
Mutanten, von Zeitreisen in eine längst verges-
sene Vergangenheit und eine drohende Zukunft.
Das ganze fabelhafte Universum zeigen die
Stories so bekannter SF-Autoren wie
Brian W. Aldiss · Isaac Asimov · Ray Bradbury ·
Arthur C. Clarke · Aldous Huxley · Frederik Pohl ·
C.M Kornbluth · Lion Sprague de Camp ·
Olaf Stapledon und H.G. Wells.
224 Seiten. 8 Zeichnungen. Gebunden. – J u. E

Arena

...zum Entdecken

Alberto Manzi
Stunden im August

Alberto Manzi
Stunden im August
Das Geheimnis eines seltsamen roten Stein-
brockens (Teil eines alten Freskos?) will ein
Journalist in den Ruinen von Pompeji lösen –
und findet sich unversehens wieder in einer
Stadt, die lebt. Es ist der 23. August 79 n. Chr.,
der Vorabend des Vesuv-Ausbruchs. Und ganz
offensichtlich hat man die Ankunft des Mannes
auch schon erwartet, denn es beginnt eine
dramatische Jagd nach dem roten Stein.
Ein Sachteil schildert das Leben in dieser einst
blühenden Stadt und ihren Untergang.
184 Seiten. 16 Fotos. Zeittafel. Gebunden. – Ab 12

Arena